AS LUAS DE JÚPITER

# ALICE MUNRO

# AS LUAS DE JÚPITER

Tradução

Cássio de Arantes Leite

BIBLIOTECA AZUL

Texto fixado conforme as regras do Acordo Ortográfico da Língua Portuguesa (Decreto Legislativo nº 54, de 1995).

Título original: *The Moons of Jupiter*

Editora responsável: Erika Nogueira
Editora assistente: Luisa Tieppo
Preparação: Huendel Viana
Revisão: Jane Pessoa
Diagramação: Gisele Baptista Oliveira
Capa: Mariana Newlands
Imagem de capa: Danier Fallot / INA / Getty Images

CIP-BRASIL. CATALOGAÇÃO NA PUBLICAÇÃO
SINDICATO NACIONAL DOS EDITORES DE LIVROS, RJ

---

M939L

Munro, Alice, 1931-
As luas de Júpiter / Alice Munro ; tradução Cássio de Arantes Leite. - 1. ed. - Rio de Janeiro : Biblioteca Azul, 2018.
296 p. ; 21 cm.

Tradução de: *The Moons of Jupiter*
ISBN 978-85-250-6026-6

1. Conto canadense. I. Leite, Cássio de Arantes. II. Título.

17-45071 CDD: 819.13
CDU: 821.111(71)-3

---

1ª edição, 2018

Direitos exclusivos de edição em língua portuguesa para o Brasil adquiridos por
EDITORA GLOBO S.A.
Rua Marquês de Pombal, 25
20230-240 Rio de Janeiro-RJ
www.globolivros.com.br

*Para Bob Weaver*

# SUMÁRIO

# CHADDELEY E FLEMING

## 1. LIGAÇÃO

A prima Iris, da Filadélfia. Ela era enfermeira. A prima Isabel, de Des Moines. Tinha uma floricultura. A prima Flora, de Winnipeg, professora; prima Winifred, de Edmonton, contadora. Solteironas, eram chamadas. Titias era um termo magro demais, não dava conta. Seus bustos eram pesados e intimidadores — um fardo único, blindado — e suas barrigas e seus traseiros, cheios e moldados no espartilho, como os de qualquer mulher casada. Naquele tempo, o negócio para o corpo das mulheres parecia ser inchar e amadurecer em um bom tamanho cinquenta e quatro, se esperavam chegar a algum lugar na vida; depois, dependendo da classe e das aspirações, ele poderia ceder e afrouxar, tornar-se trêmulo como pudim sob claros vestidos estampados e aventais úmidos, ou cingir-se em formas cujas curvas firmes e aclives orgulhosos nada tinham a ver com sexo, e tudo a ver com direitos e poder.

Minha mãe e suas primas eram dessa segunda estirpe de mulheres. Usavam espartilhos presos nos flancos com dezenas de colchetes, meias-calças que sibilavam e raspavam quando elas cruzavam as pernas, vestidos de jérsei sedoso para a tarde (o da minha mãe, herdado de uma prima), pó de arroz (que chamavam de *rachel*), ruge seco, água-de-colônia, casco de tartaruga, ou imitação de casco de tartaruga, pentes no cabelo. Eram inimagináveis sem tal indumentária, a menos que embrulhadas até o queixo em um roupão acolchoado de cetim. Para minha mãe, o estilo era difícil de acompanhar; exigia engenhosidade, dedicação, empenho feroz. E quem estava lá para apreciar? Ela.

Vieram todas se hospedar conosco certo verão. Foram para nossa casa porque minha mãe era a única casada, com um lugar grande o bastante para acomodar todo mundo, e porque era pobre demais para visitá-las. Morávamos em Dalgleish, no condado de Huron, oeste de Ontário. A população, dois mil habitantes, era anunciada em uma placa nos limites da cidade. "Dois mil e quatro, agora", exclamou a prima Iris, descendo do banco do motorista. Seu carro era um Oldsmobile 1939. Passara em Winnipeg para pegar Flora e Winifred, que fora de Edmonton até lá de trem. Depois foram todas para Toronto, pegar Isabel.

"E nós quatro com certeza vamos fazer mais barulho que todos os dois mil juntos", disse Isabel. "Onde foi mesmo — Orangeville? —, a gente ria tanto que a Iris precisou parar o carro. Ficou com medo de cair na vala!"

Os degraus rangeram sob seus pés.

"Respira só esse ar! Ai, não existe nada melhor que o ar do campo. É daquela bomba ali que você tira sua água de beber? Não ia ser uma delícia tomar um pouco agora? Um gole d'água do poço!"

Minha mãe me mandou pegar um copo, mas elas insistiram em tomar na caneca de lata.

Contaram sobre como Iris fora a um campo para atender o chamado da natureza e, ao erguer o rosto, vira-se cercada por vacas curiosas.

"Vacas uma ova!", disse Iris. "Eram bois."

"Touros, para o seu governo", disse Winifred, deixando-se desabar numa cadeira de vime. Era a mais gorda.

"Touros! Eu saberia!", disse Iris. "Só espero que a mobília deles aguente o tranco, Winifred. Vou dizer uma coisa pra vocês, foi uma carga na traseira do meu pobre carro. Touros! Que choque, me admira que ainda conseguisse puxar as calcinhas!"

Contaram sobre a cidadezinha de aspecto bravio no norte de Ontário onde Iris não quis parar o carro nem para deixar que comprassem uma Coca. Ela deu uma olhada nos lenhadores e gemeu: "Vamos ser todas estupradas!".

"O que é estuprada?", perguntou minha irmã menor.

"Oh-oh", disse Iris. "É quando roubam sua frasqueira."

Frasqueira: uma palavra americana.* Minha irmã e eu tampouco sabíamos o que isso queria dizer, mas não éramos iguais a dois pontos de interrogação. E eu sabia que não era isso que estuprar queria dizer, em todo caso; era alguma coisa suja.

"Bolsa. Bolsa roubada", disse minha mãe, num tom festivo mas cauteloso. O vocabulário em nossa casa era polido.

Então vinham os presentes para desembrulhar. Latas de café, bolo de tâmara com nozes, ostras, azeitonas, cigarros já enrolados para o meu pai. Todas fumavam também, exceto Flora, a professora de Winnipeg. Um sinal de sofisticação, na época; em Dalgleish, um sinal de possível promiscuidade. Elas faziam disso um luxo respeitável.

Meias-calças e lenços também emergiam, uma blusa de voile para minha mãe, um par de engomados vestidinhos *pinafore* de organdi branco para mim e minha irmã (talvez o último grito em Des Moines ou na Filadélfia, mas um erro em Dalgleish, onde as pessoas nos perguntavam por que não tirávamos o avental). E, finalmente, uma caixa de chocolates, mais de dois quilos. Muito depois de todos os chocolates terem sido comidos, e as primas terem

* *Pocketbook*, uma bolsa de mulher. (N. T.)

ido embora, conservamos a caixa na gaveta de toalhas de mesa, no aparador da sala de jantar, à espera de algum uso cerimonial cuja oportunidade nunca se apresentou. As forminhas vazias continuaram ali dentro, com suas caneluras no papel escuro. No inverno, eu costumava ir à fria sala de jantar para cheirar as forminhas, inalando seu aroma de artifício e luxo; tornava a ler as descrições no mapa que vinha no interior da tampa: avelã, nougat cremoso, delícia turca, toffee dourado, creme de menta.

As primas dormiram no quarto do andar de baixo e no sofá-cama da sala da frente. Se a noite estava quente, não pensavam duas vezes para arrastar um colchão até a varanda, ou mesmo até o quintal. Tiravam palitinho para a rede. Winifred não podia participar. A noite já avançada, podíamos escutá-las dando risadinhas, silenciando umas às outras, exclamando: "Como disse?". A iluminação pública de Dalgleish ainda não chegara até nós, e elas se admiravam da escuridão, do grande número de estrelas.

Certa vez, decidiram cantar um cânone.

*Row, row, row your boat*
*Gently down the stream,*
*Merrily, merrily, merrily, merrily*
*Life is but a dream.**

Achavam que Dalgleish não era real. Foram à cidade e comentaram sobre a estranheza dos lojistas; imitavam coisas que escutaram na rua. Toda manhã o café que haviam trazido enchia

* "Reme, reme, reme seu barco/ Suavemente rio abaixo,/ Alegremente, alegremente, alegremente, alegremente/ A vida é apenas um sonho." (N. T.)

a casa com sua fragrância pouco familiar, americana, e ficavam sentadas perguntando quem tinha alguma inspiração para o dia. Uma inspiração foi passear de carro pelo campo para colher frutas vermelhas. Arranharam-se todas, morreram de calor, e a certa altura Winifred ficou completamente presa, imobilizada, entre ramos espinhentos, clamando pela equipe de resgate; mesmo assim afirmaram ter se divertido à beça. Outra inspiração foi pegar as varas de pescar do meu pai e descer até o rio. Voltaram para casa com um punhado de *rock bass*, peixe que geralmente devolvíamos à água. Organizavam piqueniques. Pegavam roupas velhas, punham velhos chapéus de palha e vestiam o macacão do meu pai, depois tiravam fotos umas das outras. Faziam bolos de camadas e maravilhosas saladas moldadas com gelatina, em forma de templos e coloridas como joias.

Certa tarde, ofereceram um concerto. Iris era uma cantora de ópera. Pegou a toalha de mesa na sala de jantar para fazer uma fantasia e me mandou buscar penas de galinha para pôr no cabelo. Cantou "The Indian Love Call" e "Women Are Fickle". Winifred era uma ladra de bancos, com uma pistola d'água que comprara na loja de quinquilharias. Todo mundo tinha de fazer alguma coisa. Minha irmã e eu cantamos duas canções: "Yellow Rose of Texas" e a Doxologia. Minha mãe, para espanto geral, vestiu uma calça do meu pai e plantou bananeira.

O público e as artistas, as primas eram umas para as outras, em todos os momentos despertos. E às vezes dormindo. Flora era a que falava durante o sono. Por ser a mais feminina e cuidadosa, as outras ficavam acordadas para lhe fazer perguntas, tentando extrair algo que a deixasse constrangida. Disseram-lhe que praguejara. Disseram que sentara ereta e perguntara: "Por que não tem uma droga de giz?".

Era de quem eu menos gostava porque tentava estimular nossas mentes — minha e da minha irmã — propondo problemas aritméticos de supetão. "Se levou sete minutos para caminhar por sete quarteirões, e cinco quarteirões eram do mesmo comprimento, mas os outros dois tinham o dobro do comprimento —"

"Ah, vai plantar batata, Flora!", dizia Iris, a mais rude.

Se não conseguiam inspiração alguma, ou estava quente demais para fazer qualquer coisa, ficavam sentadas na varanda tomando limonada, ponche de frutas, ginger ale, chá gelado com cerejas marasquino e pedaços de gelo tirados do grande bloco no armário refrigerador. Às vezes minha mãe embelezava os copos mergulhando a borda numa tigela de claras em neve e passando no açúcar. As primas diziam que estavam prostradas, que não conseguiam mais mexer uma palha; mas suas queixas tinham um som satisfeito, como se o próprio calor do verão tivesse sido criado para acrescentar drama a suas vidas.

Bastante drama, já.

Longe do nosso pequeno mundo, coisas haviam acontecido com elas. Acidentes, propostas, encontros com lunáticos e inimigos. Iris podia ter sido rica. Uma viúva milionária, uma velha louca, com uma peruca parecendo um monte de feno, fora trazida em cadeira de rodas ao hospital certo dia, agarrada a uma bolsa de tapeçaria. E não é que a bolsa estava cheia de joias, joias verdadeiras, esmeraldas e diamantes, e pérolas do tamanho de ovos de galinha nova. Iris era a única que podia fazer alguma coisa com ela. Foi Iris quem finalmente a convenceu a jogar a peruca no lixo (estava infestada de pulgas) e deixar as joias no cofre do banco. A velha senhora ficou tão afeiçoada a Iris que quis refazer o testamento, queria deixar para Iris as joias, as ações, o dinheiro, os prédios de apartamentos. Iris não permitiu. A ética profissional proibia.

"Você está numa posição de confiança. Enfermeira é uma posição de confiança."

Depois contou como fora pedida em casamento por um ator, que estava moribundo após uma vida de dissipação. Deixou que ele tomasse um gole de um frasco de Listerine porque achava que não faria a menor diferença. Era um ator dos palcos, de modo que não reconheceríamos seu nome nem se nos contasse, coisa que não faria.

Conhecera outros grandes nomes também, celebridades, a alta sociedade da Filadélfia. Não em seu auge.

Winifred dizia que também vira as coisas. A verdade verdadeira, a verdade horrível e verdadeira sobre alguns desses figurões e socialites vinha à tona quando você dava uma olhada em suas finanças.

Morávamos no fim de uma estradinha que partia de Dalgleish na direção oeste e atravessava uma terra mirrada onde despontavam pequenas casas de madeira e bandos de galinhas e crianças. A terra subia a uma altura decente no ponto onde estávamos e depois declinava em vastos campos e pastos, adornados por olmos, até o ponto onde o rio fazia a curva. Nossa casa também era decente, uma velha construção de tijolos de tamanho razoável, mas com muitas correntes de ar, e projetada de um jeito inconveniente, e os frisos precisavam de uma tinta. Minha mãe planejava arrumar e fazer várias mudanças, assim que conseguíssemos algum dinheiro.

Minha mãe não achava a cidade de Dalgleish grande coisa. Vivia contando reminiscências da cidade de Fork Mills, no vale do Ottawa, onde ela e as primas haviam feito o colegial, a cidade onde o avô delas se estabelecera ao deixar a Inglaterra; e da própria Inglaterra, que, é claro, nunca conhecera. Elogiava Fork Mills por suas casas de pedra, seus prédios públicos belos e sóbrios (muito diferente, dizia, das construções no condado de Huron, onde a ideia fora erigir alguma monstruosidade de tijolos e cravar uma torre no meio), suas ruas pavimentadas, o serviço em suas lojas, a melhor qualidade das coisas à venda e a melhor classe de gente. Pessoas que se tinham em tão alta conta em Dalgleish seriam risíveis para as principais famílias de Fork Mills. Mas, também, as principais famílias de Fork Mills por sua vez ficariam humilhadas se tivessem contato com certas famílias da Inglaterra, com quem minha mãe tinha ligação.

Ligação. Era disso que se tratava, no fim das contas. As primas eram um espetáculo em si, mas também forneciam uma ligação. Uma ligação com o mundo real, pródigo, perigoso. Sabiam como se virar nele, haviam feito com que as notasse. Podiam conduzir uma sala de aula, uma ala de maternidade, o público; sabiam lidar com choferes de táxi e funcionários de trem.

A outra ligação que forneciam, e minha mãe também fornecia, era com a Inglaterra e a história. É um fato que canadenses de ascendência escocesa — que no condado de Huron chamávamos de *Scotch* — e irlandesa contam abertamente que seus ancestrais vieram durante a fome da batata, apenas com os trapos no corpo, ou que eram pastores de ovelhas, mão de obra agrícola, gente pobre sem terra. Mas qualquer um cujos ancestrais provinham da Inglaterra tinha histórias para contar sobre uma ovelha negra ou filhos mais novos, reveses financeiros, heranças perdidas, fugas amorosas com a pessoa errada. Talvez houvesse um quê de verdade nisso; as condições na Escócia e na Irlanda forçavam a emigração por atacado, ao passo que os ingleses talvez tivessem escolhido ir embora por motivos mais pitorescos, pessoais.

Esse era o caso da família Chaddeley, a família da minha mãe. Isabel e Iris não eram Chaddeley no nome, mas sua mãe fora uma Chaddeley; minha mãe fora uma Chaddeley, embora atualmente fosse uma Fleming; Flora e Winifred continuavam sendo Chaddeley. Todas descendiam de um avô que deixou a Inglaterra ainda jovem por motivos sobre os quais elas não conseguiam muito bem chegar a um acordo. Minha mãe acreditava que ele estudara em Oxford, mas perdera todo o dinheiro enviado pela família e depois ficara envergonhado de voltar para casa. Perdera no jogo. Não, isso não passava de lenda; o que realmente aconteceu foi que deixou uma criada encrencada e acabou obrigado a se casar e ir com ela para o Canadá. As propriedades da família ficavam perto de Canterbury, disse minha mãe. (*Canterbury pilgrims, Canterbury bells.*)* As outras não tinham certeza disso. Flora afirmou que ficavam no oeste da Inglaterra e que segundo se contava o nome Chaddeley estaria relacionado a Cholmondeley; havia um lord Cholmondeley, os Chaddeley podiam ser um ramo dessa família. Mas havia ainda a possibilidade, disse ela, de que o nome fosse francês, fosse originalmente *Champ de laiche*, que significa campo de carriço. Nesse caso a família provavelmente chegara à Inglaterra com Guilherme, o Conquistador.

Isabel disse que não era nenhuma intelectual e que a única pessoa que conhecia da história inglesa era Maria, a Rainha dos Escoceses. Queria que alguém lhe dissesse se Guilherme, o Conquistador, vinha antes de Maria, a Rainha dos Escoceses, ou depois?

"Campos de carriço", disse meu pai, saboreando as palavras. "Não teriam feito nenhuma fortuna com isso."

"Bom, eu não saberia diferenciar carriço de aveia", disse Iris. "Mas eram bastante prósperos na Inglaterra, segundo o vovô, eram da nobreza rural por lá."

"Antes", disse Flora, "e Maria, a Rainha dos Escoceses, nem inglesa era."

"Eu sabia disso, pelo nome", disse Isabel. "Então, ha-ha."

* Uma associação livre: *Canterbury pilgrims*, os peregrinos de Canterbury; *Canterbury bells*, campânulas (um tipo de flor). (N. T.)

Cada uma acreditava, fossem quais fossem os detalhes, que houvera um grande declínio, uma catástrofe obscura, e que longe delas, atrás delas, na Inglaterra, havia terras, casas, conforto, reputação. Como poderiam pensar de outro modo, lembrando do avô?

Ele trabalhara no correio, em Fork Mills. Sua esposa, fosse ou não uma criada seduzida, deu-lhe oito filhos, depois morreu. Assim que os mais velhos começaram a trabalhar e passaram a contribuir com dinheiro em casa — a ideia de fazer com que estudassem soava absurda —, o pai largou o emprego. Uma briga com o supervisor da agência foi o motivo imediato, mas na verdade ele não tinha a menor intenção de continuar trabalhando; estava determinado a ficar em casa, sustentado pelos filhos. Tinha ares de cavalheiro, era muito lido e cheio de retórica e autoestima. Os filhos não se recusavam a sustentá-lo; afundaram em seus empregos banais, mas mandaram os próprios filhos — limitavam-se a um ou dois por cabeça, na maior parte meninas — para a Escola de Negócios, a Escola Normal, o Treinamento em Enfermagem. Minha mãe e suas primas, que eram essas filhas, falavam com frequência de seu avô egoísta e cabeça-dura, e quase nunca de seus pais decentes e trabalhadores. Que velho esnobe ele era, diziam, mas bem bonito, mesmo na velhice, uma presença. Que insultos prontos e adequados tinha para as pessoas, que juízos mordazes podia fazer. Certa vez, na distante Toronto, no andar principal da Eaton's, para ser mais precisa, foi abordado pela esposa do seleiro de Fork Mills, uma mulher inofensiva, desmiolada, que exclamou: "Ora, mas não é uma alegria encontrar um amigo tão longe de casa?".

"Senhora", disse vovô Chaddeley, "não somos amigos coisíssima nenhuma."

Ele não era o cúmulo?, disseram. *Senhora, não somos amigos coisíssima nenhuma!* Velho esnobe. Pavoneava-se com a cabeça no ar como um ganso premiado. Outra mulher de classe inferior — classe inferior segundo ele — tivera a bondade de lhe trazer um pouco de sopa, quando pegara um resfriado. Sentado na cozinha de sua filha, não era sequer seu teto sobre sua cabeça, os pés na bacia, um homem convalescente e na verdade moribundo, ainda assim teve o desplante de lhe dar as costas, deixar que a filha agradecesse. Ele desprezava a mulher, cuja gramática era terrível, e que não tinha dentes.

"Mas ele também não tinha! Nessa época não tinha mais dente nenhum!"

"Velho caquético pretensioso."

"E sanguessuga dos filhos."

"Puro orgulho e vaidade. Ele se resumia a isso."

Mas ao contar tais histórias, rindo, elas próprias se enchiam de orgulho, exultavam. Ficavam orgulhosas de ter um avô daqueles. Acreditavam que se recusar a falar com pessoas inferiores era ultrajante e mesquinho, que preservar um senso de distinção era ridículo, em particular quando seus dentes se foram, mas de certa forma ainda o admiravam. Sem sombra de dúvida. Admiravam sua invectiva, que passou batido para seu chefe, o esforçado supervisor, e seu comportamento orgulhoso, que passava batido para os vizinhos, os democráticos cidadãos do Canadá. (Ai, mais dá uma dó , disse a vizinha desdentada, o coitadinho nem me reconheceu.) Talvez até admirassem sua decisão de deixar que os outros trabalhassem por ele. Um cavalheiro, chamavam-no. Falavam ironicamente, mas possuir um avô daqueles continuava sendo um deleite.

Eu não conseguia entender isso, na época ou mais tarde. Tinha sangue escocês demais em mim, muita coisa do meu pai. Meu pai nunca teria admitido que havia gente inferior, tampouco superior. Era escrupulosamente igualitário, fazendo questão de não "choramingar", como dizia, para ninguém, não abaixar a cabeça, nem tampouco tratar ninguém com condescendência, de agir como se não houvesse diferenças. Fui por esse mesmo caminho. Houve ocasiões, posteriormente, em que me perguntei se não seria uma prudência paralisante que motivava essa postura, tanto quanto qualquer sentimento mais nobre, em que me perguntei se meu pai e eu no fundo não acalentávamos ideais intactos e irredutíveis de superioridade, que minha mãe e suas primas, em seu esnobismo inocente, nunca poderiam igualar.

Não dei grande importância, anos mais tarde, quando recebi uma carta da família Chaddeley, na Inglaterra. Era de uma senhora idosa que estava trabalhando numa árvore genealógica. A família existia de fato, na Inglaterra, afinal de contas, e não desprezaram seus ramos no além-mar, estavam à nossa procura. Sabiam de meu bisavô. Seu nome estava lá, na árvore: Joseph Ellington Chaddeley. A certidão de casamento registrava sua ocupação como sendo aprendiz de açougueiro. Casara-se com Helena Rose Armour, uma criada, em 1859. Então era verdade que se casara com uma criada. Mas provavelmente não era verdade sobre as dívidas de jogo em Oxford. Homens que se metem em apertos em Oxford vão embora e treinam para ser açougueiros?

Ocorreu-me que se tivesse permanecido nesse ofício, seus filhos poderiam ter ido à escola. Ele podia ter sido um homem próspero em Fork Mills. A autora da carta não mencionava a ligação com Cholmondeley, ou os campos de carriço, ou Guilherme, o Conquistador. Era uma família decente essa à qual pertencíamos, de criados e artesãos, o ocasional comerciante ou fazendeiro. Houve um tempo em que eu teria ficado chocada com a descoberta, e mal teria acreditado. Houve outro, mais tarde, quando me empenhava em romper com todas as falsas idealizações, todas as ilusões, em que teria me sentido triunfante. No momento em que chegou a revelação, já não me importava, de um modo ou de outro. Eu quase esquecera sobre Canterbury, Oxford e Cholmondeley, e aquela primeira Inglaterra sobre a qual ouvira falar com minha mãe, aquela terra antiga de harmonia e cavalheirismo, de pessoas a cavalo, boas maneiras (embora certamente as de meu avô tivessem sido deixadas de lado, sob as pressões de uma vida mais rude), de Simão de Montfort, Lorna Doone, sabujos, castelos, a New Forest, tudo viçoso e rural, cerimonioso, civilizado, eternamente desejável.

E eu já abrira meus olhos para algumas outras coisas, por ocasião da visita da prima Iris.

Isso aconteceu quando eu morava em Vancouver. Estava casada com Richard, na época. Tinha dois filhos pequenos. Num sábado à noite, Richard atendeu o telefone e veio atrás de mim.

"Cuidado", ele disse. "Parece de Dalgleish."

Richard sempre dizia o nome de minha cidade natal como se fosse um pedaço de alguma coisa desagradável que tivesse de cuspir rápido da boca.

Fui até o telefone e descobri para meu alívio que não era ninguém de Dalgleish. Era a prima Iris. Ainda havia um vestígio de sotaque do vale do Ottawa em sua fala, alguma coisa rural — ela mesma não teria desconfiado disso, e não teria gostado —, e qualquer coisa de estridente e jovial, que levara Richard a pensar nas vozes de Dalgleish. Ela disse que estava em Vancouver, que se aposentara e estava fazendo uma viagem, e que queria muito me ver. Convidei-a para jantar no dia seguinte.

"Olha, com *dinner* você quer dizer a refeição da noite, certo?"

"Isso."

"Só queria evitar confusão. Porque quando a gente visitou vocês, lembra, o pessoal aí sempre fazia o *dinner* ao meio-dia. Vocês chamavam a refeição do dia de *dinner*. Não achei que ainda fizesse isso, mas só queria evitar confusão."

Falei para Richard que uma prima de minha mãe vinha para jantar. Disse que era, ou fora, enfermeira, e que morava na Filadélfia.

"Ela é boa gente", falei. Queria dizer decentemente culta, suficientemente educada, moderadamente comportada. "Viajou por toda parte. É bem interessante, na verdade. Por ser enfermeira conheceu pessoas de todo tipo..." Contei sobre a viúva do milionário e as joias na bolsa de tapeçaria. E quanto mais eu falava, mais Richard percebia minhas dúvidas e minha necessidade de palavras tranquilizadoras, e mais neutro e pouco tranquilizador ficava. Ele sabia que estava com a vantagem, e havíamos chegado a um ponto em nosso casamento em que ninguém cederia uma vantagem assim de bandeja.

Fiquei ansiosa para que a visita corresse bem. Queria isso por minha causa. Meus motivos não contavam pontos a meu favor. Eu queria que a prima Iris causasse boa impressão, como uma parente de quem ninguém teria necessidade de se envergonhar, e queria que Richard e seu dinheiro e nossa casa me elevassem permanentemente, aos olhos da prima Iris, acima da categoria de parente pobre. Queria que tudo isso acontecesse com sutileza decente e comedimento, e que o resultado fosse o aprazível reconhecimento de meu próprio valor, de parte a parte.

Eu costumava achar que se pudesse aparecer com um parente rico, bem-comportado e importante, a atitude de Richard comigo mudaria. Um juiz, um cirurgião teriam caído muito bem. Eu não estava absolutamente segura se Iris serviria como substituta. Fiquei preocupada com o modo como Richard disse *Dalgleish*, e com aquele vestígio do vale do Ottawa — Richard era rígido quanto a sotaques rurais, tendo implicado tanto com o meu —, e com alguma outra coisa na voz de Iris que não consegui identificar. Ansiosa demais? Será que ela pressupunha alguma possessiva prerrogativa familiar que eu não mais acreditava justificada?

Que fosse. Deixei um pernil de cordeiro para descongelar e comecei a preparar uma torta de limão. Torta de limão era o que minha mãe fazia quando as primas estavam para vir. Ela polia os garfos de sobremesa, passava os guardanapos a ferro. Porque tínhamos garfos de sobremesa (queria dizer isso para Richard); sim, e tínhamos guardanapos de tecido, ainda que nosso banheiro ficasse no porão e a água corrente só houvesse chegado depois da guerra. De manhã, eu costumava levar água aquecida ao quarto da frente, para as primas se lavarem. Despejava em um jarro como os que via agora nas lojas de antiguidades, ou sobre mesinhas de corredor, cheios de gramíneas ornamentais.

Mas decerto nada disso importava para mim, nada dessa bobagem sobre garfos de sobremesa, não? Seria eu, sou eu, o tipo de pessoa que acha que a posse de tais objetos corresponde a uma atitude civilizada em relação à vida? Não, de modo algum; não exatamente; sim e não. Sim e não. Herança familiar eram palavras de Richard. *Sua herança familiar*. Descendo o tom de voz, uma advertência. Ou era o que eu escutava, não o que ele queria dizer? Quando ele dizia Dalgleish, mesmo quando me entregava uma carta de casa sem abrir a boca, eu sentia vergonha, como se houvesse algo crescendo dentro de mim; mofo, algo torpe, lúgubre, inescapável. A pobreza, para a família de Richard, era como mau hálito ou feridas supurando, uma aflição pela qual o afligido merecia levar parte da culpa. Mas não era de bom-tom notar. Se eu dissesse qualquer coisa sobre minha infância ou minha família na presença deles, haveria um ligeiro retraimento, como com alguma obscenidade de baixo nível. Mas é possível que eu fosse um pouco estridente e preocupada com o que pensavam, como aquela personagem grosseirona de Virginia Woolf que faz questão de não ter sido levada para o circo. Talvez fosse isso que os constrangesse. Eram diplomáticos comigo. Richard não podia se dar ao luxo de ser tão diplomático, uma vez que se pusera numa situação de risco, casando comigo. Ele queria que eu amputasse esse passado, que lhe parecia uma bagagem tão rota; permanecia sempre alerta para sinais de que a amputação não estava completa; e é claro que não estava.

As primas da minha mãe nunca haviam nos visitado outra vez, juntas. Winifred morreu de repente em um inverno, não mais do que três ou quatro anos após aquela visita memorável. Iris escreveu para minha mãe que o círculo agora fora rompido e que suspeitara que Winifred fosse diabética, mas Winifred não queria saber a respeito, pois gostava tanto de comida. Minha mãe também não andava bem de saúde. As primas restantes a visitavam, mas separadamente, e é claro que não com muita frequência, devido às distâncias. Quase todas as suas cartas referiam-se aos ótimos tempos que todas elas haviam vivido, naquele verão, e perto do fim de sua vida minha mãe disse: "Ai, meu Deus, sabe do que estou lembrando? A pistola d'água. Lembra daquele concerto? Winifred com a pistola d'água! Todo mundo participou. O que eu fiz?".

"Você plantou bananeira."

"Ah, é, foi."

A prima Iris estava mais corpulenta do que nunca, e rosada sob a maquiagem. Ficou sem fôlego por subir a rua. Eu preferira não pedir a Richard para buscá-la no hotel. Não diria que estava com medo de pedir; simplesmente queria evitar que as coisas começassem com o pé esquerdo, obrigando-o a fazer o que não se oferecera para fazer. Havia dito a mim mesma que ela podia tomar um táxi. Mas ela viera de ônibus.

"Richard estava ocupado", expliquei, mentindo. "É minha culpa. Não sei dirigir."

"Sem problema", disse Iris, leal. "Estou pondo os bofes de fora agora, mas fico bem daqui a um minuto. Não é fácil carregar este saco de banha. Bem feito pra mim."

Assim que ela disse *bofes de fora* e *saco de banha*, percebi como iam ser as coisas, com Richard. Nem disso precisaria. Percebi assim que a vi na minha porta, seu cabelo, de que eu me lembrava como sendo grisalho e castanho, agora dourado e fixado numa pilha espumosa, seu suntuoso vestido azul-pavão decorado no ombro com uma espécie de fonte de borrifos dourados. Pensando hoje, estava magnífica. Quem dera eu a tivesse encontrado em algum outro lugar. Quem dera eu a tivesse apreciado como merecia. Quem dera tudo tivesse corrido diferente.

"Ora, puxa", disse, radiante. "Mas não é que você se saiu bem!" Olhou para mim, e para o jardim de pedra, os arbustos ornamentais e a vastidão de janelas. Nossa casa ficava em Capilano Heights, na encosta da Grouse Mountain. "Vou dizer. Que casa incrível, querida."

Convidei-a a entrar, apresentei Richard, e ela disse: "Oh-ho, então você é o marido. Bom, nem vou perguntar como andam os negócios porque dá pra ver que vão bem".

Richard era advogado. Os homens em sua família eram advogados ou corretores da bolsa. Nunca se referiam ao que faziam no trabalho como negócios de algum tipo. Nunca sequer se referiam ao trabalho. Falar o que você fazia no trabalho era ligeiramente vulgar, falar sobre como fazia era imperdoável de tão vulgar. Se eu não estivesse ainda tão vulnerável a Richard, podia ter sido um prazer vê-lo confrontado desse jeito, batendo de frente com alguém.

Ofereci logo bebidas, na esperança de proporcionar uma pequena camada de isolamento para mim. Eu pegara uma garrafa de xerez, achando que era o que se oferecia para mulheres mais velhas, pessoas que normalmente não bebiam. Mas Iris riu e disse: "Ah, eu adoraria um gim-tônica, igual a vocês, pessoal".

"Lembra daquela vez quando fomos todas visitar você em Dalgleish?", ela disse. "Que secura! Sua mãe continuava a mocinha da cidade pequena, não tinha uma gota de bebida em casa. Mas sempre achei que seu pai gostaria de uma bebida, se alguém levasse ele pra sair. Flora era abstêmia também. Mas aquela Winifred era uma danada. Sabia que estava com uma garrafa na mala? A gente entrava escondida no quarto e dava um gole, depois fazia gargarejo com colônia. Ela chamou sua casa de Saara. Olha a gente aqui, atravessando o Saara. Não que vocês não tenham servido limonada e chá gelado suficiente pra fazer um couraçado flutuar. Quatro couraçados, hein?"

Talvez ela tivesse visto alguma coisa quando abri a porta — alguma surpresa, ou uma falha na acolhida. Talvez tivesse ficado intimidada, embora ao mesmo tempo muito satisfeita com a casa e a decoração, que era elegante e pesada, e nem toda ela escolha de Richard, aliás. Fosse qual fosse o motivo, seu tom, quando falou de Dalgleish e dos meus pais, foi condescendente. Não acho que fosse sua intenção me lembrar de como era em casa, e me pôr no meu lugar; acho que queria se estabelecer, mostrar para mim que era a esse meio que pertencia, mais do que àquele outro.

"Ah, mas isso é uma delícia, sentar aqui e olhar para essa vista maravilhosa! É a ilha de Vancouver ali?"

"Point Grey", disse Richard, desencorajador.

"Ah, eu devia saber. A gente foi lá ontem no ônibus. Visitamos a universidade. Estou numa excursão, meu bem, já falei isso? Nove titias, sete viúvas e três viúvos. Nenhum casal. Mas, como eu digo, nunca se sabe, a viagem ainda não terminou."

Sorri, e Richard disse que precisava mudar o irrigador de lugar, no jardim.

"Vamos à ilha de Vancouver amanhã, depois pegamos o barco para o Alasca. Todo mundo lá em casa falou: o que você quer fazer no Alasca, daí eu falei: porque nunca fui, não é motivo bom o suficiente? Não tem solteirões na excursão, e quer saber por quê? Não sobrevivem até essa idade! É um fato médico. Conta pro seu marido. Fala que ele fez a coisa certa. Mas não quero falar de trabalho. Toda vez que estou viajando descobrem que sou enfermeira e vêm me mostrar a coluna, as amígdalas, sei lá mais o quê. Pedem pra eu apalpar o fígado. Consulta grátis. Pra mim chega. Estou aposentada e quero curtir a vida. Isto aqui põe o chá gelado no chinelo, não é? Mas ela queria tanto agradar. Coitadinha. Costumava passar os copos em clara de ovo, lembra?"

Tentei fazê-la falar sobre a doença da minha mãe, novos tratamentos, suas experiências no hospital, não só porque era interessante para mim, mas também porque achei que podia acalmá-la e fazer com que soasse mais inteligente. Eu sabia que Richard não saíra coisa nenhuma, que estava espreitando da cozinha.

Mas ela disse: nada de trabalho.

"Claras em neve, depois açúcar. Ai, puxa vida. Você tinha que beber de canudinho. Mas como a gente se divertiu. O banheiro no porão e tudo mais. A gente se divertiu."

O batom de Iris, o cabelo armado e brilhante, o vestido iridescente e o broche gigante, sua voz e sua conversa, tudo isso era parte de uma política que não estava nada mal: ela era a favor de movimento, barulho, mudança, ostentação, hilaridade e coragem. Diversão. Achava que as outras pessoas deviam ser a favor dessas coisas também, e contou sobre seus esforços na excursão.

"Sou eu que começo a bagunça. Tem gente que fica pra baixo numa viagem. Sente indigestão. Fica falando da constipação. Estou sempre ajudando as pessoas a esquecer essas coisas. Sempre dá pra fazer uma piada. Você pode puxar a cantoria. Toda manhã quase posso escutar eles pensando: o que aquela maluca da Chaddeley vai aprontar hoje?"

Nada a abalava, disse. Contou sobre outras viagens. Irlanda. As mulheres ficaram com medo de descer e beijar a Blarney Stone, mas ela disse: "Não vim tão longe pra ficar sem beijar essa porcaria!", e foi e beijou, com um irlandês blasfemo segurando seus tornozelos.

Bebemos; comemos; as crianças vieram e foram elogiadas. Richard veio e foi. Nada a abalava; tinha razão. Nada a desviava de suas histórias sobre si mesma; a quantidade de tempo que conseguia passar sem falar era limitada. Contou sobre a bolsa de tapeçaria e a viúva do milionário, tudo outra vez. Contou sobre o ator dissoluto. Quantas conversas devia ter conduzido desse jeito — rindo, insistindo, divagando, rememorando. Fiquei pensando se essa noite seria algo que ela descreveria como diversão. Descreveria. A casa, os tapetes, os pratos, os sinais de dinheiro. Talvez não fizesse diferença que Richard a esnobasse. Talvez preferisse ser esnobada por um parente rico a ser acolhida por um pobre. Mas será que sempre fora desse jeito, sempre impudente e gananciosa e assustada; decente, talvez até admirável, mas ainda assim alguém com quem você espera não ter de sentar ao lado por muito tempo, num ônibus ou numa festa? Fui desonesta quando disse que gostaria de tê-la encontrado em outro lugar, que gostaria de tê-la apreciado, quando dei a entender que os juízos de Richard eram tudo que se interpunha entre nós. Talvez eu pudesse tê-la apreciado mais, porém não conseguiria ter ficado muito tempo junto.

Tive de me questionar se tudo se resumia àquilo, a alegria de que eu me lembrava; a alegria e a generosidade, a experiência de vida. Melhor seria pensar que o tempo azedara, diluíra e tornara insípida uma cerveja que costumava borbulhar, que as dificuldades haviam mudado ambas, e não para melhor. Lugares e pessoas hostis talvez houvessem nos empedernido, em gestos e opiniões. Eu costumava adorar ver anúncios de revistas que mostravam mulheres em vestidos de chiffon com capas e tufos flutuantes, apoiando os cotovelos na amurada de um navio, ou tomando chá junto a um vaso de palmeira. Costumava depreender uma vida de elegância e sensibilidade por meio deles. Eram uma janela para o mundo, e as primas, outra. Na verdade os vestidos floridos das primas costumavam me lembrar desses anúncios, embora as primas fossem tão mais corpulentas, e nem um pouco bonitas. Bem, pensando a respeito hoje, do que falavam aquelas mulheres, nos balões sobre suas cabeças? Estavam discutindo odor nas axilas, ou agradecendo suas estrelas da sorte por não ficarem mais assadas, agora que usavam Kotex.

Iris recobrou a compostura, finalmente, e perguntou quando partia o último ônibus. Richard tornara a desaparecer, mas afirmei que a levaria de táxi para seu hotel. Ela disse que não, que gostava de andar de ônibus, gostava mesmo, sempre conversava com alguém. Deixei o que tinha para fazer e a acompanhei até o ponto. Ela disse que esperava não ter alugado Richard e meus ouvidos demais, e perguntou se Richard era tímido. Disse que minha casa era encantadora, minha família era encantadora, que ficara muito feliz de ver que eu me saíra tão bem na vida. Lágrimas encheram seus olhos quando me abraçou e disse adeus.

"Que mocreia patética", disse Richard, entrando na sala quando eu recolhia as xícaras de café. Seguiu-me até a cozinha, repetindo coisas que ela dissera, coisas pretensiosas, laivos de bazófia. Comentou sobre erros gramaticais que cometera, da variedade pretensamente grã-fina. Fingiu incredulidade. Talvez não fosse fingimento. Ou talvez tivesse achado que seria uma boa ideia partir para o ataque imediatamente, antes que eu esbravejasse com ele por sair da sala, ser grosso, não oferecer uma carona para o hotel.

Ele continuava falando quando atirei o prato de pirex contra sua cabeça. Havia uma fatia de torta de limão ali. O prato errou o alvo e acertou a geladeira, mas a torta voou e acertou a lateral de seu rosto, exatamente como em filmes antigos ou num episódio de *I Love Lucy*. Houve o mesmo momento de estupefação que acontece na tela, a inocência súbita, em seu caso; ficou sem fala, a boca aberta. Para mim, também, foi estupefação, de que algo que as pessoas invariavelmente achavam engraçado nessas situações pudesse constituir um veredicto tão chocante na vida real.

*Row, row, row your boat*
*Gently down the stream,*

*Merrily, merrily, merrily, merrily*
*Life is but a dream.*

Estou deitada na cama, ao lado da minha irmãzinha, escutando a cantoria no quintal. A vida é transformada por essas vozes, por essas presenças, pela animação delas e por sua estima grandiosa, que sentem por si próprias e umas pelas outras. Meus pais, todos nós, estamos de folga. A mistura de vozes e palavras é tão complicada e variada que parece que essa confusão, essa alegre rivalidade, continuará para sempre, e então, para minha surpresa — pois fico surpresa, ainda que conheça o padrão das rotas —, a canção começa a morrer, posso escutar as duas vozes se esforçando.

*Merrily, merrily, merrily, merrily*
*Life is but a dream.*

Então uma única voz solitária, uma delas segue cantando, bravamente, até o fim. Uma voz em que há uma inesperada nota de apelo, de advertência, com as cinco palavras separadas pairando no ar. *Life is*. Espere. *But a*. Agora, espere. *Dream*.

## II. A PEDRA NO CAMPO

MINHA MÃE NÃO ERA UMA PESSOA que passava o tempo todo decorando bordas de copos e se imaginando descendente da aristocracia. Era uma mulher de negócios, na verdade, uma comerciante e revendedora. Nossa casa estava cheia de coisas que não haviam sido pagas com dinheiro, mas obtidas em alguma troca complicada, e que talvez não fossem nossas para ficar com elas. Por algum tempo podíamos tocar piano, consultar a *Enciclopédia Britânica*, comer numa mesa de carvalho. Mas um dia eu chegaria da escola para descobrir que todas essas coisas já não estavam mais lá. Um espelho na parede talvez sumisse com a mesma facilidade, um galheteiro, idem, um sofá de crina de cavalo de dois lugares que substituíra um sofá maior que por sua vez substituíra um sofá-cama. Morávamos em um depósito.

Minha mãe trabalhava para, ou com, um homem chamado Poppy Cullender. Era um negociante de antiguidades. Não tinha loja. Sua casa também era atulhada de mobília. O que ficava conosco era apenas o excedente. Ele tinha pares de cômodas encostadas uma na outra e estrados de molas de pé contra a parede. Comprava objetos — mobília, louça, colchas, maçanetas, velhas bombas de água, latões de leite, ferros de passar, qualquer coisa

— de pessoas que moravam em fazendas ou em pequenos vilarejos no campo, depois vendia o que comprara para lojas de coisas antigas em Toronto. O auge das antiguidades ainda não chegara. Era uma época em que as pessoas pintavam a madeira da casa de branco ou pastel tão logo podiam, jogavam fora a velha cama tipo *spool* e construíam suítes com madeira clara de bordo, cobrindo as mantas de patchwork com colchas de chenile. Não era difícil comprar coisas, obtê-las quase de graça, mas vendê-las era um troço moroso, talvez por isso fizessem parte de nossas vidas durante algum tempo. Mesmo assim, Poppy e minha mãe estavam no caminho certo. Se o negócio tivesse durado, eles poderiam ter ficado ricos e provado que tinham razão. Mas do modo como era, Poppy mantinha a cabeça fora da água e minha mãe não ganhava praticamente nada, e todo mundo achava que se iludiam.

Não durou muito. Minha mãe ficou doente e Poppy foi preso, por fazer investidas em um trem.

Havia fazendas em que Poppy não era bem-vindo. As crianças apupavam e as mulheres passavam o ferrolho na porta quando ele aparecia esbaforido no quintal em suas roupas pretas sujas, revirando os olhos numa mania incontrolavelmente lasciva ou tola, e chamando numa voz suave, suplicante: "Alguém em c-cassa?". Para piorar seus problemas, sofria de ceceio e de gagueira. Meu pai o imitava muito bem. Havia lugares onde Poppy topava com portas fechadas e outros, em geral menos respeitáveis, onde era recebido com festa e um prato de comida, como se fosse um pássaro inofensivo e esquisito que caíra do céu, cujo valor residia em sua própria estranheza. Quando não era bem acolhido, não voltava; em vez disso, mandava minha mãe. Devia ter na cabeça um mapa dos arredores, com cada casa identificada, e assim como alguns mapas têm pontos indicando onde ficam os recursos minerais, ou os locais de interesse histórico, o mapa de Poppy teria assinalada a localização de cada cadeira de balanço, aparador de pinho, peça de vidro leitoso, xícara bigodeira. "Por que não vai até lá e dá uma olhada?", eu o escutava dizer para minha mãe quando estavam em meio à confusão da sala de jantar, olhando para algo como a marca do fabricante num velho pote de fazer picles. Ele não gaguejava quando falava com ela, quando falava de negócios; sua voz, embora suave, não era humilde, e indicava que tinha suas próprias satisfações, talvez seu desejo de desforra. Se eu estivesse com alguma amiga, chegando da escola, ela perguntaria: "Aquele é Poppy *Cullender*?". Ela ficaria espantada de ouvi-lo falar como uma pessoa comum e espantada de encontrá-lo dentro da casa de alguém. Eu odiava tanto sua ligação conosco que ficava com vontade de dizer não.

Ninguém dava muita bola, na verdade, para as tendências sexuais de Poppy. As pessoas talvez achassem que ele não tinha nenhuma. Quando diziam que era *queer*, queriam dizer apenas *queer*; esquisito, estranho, perturbador. A gagueira, o revirar de olhos, o traseiro gordo e a casa atulhada de objetos usados vinham todos embrulhados nessa única palavra. Não sei se era muito corajoso, tentando fazer uma vida para si em um lugar como Dalgleish, onde os insultos aleatórios e a piedade fora de lugar eram as únicas coisas que lhe dirigiam, ou se simplesmente não estava sendo muito realista. Sem dúvida não foi realista fazer insinuações para dois jogadores de beisebol no trem de Stratford.

Nunca soube o que minha mãe pensava de seu desastroso destino final, ou o que sabia a seu respeito. Anos mais tarde leu no jornal que um professor da minha faculdade ia ser preso por brigar em um bar, por causa de um companheiro. Ela me perguntou se queriam dizer que estava defendendo um amigo e, nesse caso, por que não escreveram exatamente isso? *Companheiro?*

Então ela disse: "Coitado do Poppy. As pessoas sempre queriam vê-lo pelas costas. Era tão inteligente, a seu modo. Alguns não conseguem sobreviver num lugar como este. Não é permitido. Não".

* * *

Minha mãe podia usar o carro de Poppy para tratar de algum negócio, e às vezes no fim de semana, quando íamos a Toronto. A menos que estivesse com um trailer carregado de coisas para levar, ele viajava — infelizmente, como eu disse — de trem. Nosso carro já passara a um ponto tão além do conserto que não podíamos mais sair da cidade com ele; nós o usávamos para circular em Dalgleish e só. Meus pais eram como tantos outros que haviam entrado na Depressão com algum bem importante, como um carro ou uma caldeira de calefação, que gradativamente envelhecia e não tinha como ser consertado nem substituído. Quando ainda podíamos pegar a estrada com ele costumávamos ir a Goderich uma ou duas vezes no verão, até o lago. E ocasionalmente visitávamos as irmãs de meu pai, que moravam mais no interior.

Minha mãe sempre dizia que meu pai tinha uma família muito estranha. Era estranha porque havia sido sete meninas e um menino; e era estranha porque seis desses oito filhos ainda moravam juntos, na casa onde nasceram. Uma irmã morrera cedo, de febre tifoide, e meu pai fora embora. E essas seis irmãs, em si, eram bem estranhas, pelo menos aos olhos de muitas pessoas, na época em que viviam. Eram relíquias, na verdade; minha mãe disse isso; pertenciam a outra geração.

Não me lembro de algum dia terem nos visitado. Não gostavam de ir a uma cidade grande como Dalgleish, ou de se aventurar ainda mais longe, até nossa casa. Teria sido uma viagem de quase vinte e cinco quilômetros, e não tinham carro. Andavam de charrete, e trenó no inverno, puxados a cavalo, muito depois de todo mundo ter deixado de fazê-lo. Deve ter havido ocasiões em que tiveram de ir à cidade, pois vi uma delas certa vez, na charrete, numa rua da cidade. A charrete tinha uma grande capota, como uma touca preta, e a tia, fosse qual fosse, sentava de lado no banco, erguendo o rosto tão ocasionalmente quanto era possível fazê-lo conforme conduzia um cavalo. O escrutínio público parecia causar-lhe grande aflição, mas ela era obstinada; aguentou firme ali no banco, encolhida e obstinada, e era uma visão tão esquisita, ao seu modo, como Poppy Cullender era ao seu. Eu não conseguia pensar nela como minha tia de fato; a ligação parecia impossível. E, contudo, conseguia lembrar dela de uma época anterior, quando visitara a fazenda — talvez em mais de uma ocasião, pois era tão nova que ficava difícil lembrar —, e não sentira essa impossibilidade e nem compreendera a estranheza dessas parentes. Foi quando meu avô estava acamado, morrendo, suponho, com um grande leque de papel marrom pendurado acima dele. O leque era operado por um sistema de cordames que me deixaram puxar. Uma das minhas tias me mostrava como fazer quando escutei minha mãe gritar meu nome, no andar de baixo. Então essa tia e eu nos entreolhamos exatamente como duas crianças fazem quando um adulto está chamando. Devo ter percebido alguma coisa incomum nisso, uma falta do que seria esperado, até mesmo necessário, a título de equilíbrio, ou barreiras; caso contrário não teria ficado em minha memória.

Uma outra ocasião com uma tia. Acho que a mesma, mas talvez fosse outra, sentada comigo na escada dos fundos da casa, com um cesto retangular de pregadores ao lado, sobre o degrau. Estava fazendo bonecos para mim, formas humanas, com os pregadores de cabeça arredondada. Usava um lápis preto e um vermelho para fazer a boca e os olhos, e tirava pedaços de fio do bolso do avental, enrolando em volta para fazer o cabelo e as roupas. E conversava comigo; tenho certeza de que conversava.

"Olha a mulher. Ela foi para a igreja de peruca, está vendo? Muito orgulhosa. E se soprar um vento? Ia arrancar a peruca dela. Está vendo? Assopra.

"Olha o soldado. Está vendo que ele tem uma perna só? A outra perna foi arrancada por uma bala de canhão na batalha de Waterloo. Sabe o que é canhão, aquela arma grande? Que eles usam na guerra? Bum!"

Agora estávamos a caminho da fazenda, no carro de Poppy, para visitar as tias. Meu pai protestou, disse que não queria dirigir o carro de outro homem — querendo dizer que não queria dirigir o carro de Poppy, não queria sentar onde Poppy havia sentado —, então minha mãe assumiu o volante. Isso fez toda a excursão parecer incerta, o peso distribuído errado. Era um domingo quente no fim do verão.

Minha mãe não tinha muita certeza do caminho e meu pai esperava até o último momento para tranquilizá-la. Isso era subentendido como provocação, e no entanto não inteiramente livre de reservas ou censura.

"É aqui que a gente vira? Na próxima? Vou saber quando chegar a ponte."

O trajeto era complicado. Nos arredores de Dalgleish a maioria das estradas eram retas, mas por aquelas bandas serpenteavam em torno das colinas ou desapareciam dentro de pântanos. Algumas minguavam num par de sulcos com uma fileira de bananeiras e dentes-de-leão crescendo entre eles. Em alguns trechos os arbustos de frutas silvestres avançavam com seus ramos rastejantes pela estrada. Essas moitas altas e cerradas, densas e espinhosas, com folhas de um reluzente verde-escuro que parecia quase preto, lembravam-me as ondas do mar que haviam recuado para Moisés.

Lá estava a ponte, como dois vagões de trem acoplados, descascados até o esqueleto, com uma faixa de largura. Uma placa dizia que não era seguro para caminhões.

"A gente nunca vai conseguir", disse meu pai, conforme sacolejávamos no piso da ponte. "Olha ele ali. Old Father Maitland."

Minha irmã disse: "Onde? Quem? Onde ele está?".

"O *rio* Maitland", disse minha mãe.

Olhamos para baixo, onde o parapeito se fora, na lateral da ponte, e vimos a água marrom-clara fluindo sobre grandes rochas turvas, entre as margens de cedros, desmanchando-se em ondulações ensolaradas mais adiante. Minha pele ansiava por aquilo.

"Elas nadam?", perguntei. Queria dizer as tias. Achei que se gostassem de nadar, talvez levassem a gente.

"Nadar?", disse minha mãe. "Não consigo imaginar. Nadam?", perguntou para o meu pai.

"Eu também não consigo imaginar."

A estrada agora subia a colina, deixando a ensombrecida mata de cedros na margem do rio. Comecei a dizer o nome das tias.

"Susan. Clara. Lizzie. Maggie. Jennet foi a que morreu."

"Annie", disse meu pai. "Não esqueça da Annie."

"Annie. Lizzie. Já falei. Quem mais?"

"Dorothy", disse minha mãe, mudando de marcha com um pequeno esforço furioso, e então chegamos ao topo da colina, deixando o escuro vale de cedros para trás. Ali em cima eram colinas de pastagem cobertas de asclépias de flores arroxeadas, ervilhas-de-cheiro, margaridas-de-olho-negro. Quase nenhuma árvore ali no alto, mas um monte de arbustos de sambuco, florindo ao longo de toda a estrada. Pareciam polvilhados de neve. Uma colina calva assomava mais alta que todas as demais.

"Monte Hebron", disse meu pai. "É o ponto mais elevado da região, no condado de Huron. Ou pelo menos foi o que me disseram."

"Agora entendi direito onde estou", disse minha mãe. "A gente vai ver daqui a pouco, não vai?"

E lá estava, a grande casa de madeira sem árvores por perto, o celeiro com as colinas pardas e floridas atrás. O barracão-garagem era o celeiro original, construído com troncos. A pintura da casa não era branca como eu afirmava, mas amarela, e uma boa parte havia descascado.

Na frente da casa, em um bloco de sombra muito estreito para aquela hora do dia, várias figuras sentavam em cadeiras de espaldar reto. Na parede da casa, atrás delas, ficavam pendurados os baldes de leite brunidos e as partes da desnatadeira.

Não estavam à nossa espera. Não tinham telefone, então não tínhamos como avisar que estávamos a caminho. Estavam simplesmente ali à sombra, olhando para a estrada onde dificilmente algum outro carro passara a tarde toda.

Uma delas se levantou, e saiu correndo pela lateral da casa.

"Deve ser a Susan", disse meu pai. "Ela não pode ver gente."

"Ela vai voltar quando perceber quem é", disse minha mãe. "Não reconheceu o carro."

"Talvez. Eu não contaria com isso."

As outras se levantaram e se aprumaram rigidamente, as mãos diante do avental. Quando descemos do carro e fomos reconhecidos, uma ou duas deram alguns passos à frente, então pararam e aguardaram que nos aproximássemos.

"Vamos", disse meu pai, e nos conduziu uma por uma, dizendo apenas o nome, em reconhecimento ao encontro. Nada de abraços, nada de tocar as mãos ou roçar as bochechas.

"Lizzie. Dorothy. Clara."

Não adiantava. Eu não conseguia saber quem era quem. Eram muito parecidas. A diferença de idade devia ser de doze, quinze anos, mas aos meus olhos pareciam todas ter cerca de cinquenta, mais velhas do que meus pais, mas não velhas de verdade. Eram todas magras e de constituição delicada, e podiam numa época ter sido bem altas, mas agora estavam curvadas, de trabalho duro e deferência. Algumas tinham o cabelo curto, em um estilo simples, infantil; outras, preso numa trança enrolada no alto da cabeça. Nenhuma tinha cabelo totalmente preto ou totalmente grisalho. Os rostos eram pálidos, as sobrancelhas grossas e peludas, os olhos fundos e brilhantes; cinza-azulados, cinza-esverdeados ou cinza. Pareciam um bocado com meu pai, embora ele não andasse curvado, e o rosto dele se abrira de um jeito que o delas não, para fazer dele um homem bonito.

Pareciam um bocado comigo. Eu não sabia disso na época e não teria gostado nem um pouco. Mas supondo que eu parasse de fazer alguma coisa com o meu cabelo hoje, parasse de usar maquiagem e de tirar pelos das sobrancelhas, enfiasse um vestido estampado sem corte e um avental e ficasse o tempo todo com a cabeça curvada e segurando os cotovelos? Pois é. Assim, quando minha mãe e suas primas me examinavam, viravam-me ansiosamente para a luz, dizendo: "Ela é uma Chaddeley? O que acham?", era o rosto dos Fleming que estavam vendo, e para dizer a verdade era um rosto mais bem-apanhado do que o delas. (Não que alegassem ser bonitas; parecer uma Chaddeley era quanto bastava.)

Uma das tias tinha mãos vermelhas como um coelho esfolado. Mais tarde na cozinha essa tia sentou em uma cadeira encostada na caixa de lenha, parcialmente oculta pelo fogão, e vi como ficava esfregando as mãos e torcendo-as no avental. Lembrei que já vira aquelas mãos antes, numa de minhas primeiras visitas, muito tempo antes, e minha mãe me contara que aquilo era porque essa tia — teria sido sempre a mesma? — costumava esfregar o assoalho, a mesa e as cadeiras com barrela, para deixar tudo branco. Isso era o que a barrela fazia com as suas mãos. E depois dessa visita, também, no caminho de casa minha mãe diria, em um tom de acusação geral, pesar e desgosto: "Viu aquelas mãos? Devem ter recebido uma dispensação presbiteriana para poderem fazer limpeza aos domingos".

O assoalho era de pinho e era branco, fulgurante, mas com um aspecto suave, como veludo. Assim como as cadeiras e a mesa. Ficávamos todos na cozinha, que era como uma casa pequena anexa à casa principal; as portas da entrada e dos fundos em lados opostos, janelas em três paredes. O fogão preto e frio também brilhava de polimento. Seus detalhes eram como espelhos.

O ambiente era mais limpo e despojado do que qualquer lugar em que eu estivera. Não havia sinal de frivolidade, nenhum indício de que as pessoas que moravam ali tivessem algum tipo de entretenimento. Nada de rádio; nem de jornais ou revistas; livros certamente não. Devia haver uma Bíblia na casa, e um calendário, mas em nenhum lugar à vista. Era difícil hoje em dia até mesmo acreditar nos bonecos de prendedor, nos lápis e fios de lã. Eu queria perguntar qual delas fizera as bonecas; houvera de fato uma mulher de peruca e um soldado perneta? Mas embora não fosse normalmente tímida, uma paralisia peculiar se apossou de mim naquele lugar, como se eu compreendesse pela primeira vez como uma pergunta qualquer podia ser presunçosa, como uma opinião podia ser arriscada.

Era o trabalho que enchia suas vidas, não a conversa; era o trabalho que dava forma a seus dias. Sei disso agora. Ordenhando o leite nas tetas rudes, empurrando o ferro para a frente e para trás na tábua de passar cheirando a queimado, esfregando a água ensaboada em arcos esbranquiçados pelo assoalho de pinho, viviam mudas, e talvez contentes. O trabalho ali não era feito como seria na nossa casa, onde a ideia era terminar logo. Era algo que podia, devia, prosseguir para sempre.

O que havia para dizer? As tias, como alguém que entretivesse uma conversa com a realeza, não se aventuravam a fazer comentários próprios, mas podiam responder a perguntas. Não ofereceram refrescos. Estava claro que apenas um grande esforço deliberado impedia todas elas de saírem correndo para se esconder, como a tia Susan, que não tornou a aparecer durante toda nossa estadia. O que sentíamos naquele ambiente era a dor do contato humano. Eu estava hipnotizada por ela. A dor fascinante; a necessidade humilhante.

Mas meu pai fazia alguma ideia de como proceder. Começou pelo tempo. A necessidade de chuva, a chuva em julho que estragava o feno, a primavera úmida do ano anterior, inundações havia muito ocorridas, a possibilidade ou impossibilidade de um outono chuvoso. Essa conversa as acalmou, e ele perguntou sobre as vacas, a égua de puxar carroça, cujo nome era Nelly, e os cavalos de puxar arado, Prince e Queen, o jardim; a ferrugem atacara seus tomates?

"Não, não atacou."

"Quantos quartos deu a redução?"

"Vinte e sete."

"Usaram uma parte pra fazer molho de pimenta? Um pouco de suco?"

"Suco e molho. Isso."

"Então não vão morrer de fome no inverno que vem. Podem cair na gula."

Duas delas deram risadinhas e meu pai ficou encorajado, continuou a provocar. Perguntou se andavam dançando muito ultimamente. Abanou a cabeça como se fingisse lembrar da reputação delas por sair pela região, dançando, fumando, aprontando. Disse que eram meninas más, que não casavam porque preferiam namorar; ora, sentia tanta vergonha delas que não sabia onde se esconder.

Minha mãe interrompeu. Sua intenção deve ter sido socorrê-las, achando que era cruel provocá-las daquele jeito, falando exatamente sobre o que nunca tiveram, ou foram.

"Mas como é linda aquela peça", disse. "Aquele guarda-louça. Sempre adorei ele."

Melindrosas, disse meu pai, isso é o que foram, em sua mocidade.

Minha mãe se afastou para olhar o armário de cozinha, que era de pinho, e muito pesado e alto. Os puxadores em todas as portas e gavetas não eram perfeitamente redondos, mas um pouco irregulares, talvez da fabricação, ou talvez por causa de todas as mãos que os haviam segurado.

"Um negociante de antiguidades pode aparecer aqui e oferecer cem dólares por ele", disse minha mãe. "Se um dia acontecer isso, não aceitem. A mesa e as cadeiras também. Não deixem ninguém de fala mansa convencer vocês a vender antes de descobrir o valor verdadeiro. Sei do que estou falando." Sem pedir permissão, examinou o móvel, segurou os puxadores, olhou atrás. "Eu mesma não sei dizer quanto vale, mas se um dia quiserem vender, mando avaliar com a melhor pessoa que conseguir. Mas não é só isso", continuou, acariciando o pinho judiciosamente. "Vocês têm uma fortuna em mobília nesta casa. Estão sentadas nela. Vocês têm a antiga mobília que foi construída por aqui, e quase não sobrou mais nenhuma. As pessoas jogaram fora, na virada do século, compraram peças vitorianas, quando começaram a prosperar. As coisas que não foram jogadas fora valem dinheiro e vão valer ainda mais. Ouçam o que eu digo."

E ouviram. Mas o que dizia estava além delas. Podiam compreendê-la tanto quanto se estivesse arengando disparates. Era possível que não conhecessem a palavra *antiguidade*. Ela estava falando sobre o seu guarda-louças, mas falava em termos absolutamente incompreensíveis para elas. Se um negociante entrasse na casa e oferecesse dinheiro? Ninguém aparecia ali. Vender a peça provavelmente era tão difícil de imaginar para elas quanto vender a parede da cozinha. Nenhuma olhava para nada, exceto para o próprio colo coberto pelo avental.

"Então acho que é uma sorte, para as pessoas que não prosperaram", disse meu pai, para desanuviar as coisas, mas também ficou sem resposta. Talvez soubessem o significado de próspero, mas nunca teriam usado tal palavra, suas bocas jamais pronunciariam tal coisa, assim como suas cabeças jamais conceberiam a ideia de conhecer essa condição. Teriam notado que algumas pessoas, seus vizinhos até, andavam gastando dinheiro em tratores, colheitadeiras, ordenhadeiras, bem como em carros e casas, e acho que isso devia ter lhes parecido o sinal de uma alarmante, não invejável, falta de decoro e autocontrole. Deviam sentir pena das pessoas, de certa forma, do mesmo modo como talvez sentissem pena de garotas que iam a bailes, fumavam, namoravam, casavam. Deviam sentir pena da minha mãe também. Minha mãe observava a vida delas e pensava como fazer para animá-las, arejá-las. Vamos imaginar que vendessem algumas peças de mobília e obtivessem água encanada na casa, comprassem uma máquina de lavar, pusessem um linóleo no piso, comprassem um carro e aprendessem a dirigi-lo? Por que não?, perguntava minha mãe, vendo a vida em termos de mudança e possibilidade. Imaginava que anelavam por coisas, não apenas coisas materiais, mas condições, habilidades, que elas nem sequer se davam ao trabalho de deplorar, nem pensavam em rejeitar, estando tão perfeitamente encerradas no que tinham e eram, até então incapazes de se imaginar de outro modo.

Quando meu pai ficou internado pela última vez, estava muito bem-humorado e falante sob a influência dos comprimidos que davam para ele, e conversou comigo sobre sua vida e sua família. Contou como saíra de casa. Na verdade, foram duas partidas. A primeira ocorreu no verão em que fez catorze anos. Seu pai o mandara cortar um pouco de lenha. Ele quebrou o cabo do machado e seu pai o enxotou, praguejando e perseguindo-o com o forcado. Seu pai era conhecido pelo temperamento, e por trabalhar duro. As irmãs gritaram, e meu pai, o rapaz de catorze anos, saiu correndo pela rua o mais rápido que pôde.

"Elas gritavam alto?"

"Como? Ah, sim. É. Gritavam."

Meu pai pretendia correr só até a estrada, ficar por lá, voltar quando suas irmãs avisassem que a barra estava limpa. Mas só parou de correr quando chegou na metade do caminho de Goderich, e então pensou que podia muito bem ir até o fim. Arrumou trabalho em um barco no lago. Passou o resto da temporada trabalhando no barco, e um mês antes do Natal, após o fim da temporada de navegação, trabalhou numa moenda de trigo. Conseguia fazer o trabalho ali, mas era menor de idade; ficaram com medo do fiscal, então o mandaram embora. Ele queria voltar para casa no Natal, de toda forma. Estava com saudade. Comprou presentes para seu pai e suas irmãs. Um relógio de pulso, para o velho. Isso e a passagem lhe custaram até seu último centavo.

Alguns dias depois do Natal estava no celeiro, armazenando o feno, e seu pai veio falar com ele.

"Tem algum dinheiro?", quis saber seu pai.

Meu pai disse que não tinha.

"Bom, você acha então que eu e suas irmãs vamos passar o verão e o outono inteiros admirando o cu das vacas, pra depois você aparecer em casa e sugar a gente no inverno?"

Essa foi a segunda vez que meu pai saiu de casa.

Ele se sacudia de rir no leito do hospital me contando isso.

"Admirando o cu das vacas!"

Então disse que o mais engraçado era que seu velho também fugira de casa quando jovem, após uma briga com seu próprio pai. O pai partira para cima dele por usar o carrinho de mão.

"Era assim. Sempre carregavam a comida para os cavalos, de balde em balde. No inverno, quando os cavalos estavam nas baias. Então meu pai teve a ideia de levar a comida no carrinho de mão. Claro que era bem mais rápido. Mas ele apanhou. Por ser preguiçoso. Era assim que eles eram, viu? Qualquer mudança de qualquer tipo era uma coisa ruim. Eficiência era só preguiça, para eles. Só pra você ver como pensa esse pessoal do campo."

"Acho que Tolstói teria concordado com eles", falei. "Gandhi também."

"Tolstói e Gandhi podem ir se catar. Nunca trabalharam quando eram novos."

"Talvez não."

"Mas é incrível como essa gente teve coragem no passado, de viajar até aqui. Deixaram tudo pra trás. Deram as costas para tudo que tinham e vieram pra cá. Já era bastante ruim enfrentar o norte do Atlântico, sem falar que essa região era toda selvagem. O trabalho que fizeram, as coisas que enfrentaram. Quando seu bisavô veio pro Huron Tract, estava com o irmão junto, e a esposa e a mãe dela, e os dois filhos pequenos. Logo que chegaram o irmão morreu, uma árvore caiu em cima dele. Depois, no segundo verão, sua esposa, a mãe dela e as duas crianças pegaram cólera, e a avó e as duas crianças morreram. Então ele e a esposa ficaram sozinhos, e seguiram em frente, limpando o terreno para construir a fazenda, e começaram outra família. Acho que a coragem deles foi acabando. A religião tirou o ânimo deles, e a criação. Como precisavam andar na linha. Além do orgulho deles. O orgulho era o que tinham quando não tinham mais iniciativa."

"Não você", falei. "Você fugiu."

"Não fui longe."

Quando a velhice chegou, as tias alugaram a fazenda, mas continuaram a viver dela. Umas sofrendo de catarata nos olhos, outras com artrite, mas seguiram firme e forte, cuidando umas das outras, e morreram ali, todas, exceto a última, tia Lizzie, que teve de ir para a County Home. Viveram bastante tempo. Eram um clã mais rijo, afinal, do que os Chaddeley, em que ninguém chegou aos setenta. (A prima Iris morreu seis meses depois de conhecer o Alasca.) Eu costumava mandar um cartão todo Natal, escrevendo: *Para todas as minhas tias, com amor e votos de um Feliz Natal*. Eu fazia isso porque não conseguia lembrar quais tinham morrido e quais estavam vivas. Tinha visto a lápide delas no enterro da minha mãe. Uma coluna modesta com todos os seus nomes e datas de nascimento inscritos, duas datas de morte preenchidas (Jennet, claro, e provavelmente Susan), o resto deixado em branco. A essa altura mais datas devem ter sido gravadas.

Elas também me mandavam um cartão. Uma grinalda e uma vela na imagem, e algumas frases informativas.

*Um bom inverno até agora, não neva muito. Estamos todas bem, tirando que os olhos da Clara não melhoram. Votos de Boas-Festas.*

Pensei nelas precisando sair para comprar o cartão, indo até a agência do correio, comprando o selo. Era um ato de fé da parte delas escrever e enviar essas frases para um lugar tão inimaginável quanto Vancouver, para alguém de seu próprio sangue levando uma vida a seus olhos tão estranha, alguém que iria ler o cartão com tamanha sensação de perplexidade e culpa inexplicável. De fato eu me sentia culpada e perplexa de pensar que continuavam por lá, ainda apegadas a mim. Mas qualquer mensagem de casa, naqueles tempos, era capaz de me lembrar que eu era uma traidora.

No hospital, perguntei para o meu pai se alguma irmã sua tivera namorado.

"Não que desse para chamar disso. Não. Faziam piada com o sr. Black. Elas costumavam dizer que ele tinha construído sua cabana lá porque arrastava uma asa para a Susan. Acho que não. Era só um sujeito de uma perna só que construiu uma cabana num canto qualquer do campo, do outro lado da estrada, e morreu ali. Tudo antes da minha época. Susan era a mais velha, sabe, tinha vinte ou vinte e um anos quando eu nasci."

"Então você acha que não existia envolvimento romântico nenhum?"

"Acredito que não. Era só uma piada. Ele era austríaco ou qualquer coisa assim. Black era só como as pessoas o chamavam, ou vai ver ele mesmo escolheu o nome. Ela não queria nem chegar perto do sujeito. Ele foi enterrado bem ali, sob um matacão. Meu pai derrubou a cabana e usou a madeira para construir nosso galinheiro."

Lembrei disso, lembrei do matacão. Lembrei de ficar sentada no chão, vendo meu pai fixar mourões. Perguntei-lhe se isso devia ser uma lembrança de verdade.

"É, pode ser. Eu costumava sair e fixar os mourões quando o velho estava doente, de cama. Você não devia ser muito grande."

"Eu estava sentada, vendo você, e você disse pra mim: sabe o que é aquela pedra grande lá? É uma lápide. Não lembro de perguntar de quem. Acho que eu pensei que era brincadeira."

"Brincadeira nada. Era isso mesmo. O sr. Black estava enterrado lá debaixo. Isso me lembra mais uma coisa. Sabe aquilo que eu contei pra você, de como a vó e os meninos morreram? Ficaram com três corpos na casa ao mesmo tempo. E não tinham nada pra usar de mortalha, só as cortinas de renda que compraram na terra deles. Acho que devia ser um negócio bem corrido, quando tinha a cólera, e no verão. Então foi com isso que enterraram eles."

"Cortinas de renda."

Meu pai ficou com uma expressão acanhada, como se tivesse me dado um presente, e completou bruscamente: "Bom, esse é o tipo de detalhe que eu pensei que você podia achar interessante".

Um pouco depois que o meu pai morreu eu estava lendo uns jornais antigos no leitor de microfilme da Biblioteca de Toronto; tinha relação com um roteiro de documentário em que eu andava trabalhando, para a televisão. O nome Dalgleish chamou a minha atenção e depois o nome Fleming, que já fazia muito tempo que eu não usava mais.

EREMITA MORRE PERTO DE DALGLEISH

Informa-se que o sr. Black, cerca de quarenta e cinco anos de idade, nome de batismo desconhecido, morreu na fazenda do sr.

> Thomas Fleming, onde estivera vivendo pelos últimos três anos em uma barraca que o sr. Fleming lhe permitiu construir em um canto do campo. Ele cultivava algumas batatas, subsistindo principalmente disso, bem como de peixe e pequenas caças. Acredita-se que fosse proveniente de algum país da Europa, mas fornecia o nome Black e não revelava sua história. A certa altura da vida dera adeus a uma das pernas, levando uns a especular que podia ter sido soldado. Escutavam-no murmurar consigo mesmo numa língua estrangeira.
>
> Cerca de três semanas atrás o sr. Fleming, não vendo fumaça sair da cabana do recluso, foi investigar e encontrou o homem muito doente. Estava sofrendo de câncer na língua. O sr. Fleming quis removê-lo para sua casa, de modo a poder cuidar dele, mas o sr. Black não concordou, embora no fim das contas permitisse ser levado para o celeiro do sr. Fleming, onde permaneceu, o tempo estando ameno, e os cuidados sendo providos pelas jovens srtas. Fleming, que residem na casa. Ali ele faleceu, e foi enterrado como pediu, junto a sua cabana de eremita, levando consigo o mistério de sua vida.

Comecei a pensar que gostaria de ver a pedra, que gostaria de ver se continuava lá. Ninguém ligado a mim vivia mais na região. Peguei o carro num domingo de junho e acabei passando por Dalgleish completamente; a estrada tinha sido mudada. Imaginei que teria algum problema para encontrar a fazenda, mas cheguei antes de conseguir acreditar que fosse possível. Não era mais um lugar fora de mão. As estradas secundárias tinham sido endireitadas; havia uma nova ponte de concreto, forte, de duas pistas; metade do monte Hebron fora escavado para virar cascalho; e os campos de pasto selvagens deram lugar às plantações de milho.

O barracão-garagem de troncos sumira. A casa ganhara um revestimento de alumínio verde-claro. Havia diversas novas janelas, amplas. A laje de cimento na frente, onde minhas tias sentavam em suas cadeiras de espaldar reto para observar a estrada, fora transformada num pátio, com tinas contendo sálvia e gerânios, uma mesa de metal sob um toldo e as costumeiras cadeiras de praia, com seu plástico brilhante.

Tudo isso me deixou em dúvida, mas fui lá e bati na porta, de qualquer jeito. Uma jovem grávida atendeu. Convidou-me a entrar na cozinha, que era um ambiente alegre, com linóleo parecendo tijolos vermelhos e marrons, e armários embutidos que só podiam ser de bordo. Duas crianças assistiam a um filme na TV cujas cores pareciam drenadas pela claridade do dia lá fora, e um jovem marido de aspecto prático trabalhava numa máquina de somar, parecendo tão alheio ao barulho da televisão quanto seus filhos eram alheios à luz do sol. A moça passou por cima de um enorme cão para fechar a torneira da pia.

Não ficaram impacientes com minha história, como achei que poderiam. Na verdade, mostraram-se interessados e prestativos, e não completamente no escuro sobre a pedra que eu estava procurando. O marido disse que a terra do outro lado da estrada não fora vendida para seu pai, que comprara aquela fazenda das minhas tias; fora vendida antes. Ele achava que era ali que a pedra estava. Disse que seu pai lhe dissera que havia um homem enterrado por lá, sob uma pedra grande, e até saíram para uma caminhada certo dia, à procura dela, mas fazia anos que não pensavam mais a respeito. Disse que sairia para procurar.

Pensei que iríamos andando, mas fomos pela trilha em seu carro. Descemos e entramos cautelosamente em um milharal. O milho batia na altura dos meus joelhos, então a pedra devia estar à plena vista. Perguntei se o dono daquela plantação não se incomodaria, e o fazendeiro disse que não, o sujeito nunca chegava perto, contratava algum outro para fazer o trabalho por ele.

"O homem tem quatrocentos hectares de milho só no condado de Huron."

Falei que um fazendeiro hoje em dia era igual a qualquer empresário, não era? O fazendeiro pareceu gostar de me ouvir dizer isso e começou a explicar por que era assim. Riscos tinham de ser assumidos. Os custos estavam nas alturas. Perguntei se tinha um daqueles tratores com ar-condicionado na cabine, e ele respondeu que sim, tinha. Se a pessoa se saísse bem, disse, as compensações, as compensações financeiras, podiam ser consideráveis, mas havia dores de cabeça que a maioria nem imaginava. Na primavera seguinte, se tudo corresse bem, ele e sua esposa tirariam suas primeiras férias. Iriam para a Espanha. As crianças queriam que esquecessem das férias e montassem uma piscina, mas sua ideia era viajar. Possuía duas fazendas no momento e pensava em comprar uma terceira. Estava exatamente fazendo as contas quando apareci batendo na porta. Por um lado, não podia se dar ao luxo de comprar. Por outro, não podia se dar ao luxo de não comprar.

Enquanto conversávamos, caminhamos para cima e para baixo entre as fileiras de milho, procurando a pedra. Olhamos para os cantos do campo e não estava lá. Ele disse que era claro que o canto de um campo na época não necessariamente era o canto do campo hoje. Mas a verdade provavelmente era que, quando o campo foi arado para o plantio do milho, a pedra ficou no caminho, então tiveram de removê-la. Ele disse que podíamos ir até a pilha de pedras na beira da estrada e ver se eu a reconhecia.

Respondi que não devíamos nos dar ao trabalho, eu não tinha certeza se saberia dizer qual era, no meio de uma pilha de rochas.

"Nem eu", disse ele. Parecia desapontado. Fiquei pensando o que ele estava esperando ver, ou sentir.

Fiquei pensando a mesma coisa a meu próprio respeito.

Se eu fosse mais nova, teria imaginado alguma história. Teria insistido na ideia do sr. Black apaixonado por uma das minhas tias, e uma delas — não necessariamente a mesma pela qual ele se apaixonara — apaixonada por ele. Teria desejado que lhes tivesse confidenciado, a uma delas, seu segredo, seu motivo para viver em uma cabana no condado de Huron, longe de casa. Mais tarde, eu podia ter acreditado que ele queria, mas não confidenciara isso, tampouco seu amor. Eu teria feito uma ligação horrível, plausível, entre seu silêncio e o modo como morreu. Hoje em dia não acredito mais que os segredos das pessoas sejam explicáveis e comunicáveis, ou que seus sentimentos sejam plenamente amadurecidos e fáceis de reconhecer. Não acredito nisso. Hoje, posso dizer apenas que as irmãs do meu pai esfregavam o assoalho com água de barrela, juntavam os feixes de aveia no campo e ordenhavam as vacas com as mãos. Devem ter levado uma colcha ao celeiro para que o ermitão tivesse onde morrer, devem ter deixado a água pingar de um copo de lata em sua boca aflita. Essa foi a vida delas. As primas da minha mãe se comportavam de outra forma; vestiam-se com apuro e tiravam fotos umas das outras; metiam as caras. Independentemente de como se comportavam, estão todas mortas. Algumas coisas delas eu levo comigo. Mas o matacão se foi, escavaram o monte Hebron para fazer brita, e a vida que jaz enterrada aqui é uma que a pessoa precisa pensar duas vezes antes de lamentar.

# DULSE

NO FIM DO VERÃO, Lydia tomou um barco para uma ilha ao largo da costa sul de New Brunswick, onde passaria a noite. Tinha apenas alguns dias sobrando antes de precisar voltar para Ontário. Trabalhava como editora, numa casa editorial de Toronto. Também era poeta, mas não fazia referência a isso a menos que fosse uma coisa que as pessoas já soubessem. Nos últimos dezoito meses, estivera morando com um homem em Kingston. Até onde podia perceber, estava terminado.

Ela notara algo a seu próprio respeito, nessa viagem para as Marítimas. Era que as pessoas não se interessavam mais em conhecê-la. Não que antes fosse de parar o trânsito, mas houvera algo ali com que podia contar. Estava com quarenta e cinco anos, e divorciada havia nove. Seus dois filhos tinham a própria vida, embora ainda ocorressem retrocessos e confusões. Ela não estava mais gorda nem mais magra, sua aparência não se deteriorara de modo alarmante, mas mesmo assim deixara de ser um tipo de mulher e se tornara outro, e notara isso nessa viagem. Não ficou surpresa, pois estava numa situação nova, estranha, na época. Fazia tentativas, uma após a outra. Empilhava pequenos blocos e vivia a vida. Em algumas ocasiões quase não conseguia fazer isso. Em outras, a mera deliberação, a aparente arbitrariedade do que estava fazendo, o modo como estava vivendo, alegravam-na.

Encontrou uma casa de hóspedes com vista para as docas, com suas pilhas de armadilhas para lagostas, e para as lojas e casas que compunham o vilarejo. Uma mulher mais ou menos da sua idade preparava a refeição. Essa mulher a conduziu ao quarto barato, antiquado, no andar de cima. Não havia outros hóspedes à vista, embora o quarto ao lado estivesse aberto e parecesse ocupado, talvez por uma criança. A pessoa deixara um monte de gibis no chão, ao lado da cama.

Saiu para uma caminhada pela trilha íngreme que passava atrás da casa. Distraiu-se lembrando o nome dos arbustos e das ervas. O solidago e o áster silvestre estavam em flor, e o buxo japonês, uma raridade em Ontário, parecia lugar-comum ali. O capim era longo e áspero e as árvores, pequenas. A costa do Atlântico, que nunca vira antes, era exatamente como imaginara. O capim recurvo; as casas simples; a luz marinha. Começou a se perguntar como seria viver ali, se as casas ainda eram baratas ou se as pessoas de fora já haviam começado a comprá-las. Muitas vezes nessa viagem ela se distraíra com cálculos desse tipo, e também com ideias sobre como poderia ganhar a vida de uma nova maneira, distante de tudo que fizera antes. Não passava por sua cabeça ganhar a vida escrevendo poesia, não só porque o dinheiro seria tão pouco, mas também porque achava, como achara inúmeras vezes em sua vida, que provavelmente não voltaria a escrever nunca mais. Pensou que não era uma cozinheira boa o bastante para receber por isso, mas podia fazer limpeza. Havia pelo menos mais uma casa de hóspedes além dessa onde ficaria, e vira uma placa anunciando um motel. Quantas horas de limpeza faria se limpasse os três lugares, e quanto pagavam por uma hora de limpeza?

Havia quatro mesas pequenas na sala de jantar, mas apenas um homem sentado ali, tomando suco de tomate. Não olhou para ela. Um homem que provavelmente era marido da mulher que ela vira antes veio da cozinha. Tinha barba loiro-acinzentada e expressão abatida. Perguntou para Lydia seu nome e a conduziu à mesa onde o homem estava sentado. O homem se levantou, rigidamente, e Lydia foi apresentada. O nome do homem era sr. Stanley, e Lydia considerou que devia ter cerca de sessenta anos. Educadamente, ele a convidou a sentar.

Três homens em roupas de trabalho vieram e sentaram em outra mesa. Não eram ruidosos em nenhum sentido presunçoso ou ofensivo, mas só de entrar e se ajeitar em torno da mesa criaram uma comoção apreciável. Ou seja, eles a apreciaram, e pareciam esperar que os outros também apreciassem. O sr. Stanley fez uma mesura na direção deles. Foi na verdade uma pequena mesura, não um simples aceno de cabeça. Disse boa-noite. Perguntaram-lhe o que havia para jantar, e ele afirmou que acreditava ser vieiras, com torta de abóbora de sobremesa.

"Esses senhores trabalham para a New Brunswick Telephone Company", disse para Lydia. "Estão levando um cabo até uma das ilhas menores e ficam aqui durante a semana."

Era mais velho do que ela pensara no início. Não dava para perceber por sua voz, que era precisa e americana, nem pelos movimentos de suas mãos, mas pelos dentes pequenos, separados, pardos, e pelos olhos, que tinham uma delicada pele leitosa sobre a íris castanho-clara.

O marido trouxe a comida deles, e falou com os trabalhadores. Era um garçom eficiente, mas um tanto cerimonioso e remoto, mais para um sonâmbulo, na verdade, como se não estivesse fazendo esse trabalho em sua vida real. Os legumes foram trazidos em tigelas grandes, de onde todos se serviram. Lydia ficou feliz em ver tanta comida: brócolis, purê de nabo, batatas, milho. O americano pegou um pouco de tudo e começou a comer de um modo muito deliberado, dando a impressão de que a ordem em que alçava as garfadas de comida à boca não era casual, que havia um motivo para o nabo vir depois das batatas, e para as vieiras empanadas, que não eram grandes, serem cortadas exatamente na metade. Ergueu a cabeça duas vezes, como se tivesse pensado em dizer algo, mas não fez isso. Os trabalhadores também estavam em silêncio agora, pegando a comida.

O sr. Stanley falou, finalmente. Disse: “Já ouviu falar numa escritora chamada Willa Cather?”.

“Já.” Lydia levou um susto, porque não vira ninguém lendo livros nas duas últimas semanas; não vira sequer um display com brochuras.

“Sabia que ela passava todo verão aqui?”

“Aqui?”

“Nesta ilha. Ela tinha uma casa de veraneio aqui. A não mais do que um quilômetro e meio de onde a gente está aqui sentado. Veio pra cá por dezoito anos e escreveu vários livros aqui. Escrevia num quarto com vista para o mar, mas hoje as árvores cresceram e tamparam tudo. Ficava com a grande amiga dela, Edith Lewis. Já leu *A Lost Lady*?”

Lydia disse que sim.

“É o meu favorito. Ela escreveu aqui. Pelo menos, escreveu uma boa parte dele aqui.”

Lydia percebeu que os trabalhadores estavam escutando, embora não erguessem o rosto da comida. Sentiu que mesmo sem olhar para o sr. Stanley, ou entre si, conseguiam transmitir um desprezo indulgente. Pensou que não se importava se a incluíam ou não nesse desprezo, mas talvez fosse por esse motivo que não tenha encontrado muita coisa para dizer sobre Willa Cather, ou que não tenha contado para o sr. Stanley que trabalhava numa editora, muito menos que ela mesma era uma espécie de escritora. Ou talvez fosse apenas o caso que o sr. Stanley não lhe dera muita chance.

“Sou um grande fã, faz sessenta anos”, continuou. Fez uma pausa, segurando a faca e o garfo acima do prato. “Leio e releio, e minha admiração só cresce. Assim é. Tem gente aqui que se lembra dela. Hoje à noite vou visitar uma mulher, uma senhora que conheceu Willa, e conversou com ela. Está com oitenta e oito anos de idade, mas dizem que a memória dela é boa. As pessoas por aqui estão começando a saber do meu interesse, daí se lembram de alguém assim e me põem em contato.

"É um grande prazer para mim", disse, com ar solene.

Por todo o tempo que falou, Lydia tentou pensar o que aquele estilo de conversa a lembrava. Não era nenhuma pessoa em particular, embora pudesse ter tido um ou dois professores na faculdade que falavam daquele jeito. O que pensou foi que houve uma época em que algumas pessoas, apenas algumas, nunca se preocupavam em ser democráticas, ou em agradar, no que diziam; falavam em sentenças formais, ponderadas, levemente presumidas, embora vivessem numa região onde sua formalidade, seu pedantismo, não podiam atrair nada além de zombaria. Não, essa não era toda a verdade. Atraíam zombaria, e uma admiração constrangida. O que isso fazia Lydia pensar, na verdade, era na cultura antiquada das cidades provincianas dos velhos tempos (algo que, é claro, nunca conhecera, mas inferia dos livros); a nobreza de espírito, o decoro; assentos forrados de pelúcia grossa em salas de concerto; e bibliotecas silenciosas. E a adoração que ele demonstrava por sua autora favorita ia nessa mesma linha; era tão antiquada quanto seu modo de falar. Ela pensou que não podia ser um professor; uma veneração como essa não fazia o estilo de professores, mesmo em sua idade.

"O senhor é professor de literatura?"

"Não. Ah, não. Nunca tive esse privilégio. Não. Nem estudar literatura estudei. Comecei a trabalhar com dezesseis anos. Na minha época não tinha muita escolha. Trabalhei em jornais."

Ela pensou em algum jornal da Nova Inglaterra absurdamente discreto e conservador, com uma prosa embolorada.

"Ah. Que jornal?", perguntou, então se deu conta de que sua curiosidade devia ter parecido muito rude, para uma pessoa tão circunspecta.

"Nenhum jornal que você teria ouvido falar. Só o diário de uma cidade industrial. Outros jornais nos primeiros anos. Essa era minha vida."

"E agora, pensa em escrever um livro sobre Willa Cather?" A pergunta não lhe parecia tão despropositada, pois vivia encontrando gente que queria escrever livros sobre alguma coisa.

"Não", disse ele austeramente. "Meus olhos não me permitem ler ou escrever além do necessário."

Era por isso que comia com tanta deliberação.

"Não", prosseguiu, "não digo que numa época eu não pensei nisso, em escrever um livro sobre Willa. Eu teria escrito alguma coisa sobre a vida dela aqui na ilha, só isso. Existem algumas biografias, mas não tanto sobre essa fase da vida dela aqui na ilha. Hoje já desisti da ideia. Faço minha pesquisa porque gosto, é só. Pego minha cadeira de camping e ponho lá, assim posso ficar sentado embaixo da janela onde ela escrevia e observava o mar. Nunca tem ninguém ali."

"Alguém cuida? Não virou um tipo de memorial?"

"Ah, na verdade, não. Ninguém cuida. As pessoas por aqui, sabe, mesmo ficando muito impressionadas com Willa, enquanto tinha gente que reconhecia seu gênio — quer dizer, o gênio da personalidade dela, porque não teriam sido capazes de reconhecer o gênio da obra —, outros achavam ela antipática e não iam com a sua cara. Ficavam melindrados porque ela era antissocial, como tinha mesmo que ser, pra escrever."

"Podia ser um projeto", disse Lydia. "Talvez desse pra conseguir um pouco de dinheiro com o governo. O governo canadense, e com os americanos também. Eles podiam preservar a casa."

"Bom, isso não compete a mim." Sorriu; abanou a cabeça. "Acho que não. Não."

Não queria outros admiradores aparecendo para incomodá--lo em sua cadeira de camping. Ela devia ter imaginado isso. De que valeria aquela sua peregrinação particular se outras pessoas se juntassem ao gesto, e alguém pusesse placas, imprimisse folhetos; se essa casa de hóspedes, que agora se chamava Sea View, tivesse de ser rebatizada de Shadows on the Rock?* Teria preferido deixar a casa desmoronar e o mato tomar conta a ver uma coisa dessas acontecer.

Após a última tentativa de ligar para Duncan, o homem com quem estivera morando em Kingston, Lydia caminhara pelas ruas em Toronto sabendo que precisava ir ao banco, precisava comprar comida, precisava pegar o metrô. Precisava se lembrar para onde estava indo, e a ordem de fazer as coisas: abrir o talão de cheques, dar um passo adiante quando era sua vez na fila, escolher esse ou aquele tipo de pão, enfiar uma ficha na catraca. Pareciam ser as coisas mais difíceis que já fizera. Teve imensa dificuldade em ler os nomes das estações de metrô, e em descer na estação certa, de modo a ir para o apartamento onde morava. Teria achado difícil descrever essa dificuldade. Sabia perfeitamente bem qual era a parada correta, sabia depois de qual parada era a sua; sabia onde estava. Mas não conseguia fazer a ligação entre si mesma e as coisas de fora, de modo que levantar de manhã e sair do carro, subir a escada, andar na rua, tudo parecia envolver um esforço bizarro. Pensou posteriormente que havia emperrado, como se dizia de máquinas. Mesmo na época tinha uma imagem de si mesma. Via-se como uma espécie de caixa de ovos, com um espaço oco nas costas.

* *Sea View*: "vista para o mar"; *Shadows on the Rock*: "sombras na rocha", romance de Willa Cather. (N. T.)

Quando chegou ao apartamento, sentou em uma cadeira no vestíbulo. Ficou sentada ali por cerca de uma hora, depois foi para o banheiro, tirou a roupa, vestiu a camisola e foi para a cama. Na cama sentiu triunfo e alívio, por conseguir lidar com todas as dificuldades e por chegar aonde deveria ter chegado e por não precisar se lembrar de mais nada.

Não sentiu a menor inclinação pelo suicídio. Não teria conseguido lidar com os instrumentos, ou acessórios, não teria conseguido sequer pensar em quais usar. Admirou-se de pensar que escolhera o pão e o queijo, agora no chão do vestíbulo. Como pudera imaginar que os iria mastigar e engolir?

Após o jantar, Lydia sentou na varanda com a mulher que preparara a refeição. O marido da mulher cuidou da limpeza.

"Bom, claro que a gente tem uma lava-louças", disse a mulher. "A gente tem dois freezers e uma geladeira imensa. A pessoa precisa fazer um investimento. Tem as equipes de trabalho que se hospedam aqui, a gente precisa cuidar das refeições desse pessoal. Este lugar suga dinheiro que nem uma esponja. O ano que vem a gente vai construir uma piscina. Precisamos de melhorias pra atrair as pessoas. É preciso correr pra continuar no mesmo lugar. As pessoas acham que é uma vida fácil e boa. Arre."

Tinha um rosto forte, vincado, e cabelo comprido e liso. Estava usando jeans, uma espécie de bata bordada e um suéter masculino.

"Dez anos atrás eu morava numa comuna nos Estados Unidos. Agora estou aqui. Às vezes trabalho dezoito horas por dia. Hoje à noite ainda tenho que embrulhar o almoço para a equipe. É cozinhar e assar, cozinhar e assar. John faz o resto."

"Tem alguém pra cuidar da limpeza?"

"A gente não tem dinheiro pra contratar ninguém. John faz isso. Ele cuida da roupa — de tudo. A gente precisou comprar uma calandra pra roupa de cama. Teve que mandar instalar uma caldeira nova. Tem um empréstimo do banco. Achei isso engraçado, porque fui casada com um gerente. Larguei ele."

"Eu também me separei."

"Verdade? Mas não pode ficar sozinha pra sempre. Eu conheci o John, e ele estava no mesmo barco."

"Eu estava morando com um homem em Kingston, em Ontário."

"Verdade? John e eu, a gente é muito feliz. Ele era pastor. Mas quando conheci ele, era carpinteiro. Nós dois meio que largamos tudo. Conversou com o sr. Stanley?"

"Conversei."

"Já tinha ouvido falar de Willa Cather?"

"Já."

"Isso deixa ele feliz. Eu mal leio, não significa nada pra mim. Sou uma pessoa visual. Mas acho ele uma figura maravilhosa, o velho sr. Stanley. Um sujeito estudado de verdade."

"Faz tempo que ele vem pra cá?"

"Não, não faz. É só o terceiro ano dele. Diz que sempre quis vir pra cá. Mas que não podia. Teve que esperar algum parente morrer, que ele estava cuidando. Não a esposa. Um irmão, talvez. Enfim, teve que esperar. Quantos anos acha que ele tem?"

"Setenta? Setenta e cinco?"

"O homem está com oitenta e um. Não é incrível? Admiro gente assim. Admiro mesmo. Admiro as pessoas que não se entregam."

"O homem com quem eu estava morando — quer dizer, o homem com quem eu morei, em Kingston", disse Lydia, "estava guardando umas caixas de documentos no porta-malas do carro, uma vez, isso foi no campo, numa fazenda antiga, e daí ele sentiu um cutucão e olhou pra baixo. Foi à noitinha, num dia bem escuro. Então ele achou que fosse algum cachorrão fazendo festa, algum cachorro preto e grande cutucando ele com o focinho, daí não prestou muita atenção. Só disse: sai, amigo, sai pra lá, rapaz. Daí, quando arrumou as caixas, ele virou. E viu que era um urso. Um urso-negro."

Ela estava contando isso mais tarde, nesse mesmo dia, na cozinha.

"E daí, o que foi que ele fez?", perguntou Lawrence, que era o chefe da equipe de telefone. Lawrence, Lydia, Eugene e Vincent estavam jogando baralho.

Lydia riu. "Ele falou: *Dá licença*. É o que diz que falou."

"Eram só papéis nas caixas? Nada de comer?"

"Ele é escritor. Livros históricos. Era um material que precisava para o trabalho. Às vezes precisava sair por aí para encontrar material de umas pessoas bem estranhas. O urso não tinha vindo do mato. Na verdade era um bicho de estimação, que tinha sido deixado fora da corrente, por brincadeira. Tinha dois velhos irmãos por lá, com quem ele tinha conseguido documentos, e só deixaram o urso sem a corrente pra dar um susto nele."

"É isso que ele faz, junta coisas velhas e escreve sobre isso?", disse Lawrence. "Parece interessante."

Ela se arrependeu na mesma hora de ter contado aquela história. Comentou a respeito porque os homens estavam falando sobre ursos. Mas não fazia muito sentido a menos que fosse Duncan contando. Ele sabia como mostrar para você, um homem grande, benevolente, civilizado, com suas polidas desculpas para o urso. Sabia fazer a pessoa ver os dois velhos endiabrados atrás das cortinas puídas.

"Você precisava conhecer o Duncan", foi o que ela quase falou. E será que não contara aquilo simplesmente para demonstrar que conhecera Duncan — que tivera um homem, recentemente, e um homem interessante, um homem divertido e aventureiro? Queria deixar claro para eles que nem sempre estava sozinha, fazendo suas viagens sem propósito. Precisava mostrar que tinha alguém. Um erro. Dificilmente veriam como aventureiro um homem que colecionava documentos velhos de avarentos e excêntricos, de modo a escrever livros sobre coisas que haviam acontecido cem anos antes. Não devia ter contado nem que Duncan era um homem com quem havia morado. Para eles, isso não podia significar outra coisa além de que era uma mulher que dormira com um homem com quem não era casada.

Lawrence, o chefe, ainda não tinha quarenta anos, mas era bem-sucedido. Ficou feliz de falar sobre si mesmo. Era um empreiteiro freelance e tinha duas casas em St. Stephen. Tinha dois carros, um caminhão e um barco. Sua esposa era professora de escola. Lawrence começava a engrossar na cintura, uma barriga de caminhoneiro, mas ainda parecia alerta e vigoroso. Dava para perceber que devia ser bastante perspicaz, na maioria das situações, para seus propósitos; sem dúvida, sem escrúpulos. Com uma roupa boa, talvez ficasse vaidoso. E certos lugares e pessoas talvez fossem capazes de deixá-lo carrancudo, inseguro, contencioso.

Lawrence disse que nem tudo era verdade — todas as coisas que escreviam sobre as Marítimas. Disse que havia trabalho de sobra para pessoas que não tinham medo de trabalhar. Homens ou mulheres. Disse que não tinha nada contra a liberação feminina, mas o fato era, e sempre seria, que havia trabalhos que os homens faziam melhor do que as mulheres e trabalhos que as mulheres faziam melhor do que os homens, e se ambos sossegassem e percebessem isso, seriam mais felizes.

Seus filhos eram uns malcriados, disse. Tiveram muita moleza. Tinham tudo que queriam — era assim hoje em dia, o que se podia fazer? Os filhos dos outros também tinham tudo. Roupas, bicicletas, boas escolas, discos. Ele nunca ganhara nada de mão beijada. Saíra e fora trabalhar, dirigira caminhões. Fora para Ontário, chegara até Saskatchewan. Completara apenas a décima série na escola, mas não deixara que isso o atrapalhasse. Às vezes, porém, desejava ter estudado um pouco mais.

Eugene e Vincent, que trabalhavam para Lawrence, disseram que nunca haviam passado da oitava série, quando isso era o máximo a que se podia chegar nas escolas rurais. Eugene tinha vinte e cinco anos e Vincent, cinquenta e dois. Eugene era franco-canadense, do norte de New Brunswick. Aparentava menos idade. Tinha coloração rosada, uma expressão branda, sonhadora — sua beleza era masculina e no entanto suave, meiga, acanhada. Dificilmente os homens ou rapazes tinham essa expressão hoje em dia. Às vezes você a vê numa fotografia antiga — um noivo, um jogador de basquete: o cabelo grosso molhado e penteado, o rosto exuberante de menino no corpo de homem novo. Eugene não era muito inteligente, ou talvez não muito competitivo. Perdeu dinheiro nas cartas. Era um jogo que os homens chamavam de Skat. Lydia lembrou de tê-lo jogado quando criança, e chamar de Trinta e Um. Apostavam vinte e cinco centavos por partida.

Eugene deixava que Vincent e Lawrence o provocassem por perder nas cartas, por se perder em Saint John, por mulheres de quem gostava e por ser franco-canadense. A implicância de Lawrence beirava o bullying. Lawrence conservava uma expressão cuidadosamente amigável, mas era como se alguma coisa dura e pesada tivesse se aninhado dentro dele — uma carga de autoestima que o puxava para baixo, em vez de fazê-lo flutuar. Vincent não tinha esse peso extra, e embora também não desse trégua na provocação — implicava com Lawrence tanto quanto com Eugene —, não havia sensação de crueldade ou perigo, no seu caso. Dava para perceber que seu tom natural era de zombaria perpétua, fácil. Ele era rápido e cínico, mas não insistente; sempre conseguia dizer as coisas mais pessimistas sem soar infeliz.

Vincent tinha uma fazenda — a fazenda de sua família, onde crescera, perto de Saint Stephen. Dizia que não dava para tirar o suficiente hoje em dia, vivendo só de cultivar a terra. No ano anterior, tinha plantado batatas. Houve uma geada em junho, neve em setembro. Uma temporada curta demais. Você nunca sabia quando podia ser desse jeito. E o mercado é todo controlado agora, todo dirigido pelos figurões, pelos donos da grana. Cada um faz o que pode, em vez de se fiar na terra. A esposa de Vincent também trabalha. Fez um curso de cabeleireira. Seus filhos não dão duro como os pais. Só o que querem é rodar por aí nos seus carros. Eles se casam e a primeira coisa que as mulheres querem é um fogão novo. Elas querem um fogão que praticamente prepara a comida sozinho e põe a mesa.

Não costumava ser desse jeito. A primeira vez que Vincent teve suas próprias botas — botas novas, que não tinham sido usadas por ninguém antes dele — foi quando entrou para o Exército. Ficou tão feliz que andou de costas, para ver as marcas que deixavam na terra, frescas e inteiras. Mais tarde, após a guerra, foi para Saint John à procura de trabalho. Estivera trabalhando na fazenda havia algum tempo e acabara com suas roupas de militar — só lhe restara um par de calças decente. Numa cervejaria em Saint John um sujeito lhe disse: "Quer conseguir um bom par de calças por uma ninharia?". Vincent disse que sim. E onde os dois foram parar? No agente funerário! Pois o fato era que a família do morto geralmente levava um terno completo para vestir o corpo e a pessoa só precisava ficar vestida da cintura para cima, é só o que dá para ver no caixão. O agente funerário vendeu a calça. Isso era verdade. O Exército deu para Vince seu primeiro par de botas e um cadáver doou o melhor par de calças que ele jamais tivera, até aquele momento.

Vincent não tinha dentes. Isso ficava evidente na mesma hora, mas não o tornava menos atraente; simplesmente acentuava sua expressão de sigilo e humor. Seu rosto era comprido e ele tinha o queixo afundado, e um olhar cândido mas astuto. Era magro, com músculos competentes; e cabelos pretos ficando grisalhos. Dava para perceber todos os anos de trabalho duro nele, e alguns anos ainda por vir, e o corpo simplesmente à altura disso, até ele se tornar um velho de braços nodosos, enrugado, resignado, aferrado a uma ou duas piadas.

Enquanto jogaram Skat a conversa foi ruidosa e interrompida o tempo todo por exclamações, ameaças jocosas envolvendo o jogo, risadas. Em seguida ela se tornou mais séria e pessoal. Vinham tomando uma cerveja local chamada Moose, mas quando o jogo terminou Lawrence foi até o caminhão buscar uma cerveja de Ontário, considerada melhor. Chamavam de "o negócio importado". O casal dono da hospedaria já fora para a cama fazia tempo, mas os trabalhadores e Lydia ficaram na cozinha, como se ela pertencesse a um deles, tomando cerveja e comendo dulse, que Vincent trouxera de seu quarto. A dulse era uma espécie de alga, marrom-esverdeada, salgada e sabendo a peixe. Vincent disse que era a última coisa que comia à noite e a primeira de manhã — não havia nada melhor. Agora, com a descoberta de que fazia bem para a saúde, vendiam nas lojas, acondicionada em pequenos pacotes, a um preço criminoso.

O dia seguinte era sexta-feira e os homens iriam embora da ilha, para o continente. Falaram em tomar o barco das duas e meia, em vez do que normalmente pegavam, às cinco e meia, porque a previsão era de tempo ruim; o finalzinho de um furacão tropical devia atingir a baía de Fundy antes de anoitecer.

"Mas as balsas não saem se o tempo estiver ruim demais, saem?", disse Lydia. "Elas não saem se for muito perigoso?" Pensou que não se importaria de ficar presa, não se importaria de não ter de viajar outra vez pela manhã.

"Bom, tem um monte de caras esperando pra ir embora da ilha na sexta à noite", disse Vincent.

"Querendo voltar pra casa, pras esposas", disse Lawrence, sardonicamente. "Sempre tem umas turmas trabalhando por aqui, sempre tem homens longe de casa." Então começou a falar sem pressa, mas insistentemente, sobre sexo. Falou sobre o que chamou de imoralidade na ilha. Disse que certa vez as autoridades decretaram uma quarentena na ilha toda, por conta das doenças venéreas. As equipes iam lá para trabalhar e se hospedavam no motel, o Ocean Wave, e tinha festas ali a noite inteira, toda noite, com bebedeira, e as garotas chegando, se oferecendo por dinheiro. Meninas de catorze, quinze anos — ah, treze anos de idade. A ilha, ele disse, chegou num ponto que uma mulher de vinte e cinco já podia ser avó, praticamente. O lugar era famoso. Aquelas jovens faziam qualquer coisa por um preço, às vezes por uma cerveja.

"E às vezes por nada", disse Lawrence. Ele se deleitou em contar.

Escutaram a porta da frente se abrir.

"Seu velho namorado", disse Lawrence para Lydia.

Ela ficou confusa por um momento, pensando em Duncan.

"O velho da mesa", disse Vincent.

O sr. Stanley não entrou na cozinha. Atravessou a sala e subiu a escada.

"Ei? Dando uma passada no Ocean Wave?", disse Lawrence, suavemente, erguendo a cabeça como que para chamar através do teto. "O sujeito não ia saber o que fazer com aquilo", disse. "Cinquenta anos atrás saberia tanto quanto sabe hoje. Não deixo ninguém das minhas equipes chegar nem perto daquele lugar. Deixo, Eugene?"

Eugene corou. Fez uma expressão solene, como se estivesse sendo importunado por um professor na escola.

"Eugene, ora, ele não precisa", disse Vincent.

"Não é verdade o que estou falando?", disse Lawrence com insistência, como se estivesse sendo contestado por alguém. "É ou não é verdade?"

Olhou para Vincent, e Vincent disse: "É. É". Não parecia extrair tanto prazer do assunto quanto Lawrence.

"E você imaginando que fosse tudo tão inocente por aqui", disse Lawrence para Lydia. "Inocente! Rapaz!"

Lydia subiu para pegar uma moeda, que estava devendo para Lawrence, do último jogo. Quando saiu do quarto para o corredor escuro, Eugene estava ali de pé, olhando pela janela.

"Espero que a tempestade não venha forte demais", ele disse.

Lydia foi ficar ao seu lado, olhando para fora. A lua estava visível, mas enevoada.

"Você não cresceu perto do mar?", ela disse.

"Não, eu não."

"Mas se pegar o barco das duas e meia vai ficar tudo bem, não vai?"

"Estou cruzando os dedos." Ele era bem inocente e despreocupado quanto a seu medo. "Se tem uma coisa de que eu não gosto é a ideia de morrer alfogado."

Lydia lembrou que quando criança costumava dizer "alfogado".* A maioria dos adultos e todas as crianças que ela conhecia na época falavam assim.

"Não vai", disse ela, num tom firme, maternal. Desceu e pagou sua moedinha.

"Cadê o Eugene?", disse Lawrence. "Subiu?"

"Olhando pela janela. Está preocupado com a tempestade."

Lawrence riu. "Fala que é pra ele ir pra cama e deixar isso pra lá. Está no quarto colado com o seu. Só pensei que você precisava saber, caso ele grite dormindo."

* *Drownded*, em vez de *drowned*. (N. T.)

Lydia vira Duncan pela primeira vez numa livraria, onde seu amigo Warren trabalhava. Estava esperando Warren sair para almoçarem juntos. Ele fora buscar seu casaco. Um homem perguntou para Shirley, a outra funcionária da loja, se podia pegar para ele um exemplar das *Cartas persas*. Esse era Duncan. Shirley foi na frente, para mostrar onde o livro ficava, e na livraria silenciosa Lydia o escutou dizer que devia ser difícil saber onde colocar as *Cartas persas*. O livro devia ser classificado como ficção ou ensaio político? Lydia sentiu que revelava algo, dizendo isso. Revelava uma necessidade que ela supunha ser comum nos fregueses de uma livraria, a necessidade de se destacar, aparentar erudição. Um dia ela se lembraria desse momento e tentaria imaginá-lo outra vez assim impotente, tentando agradar, demonstrando certa carência. Warren voltou metido em seu casaco, cumprimentou Duncan, e quando ele e Lydia saíam, Warren murmurou: "The Tin Woodman".* Warren e Shirley se divertiam dando apelidos para os fregueses; Lydia já ouvira falar de Marble-Mouth, Chickpea e da Colonial Duchess. Duncan era o Tin Woodman. Lydia achou que deviam chamá-lo assim por causa do sobretudo cinza e liso que ele usava, e por causa do cabelo, de um grisalho brilhante que obviamente fora loiro algum dia. Ele não era magro nem anguloso, e não aparentava sofrer de rangidos nas juntas. Era flexível, carnudo, digno, agradável; de pele clara, bem-arrumado, reluzente.

Ela nunca contou a ele sobre o apelido. Nunca contou que o vira na livraria. Cerca de uma semana mais tarde encontrou-o na festa de um editor. Ele não se lembrava de tê-la visto antes, e ela supôs que ele não a vira, estando ocupado em conversar com Shirley.

Lydia em geral confia no que intui das coisas. Confia no que pensa de seu amigo Warren, da amiga dele, Shirley, e de pessoas

* O Homem de Lata de *O mágico de Oz*. (N. T.)

que conhece ao acaso, como o casal que cuida da hospedaria, e do sr. Stanley, e dos homens com quem ficara jogando cartas. Acha que sabe por que as pessoas se comportam desse ou daquele jeito, e dá mais valor do que admite a suas próprias teorias sem prova e suspeitas sem justificativa. Mas fica estúpida e desamparada quando contempla a colisão entre ela e Duncan. Tem um bocado a dizer a respeito, apresentando-se a oportunidade, porque explicação é seu hábito, mas não confia no que diz, nem para si mesma; isso não a ajuda. Podia muito bem cobrir a cabeça e sentar choramingando no chão.

Ela se pergunta o que conferiu a ele seu poder. Ela sabe quem foi. Mas se pergunta o que e quando — quando a transferência teve lugar, quando aconteceu a abdicação de todo orgulho e sensatez?

Leu por meia hora depois de ir para a cama. Então saiu no corredor para ir ao banheiro. Era mais de meia-noite. O resto da casa estava às escuras. Deixara a porta entreaberta e, ao voltar para o quarto, não acendeu a luz do corredor. A porta do quarto de Eugene também estava entreaberta e, quando passou, escutou um som baixo, cauteloso. Era como um gemido, e também como um sussurro. Lembrou de Lawrence dizendo que Eugene gritava dormindo, mas o som não estava sendo produzido por alguém dormindo. Ela sabia que ele estava acordado. Estava observando da cama em seu quarto escuro e chamando-a. O chamado era amoroso e direto e soava tão desamparado quanto sua confissão de medo diante da janela. Ela seguiu em frente para o seu próprio quarto, fechou a porta e passou o gancho. Mesmo sabendo que não precisava. Ele nunca tentaria entrar; não tinha o espírito do bullying.

Então ficou acordada. As coisas haviam mudado para ela; recusava aventuras. Poderia ter ido com Eugene, e um pouco antes nessa noite poderia ter dado uma deixa para Lawrence. No passado, poderia ter feito isso. Poderia, ou poderia não ter feito, dependendo de como se sentisse. Agora parecia não ser possível. Sentia-se como se estivesse amortecida, embrulhada em camadas e camadas de um conhecimento embotado, bem protegida. Não era ruim de modo algum — desanuviava sua mente. A especulação pode ser mais suave, pode ser feita com calma, quando não é impelida pelo desejo.

Pensou em como teriam sido esses homens, na cama. Lawrence teria sido sua escolha mais sensata. Era o mais próximo de sua idade, e previsível, e provavelmente calejado para o encontro discreto. Sua abordagem era vulgar, mas isso não necessariamente a teria desencorajado. Ele seria animado, entusiasmado, prudente, talvez um pouco cheio de si, atencioso de um modo pragmático, e daria um jeito em meio a suas atenções de transmitir uma advertência: uma piada, um insulto amigável, um lembrete do pé em que as coisas ficavam.

Eugene nunca teria sentido necessidade de fazer tal coisa, embora sua memória viesse a ser ainda mais curta que a de Lawrence (bem mais curta, pois Lawrence, embora não recusando oportunidades, ficaria posteriormente com o pensamento de uma consequência ruim, para a qual devia manter a postos uma linha clara de defesa). Eugene não seria menos experiente que Lawrence; por anos, garotas e mulheres deviam ter atendido o tipo de apelo que Lydia escutara, a confissão sincera. Eugene seria generoso, pensou. Seria um amante agradecido, abnegado, mostrando para suas mulheres tal afabilidade que, quando fosse embora, elas não causariam problemas. Não tentariam enredá-lo; não iriam choramingar por sua causa. Mulheres fazem isso pelos homens que esconderam alguma coisa, que se contradisseram, prometeram, mentiram, menosprezaram. É com homens assim que as mulheres engravidam, mandam cartas desesperadas, proclamam seu amor elevado, vingam-se. Eugene sairia livre, seria um prodígio amoroso inocente, feliz, até decidir que era hora de se casar. Então escolheria um tipo de garota um tanto simples, maternal, talvez um pouco mais velha, um pouco mais astuta do que ele. Seria fiel, e bom para ela, e ela cuidaria das coisas; criariam uma família numerosa, católica.

E quanto a Vincent? Lydia não conseguia imaginá-lo tão facilmente quanto imaginava os outros: seus barulhos, movimentos, ombros desnudos, pele quente e agradável; sua potência, seus esforços, seus momentos de desamparo. Ficou encabulada de pensar essas coisas a seu respeito. E contudo ele era o único em quem podia pensar agora com real interesse. Pensou em sua cortesia, reticência, bom humor, sua incapacidade de melhorar a própria sorte. Ela gostou dele exatamente pelas coisas que o tornavam diferente de Lawrence e lhe davam a certeza de que toda sua vida trabalharia para Lawrence — ou para alguém como Lawrence —, nunca o contrário. Gostou dele também pelas coisas que o fazia diferente de Eugene: a ironia, a paciência, seu retraimento. Era o tipo de homem que conhecera quando criança, morando em uma fazenda não muito diferente da dele, o tipo de homem que devia ter havido em sua própria família por centenas de anos. Ela sabia como era sua vida. Com ele, podia antever portas se abrindo, para as coisas que sabia e que havia esquecido; quartos e paisagens se abrindo; *pronto*. Entardeceres chuvosos, o campo com regatos e cemitérios, e cerejeiras silvestres e passarinhos no canto das cercas. Teve de se perguntar se isso era o que acontecia, após anos de apetite e avidez — você se desgarrava de volta para as fantasias ternas? Ou nada mais era que a verdade sobre o que ela precisava e queria; deveria ter se apaixonado, e casado, com um homem como Vincent, anos antes; deveria ter se concentrado nessa parte sua que teria ficado contente com um arranjo como esse, e esquecido de todo o resto?

Ou seja, não deveria ter ficado nesse ponto em que o amor é controlado por você, sem ir aonde você tinha de inventá-lo, e reinventá-lo, sem nunca saber se esses esforços bastarão?

Duncan falava sobre suas ex-namoradas. A eficiente Ruth, a atrevida Judy, a jovial Diane, a elegante Dolores, a esponsal Maxine. Lorraine, de cabelos dourados, a beldade peituda; Marian, a poliglota; Caroline, a neurótica; Rosalie, uma cigana selvagem; a talentosa e melancólica Louise; a socialite serena Jane. Que descrição teria hoje para Lydia? Lydia, a poeta. Morosa, confusa, insatisfatória Lydia. A poeta insatisfatória.

Certo domingo, quando passeavam de carro pelas montanhas nos arredores de Peterborough, ele falou sobre os efeitos que a beleza de Lorraine causava. Talvez a voluptuosa região rural o lembrasse dela. Era quase como uma piada, disse ele. Quase tolo. Parou para abastecer numa cidadezinha e Lydia atravessou a rua até uma loja de descontos que ficava aberta aos domingos. Comprou maquiagens em bisnagas que ela achou numa prateleira. No banheiro frio e sujo do posto de gasolina, tentou uma transformação, esfregando o líquido amarelado no rosto e passando uma sombra verde nas pálpebras.

"O que você fez no rosto?", perguntou ele quando ela voltou ao carro.

"Maquiagem. Pus um pouco de maquiagem, pra dar uma reanimada."

"Dá pra perceber onde a linha termina, no seu pescoço."

Em ocasiões assim, ela se sentia sufocada. Era a frustração, disse mais tarde para o terapeuta. O abismo entre o que queria e o que podia ter. Acreditava que o amor de Duncan — amor por ela — estava em algum lugar dentro dele, e por meio de gigantescos esforços para agradar, ou acessos de aflição que obliteravam todos esses esforços, ou fingimentos de indiferença, podia arrancá-lo ou atraí-lo para fora.

O que a levou a pensar tal coisa? Ele. Pelo menos deu a entender que podia amá-la, que podiam ser felizes, se conseguisse respeitar sua privacidade, sem enchê-lo de exigências, e tentasse mudar as coisas em sua pessoa e seu comportamento de que ele não gostava. Ele listava essas coisas precisamente. Algumas eram de natureza muito íntima e ela uivava de vergonha, tampava os ouvidos, implorava que retirasse o que dissera ou não dissesse mais nada.

"É impossível discutir com você", disse ele. Disse que odiava histeria, exibições emotivas, acima de tudo, e contudo ela achou ter visto um lampejo de satisfação, uma palpitação profunda de alívio que o percorreu quando finalmente desabou sob o peso de sua calma e suas objeções pormenorizadas.

"Poderia ser o caso?", perguntou para o terapeuta. "Poderia ser que ele quer uma mulher por perto, mas tem tanto medo disso que precisa tentar acabar com ela? Acha isso uma supersimplificação?", disse, ansiosa.

"E quanto a você?", disse o terapeuta. "O que você quer?"

"Que ele me ame?"

"Não que você ame ele?"

Pensou no apartamento de Duncan. Não havia cortinas; ele ficava num andar mais elevado do que os edifícios em volta. Nenhuma tentativa fora feita de arrumar as coisas para compor um cenário; nada tinha relação com coisa alguma. Várias exigências especiais haviam sido cumpridas. Uma determinada escultura ficava em um canto atrás de alguns arquivos, porque ele gostava de deitar no chão e olhar para ela na sombra. Havia pilhas de livros no chão ao lado da cama, que ficava atravessada no quarto, de modo a pegar a brisa entrando pela janela. Toda a desordem era na verdade ordem, cuidadosamente pensada, e não admitia interferência. Havia um lindo tapetinho no fim do corredor, onde ele sentava para ouvir música. Havia uma poltrona grande e feia, uma obra-prima da engenharia, com todos os aparatos para a cabeça, os braços e as pernas. Lydia perguntou sobre as visitas — onde sentavam? Ele respondeu que nunca tinha nenhuma. O apartamento era para ele mesmo. Era um convidado popular, espirituoso e agradável, mas não um anfitrião, e isso lhe parecia razoável, uma vez que a vida social era exigência e invenção das outras pessoas.

Lydia trouxe flores, e não havia onde deixá-las exceto em um jarro no chão junto à cama. Trazia presentes de suas viagens a Toronto: discos, livros, queijo. Descobriu veredas pelo apartamento e encontrou lugares onde podia sentar. Desencorajava velhos amigos, ou quaisquer amigos, a ligar ou aparecer para visitá-la, pois havia coisas demais que não conseguia explicar. Encontravam os amigos de Duncan de vez em quando, e ela se sentia nervosa entre eles, achando que a acrescentavam a uma lista, especulando. Não gostou de ver a quantidade de coisas que ele lhes dava daquela loja de presentes — anedotas, paródias, gracinhas lisonjeiras — que também eram usadas para deleitá-la. Ele não tolerava estupidez. Sentia que desprezava pessoas que não fossem espirituosas. Você precisava ser rápido para acompanhá-lo, numa conversa, precisava de energia. Lydia via a si mesma como uma dançarina na ponta dos pés, o corpo todo tremendo delicadamente, com medo de decepcioná-lo na ocasião seguinte.

"Quer dizer que acha que não o amo?", disse para o terapeuta.

"Como sabe que ama?"

"Porque eu sofro demais quando ele se enche de mim. Quero sumir da face da Terra. É verdade. Quero me esconder. Eu saio na rua e todo rosto que olho parece me desprezar por meu fracasso."

"Seu fracasso em fazer ele amar você."

Agora é o momento de Lydia lançar acusações contra si mesma. Seu egocentrismo é igual ao de Duncan, mas dissimulado com mais engenho. Ela está numa competição com ele, para ver quem ama melhor. Está em competição com todas as outras mulheres, mesmo sendo ridículo de sua parte fazer isso. Não suporta escutar quando estão sendo elogiadas ou saber que são bem lembradas. Como muitas mulheres de sua geração, tem uma ideia do amor que é ruinosa, mas de algum modo não séria, não respeitosa. Ela é gananciosa. Fala com inteligência e ironia e desse modo disfarça suas expectativas indefensáveis. Os sacrifícios que fez por Duncan — nos arranjos para morar, na questão dos amigos, bem como no ritmo do sexo e no tom das conversas — foram violações, cometidas não de forma grave, mas flagrante. Isso é que não foi respeitoso, isso é que foi indecente. Ela o presenteou com todo esse poder, depois se queixou incessantemente consigo mesma, e finalmente para ele, de que ele o possuía. O que ela queria era derrotá-lo.

Isso é o que ela diz para o terapeuta. Mas é a verdade?

"O pior não é não saber o que é verdade em tudo isso. Passo o dia inteiro tentando entender o que acontece entre a gente e não chego a lugar algum. Faço pedidos. Rezo, até. Jogo moedas nesses poços do desejo. Acho que tem alguma coisa nele que não quer dar o braço a torcer de jeito nenhum. Alguma coisa nele que precisa se livrar de mim, então ele procura motivos. Mas ele fala que isso é bobagem, diz que se eu conseguisse parar com os exageros, a gente ia ser feliz. Só posso pensar que talvez ele tenha razão, talvez o problema seja só eu."

"Em que momento você está feliz?"

"Quando ele está satisfeito comigo. Quando está brincando e se divertindo. Não. Não. Eu nunca estou feliz. O que eu fico é aliviada, é como se eu tivesse superado um desafio, é mais triunfo do que felicidade. Mas ele sempre pode puxar o meu tapete."

"Mas então por que você está com alguém que pode puxar o seu tapete a qualquer momento?"

"Não tem sempre alguém? Quando fui casada, era eu. Você acha que ajuda fazer essas perguntas? Imagina que seja só orgulho? Que não quero ficar sozinha, quero que todo mundo pense que tenho um homem desejável? Imagina que é a humilhação, que quero ser humilhada? Que bem vai me fazer saber disso?"

"Não sei. O que você acha?"

"Acho que essas conversas são ótimas quando a pessoa está levemente preocupada e interessada, mas não quando está desesperada."

"Você está desesperada?"

Ela sentiu um cansaço súbito, um cansaço que quase a impedia de falar. A sala onde ela e o terapeuta estavam conversando tinha um tapete azul-escuro, mobília listrada de azul e verde. Havia um quadro de barcos e pescadores na parede. Conluio em algum lugar, sentiu Lydia. Falsas palavras de conforto, consolo provisório, francas enganações.

"Não."

Parecia-lhe que ela e Duncan eram monstros de várias cabeças, ultimamente. Da boca de uma podiam sair insulto e acusação, quentes e frios, de outra, falsas desculpas e súplicas pegajosas, de outra, apenas esse tipo de conversa fingida, razoável, verdadeiro-ou-falso, como a que praticara com o terapeuta. Não se abria uma boca com algo útil para dizer, nenhuma boca tinha o bom senso de se calar. Ao mesmo tempo, ela acreditava — embora não soubesse que acreditava — que essas cabeças monstruosas, com sua conversa cruel, tola, destrutiva, podiam todas voltar a se recolher, podiam se enrodilhar e ir dormir. Não importava o que haviam dito; não importava. Então ela e Duncan, com esperança, confiança e memórias em branco, poderiam tornar a se apresentar, poderiam partir do deleite não danificado de seu ponto de partida, antes de terem começado a encontrar outros usos um para o outro.

Quando passava em Toronto um dia, tentou resgatar Duncan, por telefone, e descobriu que ele agira rápido. Mudara para um número não listado. Escreveu para ela aos cuidados de seu patrão, dizendo que iria embrulhar e enviar suas coisas.

Lydia tomou café da manhã com o sr. Stanley. A equipe de telefone já comera e saíra para trabalhar antes do dia raiar.

Ela perguntou ao sr. Stanley sobre sua visita à mulher que conhecera Willa Cather.

"Ah", disse o sr. Stanley, e limpou um canto da boca depois de morder um ovo poché. "A mulher cuidava de um pequeno restaurante perto da doca. Era uma boa cozinheira, ela disse. Deve ser verdade, porque Willa e Edith costumavam pedir suas refeições para ela. O irmão dela entregava, de carro. Mas às vezes Willa não gostava da comida — talvez não fosse bem o que queria, ou ela achasse que não estava tão bem preparada como devia — e mandava de volta. Ela pedia para mandar outra refeição no lugar." Ele sorriu, e disse de um jeito confidencial: "Willa podia ser uma déspota. Ah, sim. Ela não era perfeita. Gente muito talentosa é capaz de ser um pouco impaciente com assuntos do dia a dia".

Besteira, Lydia ficou com vontade de dizer, parece uma perfeita vaca.

Às vezes acordar era normal, e às vezes, muito ruim. Nessa manhã ela levantara com a fria convicção de um equívoco — algo evitável e irreparável.

"Mas às vezes ela e Edith desciam até o café", continuou o sr. Stanley. "Se sentiam que estavam com disposição para um pouco de companhia, faziam a refeição por lá. Numa dessas ocasiões Willa teve uma longa conversa com a mulher que eu estava visitando. Conversaram por mais de uma hora. A mulher estava pensando em se casar. Tinha de considerar um casamento que pelo jeito que me falou era algo como uma proposta de negócio. Companhia. Não se tratava de amor, ela e o homem não eram jovens e tolos. Willa conversou com ela por mais de uma hora. Claro que não aconselhou a mulher diretamente a fazer uma coisa ou outra, conversou com ela em termos gerais, de modo muito sensato e amável, e a mulher lembra até hoje com bastante clareza. Fiquei feliz de escutar isso, mas não surpreso."

"O que ela podia saber sobre isso, afinal?", disse Lydia.

O sr. Stanley ergueu o rosto do prato e olhou para ela com perplexidade ofendida.

"Willa Cather vivia com uma mulher", disse Lydia.

Quando o sr. Stanley respondeu, pareceu desconcertado, e soou um pouco admonitório.

"Elas eram devotadas", disse.

"Ela nunca viveu com um homem."

"Ela sabia as coisas como os artistas ficam sabendo. Não necessariamente por experiência."

"Mas e se não souberem?", insistiu Lydia. "E se não souberem?"

Ele voltou a comer seu ovo como se não houvesse escutado. Finalmente, disse: "A mulher considerou que a conversa de Willa ajudou muito".

Lydia fez um som de assentimento desconfiado. Sabia que fora grossa, até cruel. Sabia que deveria pedir desculpa. Foi ao aparador e serviu-se de outra xícara de café.

A mulher da casa apareceu vindo da cozinha.

"Continua quente? Acho que também quero uma xícara. Vai mesmo embora hoje? Às vezes acho que gostaria de entrar num barco e ir também. É ótimo aqui e eu adoro, mas sabe como a gente fica."

Tomaram seu café em pé junto ao aparador. Lydia não queria voltar para a mesa, mas sabia que teria de fazê-lo. O sr. Stanley parecia frágil e solitário, com seus ombros estreitos, a cabeça calva, asseada, seu paletó esportivo xadrez marrom que era meio grande demais. Ele se deu ao trabalho de ficar limpo e bem-arrumado, e não devia ter sido fácil, com sua vista. De todo mundo ali era o que menos merecia uma grosseria.

"Ah, esqueci", disse a mulher.

Foi para a cozinha e voltou com um saco de papel Kraft.

"Vincent deixou isso pra você. Disse que você gostou. É verdade?"

Lydia abriu o saco e viu as folhas compridas, escuras, denteadas de dulse, de aspecto oleoso mesmo secas.

"Bom", ela disse.

A mulher riu. "Sei. Precisa ser daqui pra apreciar."

"Não, eu gosto", disse Lydia. "Estava começando a pegar gosto."

"Você deve ter agradado."

Lydia foi com o saco até a mesa e o mostrou para o sr. Stanley. Tentou uma piada conciliatória.

"Será que Willa Cather comia dulse?"

"Dulse", disse o sr. Stanley pensativamente. Enfiou a mão no saco, pegou algumas folhas e olhou para elas. Lydia sabia que ele estava vendo o que Willa Cather podia ter visto. "Sem dúvida ela teria sabido como é. Ela teria sabido."

Mas foi uma mulher de sorte ou não, e correu tudo bem para ela? Como vivia? Era isso que Lydia queria dizer. O sr. Stanley teria sabido do que ela estava falando? Se tivesse perguntado como Willa Cather vivia, não teria ele respondido que não precisava achar um jeito de viver, como as outras pessoas, que ela era Willa Cather?

Que refúgio adorável, duradouro, ele criara para si. Podia carregá-lo consigo aonde fosse e ninguém poderia interferir. Talvez estivesse para chegar o dia em que Lydia se considerasse com sorte de fazer o mesmo. Nesse meio-tempo, terá seus altos e baixos. "Altos e baixos", costumavam dizer quando ela era criança, falando sobre a saúde de pessoas que não iriam mais se recuperar. "Ah. Ela tem seus altos e baixos."

E contudo vejam só como esse presente furtivamente aqueceu seu coração, de longe.

# A TEMPORADA DE PERU

Para Joe Radford

QUANDO EU ESTAVA COM CATORZE ANOS, arrumei trabalho na Granja de Peru durante as festas de fim de ano. Ainda era nova demais para trabalhar em alguma loja ou como garçonete de meio período; além disso, era nervosa demais.

Eu era evisceradora de peru. As outras pessoas que trabalhavam na Granja de Peru eram Lily, Marjorie e Gladys, que também eram evisceradoras; Irene e Henry, que eram depenadores; Herb Abbott, o supervisor, que dirigia toda a operação e também trabalhava quando a gente precisava dele. Morgan Elliott era o dono e o chefe. Ele e seu filho, Morgy, abatiam as aves.

O Morgy eu conhecia da escola. Achava-o estúpido e desagradável e ficava incomodada em ter de considerá-lo em um papel novo e possivelmente superior, como o filho do chefe. Mas seu pai o tratava tão mal, gritando e xingando, que ele não parecia nada senão o mais reles funcionário. A outra pessoa aparentada com o chefe era Gladys. Era a irmã dele, e no seu caso parecia haver de fato algum privilégio de posição. Ela trabalhava devagar e ia para casa quando não estava se sentindo bem, e não era simpática com Lily e Marjorie, embora fosse comigo, um pouco. Voltara a viver com Morgan e sua família depois de trabalhar por muitos anos em Toronto, num banco. Não era o tipo de trabalho a que estava acostumada. Lily e Marjorie, falando dela quando não estava por perto, diziam que tivera um colapso nervoso. Diziam que Morgan a fizera trabalhar na Granja de Peru para pagar seu sustento. Diziam também, sem a menor preocupação com a contradição, que pegara o trabalho porque estava interessada num homem, e que esse homem era Herb Abbott.

Só o que eu conseguia ver quando fechava os olhos, nas primeiras noites após trabalhar ali, eram perus. Eu os via pendurados de cabeça para baixo, depenados e rígidos, pálidos e frios, com as cabeças e os pescoços flácidos, os olhos e as narinas com sangue escuro coagulado; as poucas penas remanescentes — também escuras e ensanguentadas — pareciam formar uma coroa. Eu os via não com aversão, mas com uma sensação de trabalho interminável a ser feito.

Herb Abbott me mostrou como fazer. A gente punha o peru sobre a mesa e cortava a cabeça com um cutelo. Depois pegava a pele solta em torno do pescoço e puxava para revelar o papo, aninhado na fenda entre o esôfago e a traqueia.

"Sente as pedrinhas", disse Herb, encorajador. Ele me fez cingir os dedos em torno do papo. Então me mostrou como passar a mão por trás para cortar fora, assim como o esôfago e a traqueia. Ele usava uma tesoura para cortar as vértebras.

"Aperta, aperta", dizia, tranquilizador. "Agora, enfia a mão aí."

Obedeci. Um frio mortal ali dentro, nas entranhas escuras do peru.

"Cuidado com lascas de osso."

Trabalhando cautelosamente no escuro, eu tinha de soltar os tecidos conjuntivos.

"Upa-lá-lá." Herb virou a ave e flexionou as pernas. "Joelho pra cima, Mãe Brown.* Isso." Pegou uma faca pesada, levou-a diretamente à articulação do joelho e cortou a canela.

* "Knees Up, Mother Brown": canção popular inglesa. (N. T.)

"Dá uma olhada nas minhocas."

Fios perolados, saindo pela canela, moviam-se por conta própria.

"Isso são só os tendões encolhendo. Agora vem a parte boa!"

Ele cortou a ave na parte traseira, liberando um fedor de coisa podre.

"Você tem estudo?"

Eu não sabia o que dizer.

"Que cheiro é esse?"

"Sulfeto de hidrogênio."

"Tem", disse Herb, suspirando. "Tudo bem. Apalpa com os dedos e solta as tripas. Devagar. Devagar. Deixa os dedos juntos. Mantém a palma pra dentro. Sente as costelas com o dorso da mão. Sente as tripas se encaixando na sua palma. Sentiu? Continua. Quebra os tendões — o máximo que você conseguir. Continua. Está sentindo um caroço duro? Isso é a moela. Sentiu um caroço mole? É o coração. Ok? Ok. Passa os dedos em volta da moela. Devagar. Começa puxando assim. Isso mesmo. Isso mesmo. Começa a puxar pra fora."

Não era nada fácil. Eu nem tinha certeza se era mesmo a moela. Minha mão estava cheia de uma polpa fria.

"Puxa", ele disse, e eu arranquei uma massa reluzente, parecendo fígado.

"Pronto. Aí estão eles. Sabe o que é isso? Pulmões. Esse é o coração. Essa é a moela. Essa é a bile. Agora, nunca deixe a bile arrebentar aí dentro ou você contamina a carne toda." Com cuidado, ele raspou o resto que eu tinha deixado, incluindo os testículos, que eram como um par de uvas brancas.

"Belo par de brincos", disse Herb.

Herb Abbott era um homem alto, firme, rechonchudo. Seu cabelo era escuro e fino, penteado bem para trás, expondo o V em sua testa, e seus olhos eram ligeiramente puxados, de modo que parecia um chinês branco ou um desses desenhos do Diabo, exceto que tinha rosto suave e benigno. Tudo que fazia na Granja de Peru — eviscerar, como estava fazendo agora, ou carregar o caminhão, ou pendurar as carcaças — era executado com movimentos eficientes, parcimoniosos, com presteza e animação. "Olha só o Herb — ele sempre anda como se tivesse um barco se mexendo embaixo dele", disse Marjorie, e era verdade. Herb trabalhava nos barcos do lago, durante a temporada, como cozinheiro. Depois trabalhava para Morgan até o Natal acabar. No restante do tempo ajudava no salão de bilhar, fritando hambúrguer, varrendo, apartando brigas antes de começarem. Era onde morava; ele tinha uma sala acima do salão de bilhar, na avenida principal.

Em todas as operações na Granja de Peru, parecia ser Herb a ter a eficiência e o respeito do negócio sempre em mente; era ele que mantinha tudo sob controle. Ao vê-lo no pátio, falando com Morgan, que era um homem atarracado, rubicundo, um casca-grossa imprevisível, a pessoa tinha certeza de que Herb era o chefe e Morgan, o funcionário. Mas não.

Se não tivesse o Herb para me mostrar, acho que nunca teria aprendido a eviscerar um peru. Eu era desajeitada com as mãos, e passara vergonha por causa disso tantas vezes que o menor indício de impaciência por parte da pessoa me instruindo podia me lançar numa paralisia incapacitante. Não suportava ser observada por ninguém além do Herb. Particularmente, não suportava ser observada por Lily e Marjorie, duas irmãs de meia-idade, que eram evisceradoras muito rápidas, meticulosas e competitivas. Elas cantavam no trabalho e falavam de forma insultuosa e íntima com as carcaças de peru.

"Não me corta, seu vagabundo safado!"

"Cadê a fábrica de bosta da mamãe!"

Eu nunca tinha ouvido mulheres falando desse jeito.

Gladys não era uma evisceradora rápida, embora devesse ser meticulosa; Herb teria conversado com ela, se não fosse. Ela nunca cantava e certamente nunca praguejava. Eu a achava um tanto velha, embora não tão velha quando Lily e Marjorie; devia ter mais de trinta. Parecia se ofender com tudo que acontecia ali e tinha ar de quem guardava um bocado de juízos amargos para si. Nunca tentei conversar com ela, mas ela conversou comigo um dia no banheirinho frio, contíguo ao barracão de eviscerar. Estava passando base no rosto. A cor da maquiagem era tão diferente da cor de sua pele que era como se estivesse passando tinta laranja em uma parede caiada e irregular.

Ela me perguntou se meu cabelo era naturalmente cacheado.

Falei que sim.

"Não precisa fazer permanente?"

"Não."

"Você tem sorte. Eu preciso arrumar o meu toda noite. A química do meu organismo não me deixa fazer permanente."

As mulheres têm maneiras diferentes de falar sobre sua aparência. Algumas deixam claro que o que fazem para se cuidar é em nome do sexo, pelos homens. Outras, como Gladys, encaram o trabalho como uma espécie de serviço doméstico, cujas dificuldades são na verdade motivo de orgulho. Gladys era uma pessoa distinta. Eu podia vê-la no banco, em um vestido azul-marinho com esse tipo de gola branca destacável que a pessoa lava à noite. Devia parecer ranzinza e correta.

Em outra ocasião, falou comigo sobre sua menstruação, que era profusa e dolorosa. Queria saber sobre a minha. Seu rosto exibia uma expressão ansiosa, pudica e agitada. Fui salva por Irene, que estava no reservado e chamou: "Faz que nem eu e vai ficar livre de todos os seus problemas por um tempo". Irene era só alguns anos mais velha do que eu, mas casara recentemente — tarde — e estava em gravidez avançada.

Gladys a ignorou, deixando a água fria correr por suas mãos. As mãos de todas nós eram vermelhas e com um aspecto machucado, do trabalho. "Não posso usar esse sabonete. Se eu uso, fico cheia de urticária", disse Gladys. "Se eu trouxer meu sabonete pra cá, não posso deixar outras pessoas usarem, porque é muito caro — é um sabonete antialérgico especial."

Acho que a ideia acalentada por Lily e Marjorie — de que Gladys tinha uma queda por Herb Abbott — provinha de sua crença de que pessoas solteiras deviam ser alvo de provocações e constrangimentos sempre que possível, e de seu interesse por Herb, que dava a sensação de que uma das duas devia ter uma queda por ele. Queriam saber a seu respeito. O que se perguntavam era: Como um homem pode querer tão pouco? Sem esposa, sem família, sem casa. Os detalhes de sua vida cotidiana, as pequenas preferências, eram assunto de interesse. Onde ele crescera? (Aqui, ali, por aí.) Até onde estudara? (O suficiente.) Onde estava sua namorada? (Não falo sobre essas coisas.) Preferia café ou chá se tivesse escolha? (Café.)

Quando falaram sobre Gladys ter uma queda por ele, deviam na verdade ter desejado falar sobre sexo — o que ele queria e o que tinha. Deviam ter sentido uma curiosidade voluptuosa a seu respeito, como eu. Ele despertava esse sentimento por ser circunspecto e por não fazer as piadas que alguns homens faziam, e ao mesmo tempo por não ser cheio de dedos ou cavalheiresco. Alguns, ao me mostrar os testículos do peru, teriam agido como se a mera existência de testículos fosse de certo modo uma piada de mau gosto às minhas custas, um motivo para provocar uma garota; outro tipo de homem teria ficado constrangido e teria achado que era seu dever me proteger do constrangimento. Um homem que não parecia se sentir de um jeito ou de outro era uma estranheza — tanto para as mulheres mais velhas, provavelmente, como para mim. Mas o que era tão bem-vindo para mim talvez fosse perturbador para elas. Elas queriam dar uma sacudida nele. Queriam até que Gladys o sacudisse, se pudesse.

Não havia a menor ideia na época — ao menos em Logan, Ontário, no fim dos anos 1940 — sobre homossexualidade indo além de limites muito estreitos. As mulheres, certamente, acreditavam em sua raridade e em fronteiras definidas. Havia homossexuais na cidade, e sabíamos quem eram: um colador de papel de parede elegante, de voz suave e cabelos ondulados, que se dizia decorador de interiores; o filho único gordo e mimado da viúva do pastor, que chegava ao extremo de entrar em competições de cozinha e fizera uma toalha de mesa de crochê; um organista da igreja e professor de música hipocondríaco que mantinha o coro e seus alunos na linha com acessos vociferantes. Uma vez afixado o rótulo, havia um bocado de tolerância com essas pessoas, e seus talentos para decoração, crochê e música eram apreciados — especialmente pelas mulheres. "O pobrezinho", diziam. "Ele não faz mal pra ninguém." Pareciam realmente acreditar — as mulheres — que era o pendor por assar coisas ou tocar música o fator determinante, e que era essa atividade que tornava o homem o que era, não quaisquer outros desvios que pudesse tomar, ou querer tomar. A vontade de tocar violino teria sido encarada como um afastamento da masculinidade maior do que a vontade de evitar mulheres. Na verdade, a ideia era que qualquer homem viril desejaria evitar as mulheres, mas a maioria era pega com a guarda baixa, e em definitivo.

Não quero entrar na questão de Herb ser ou não homossexual porque a definição de nada me serve. Acho que provavelmente era, mas talvez não fosse. (Mesmo considerando o que aconteceu mais tarde, ainda acho isso.) Ele não é um quebra-cabeça tão arbitrariamente solucionado.

O outro depenador, que trabalhava com Irene, era Henry Streets, um vizinho nosso. Não havia nada de excepcional nele, exceto o fato de ter oitenta e seis anos de idade e ainda ser, como ele mesmo dizia, um danado para trabalhar. Carregava uísque em sua garrafa térmica, e bebia de tempos em tempos ao longo do dia. Foi Henry que me disse, em nossa cozinha: "Você devia procurar emprego na Granja de Peru. Estão precisando de outro eviscerador". Então meu pai disse na mesma hora: "Não ela, Henry. Ela tem dez polegares", e Henry disse que estava só brincando — era um trabalho sujo. Mas eu já me determinara a tentar — tinha uma grande necessidade de ser bem-sucedida num emprego como esse. Eu me sentia quase na situação de uma pessoa adulta que tem vergonha de nunca ter aprendido a ler, de tal forma me ressentia de minha inépcia para trabalhos manuais. Trabalhar, para todo mundo que eu conhecia, significava fazer coisas que eu não era nada boa em fazer, e o trabalho era do que as pessoas se orgulhavam e como se mediam em relação umas às outras. (É desnecessário dizer que as coisas em que eu era boa, como a escola, eram suspeitas ou vistas com simples desprezo.) Então foi uma surpresa e depois um triunfo para mim não ser despedida, e ser capaz de limpar perus a um ritmo que não se mostrasse uma desgraça. Não sei se eu realmente compreendia o quanto Herb Abbott era responsável por isso, mas às vezes ele dizia: "Boa menina", ou dava um tapinha em minha cintura e dizia: "Você vai ser uma evisceradora boa — vai longe na vida", e quando eu sentia esse toque rápido, afável, através do suéter pesado e do avental sujo de sangue, sentia meu rosto queimar e queria recostar contra ele, às minhas costas. Eu queria repousar minha cabeça em seu ombro largo, carnudo. Quando ia dormir à noite, deitada de lado, esfregava a bochecha no travesseiro e pensava nisso como sendo o ombro de Herb.

Fiquei interessada em como ele conversava com Gladys, como olhava para ela ou a notava. Esse interesse não tinha nada de ciúme. Acho que eu queria que acontecesse alguma coisa entre os dois. Eu estremecia de expectativa curiosa, assim como Lily e Marjorie.

Todas nós queríamos ver a centelha da sexualidade nele, escutá-la em sua voz, não porque achávamos que o faria se parecer mais com os outros homens, mas porque sabíamos que em seu caso seria completamente diferente. Ele era mais bondoso e mais paciente do que a maioria das mulheres, e tão austero e remoto, em alguns aspectos, quanto qualquer homem. Queríamos ver como manifestaria uma emoção.

Se Gladys queria isso também, não dava mostras. É impossível para mim dizer, com mulheres como ela, se são tão estúpidas e maçantes quanto parecem, não querendo muita coisa além de oportunidades para sentir irritação e desprezo, ou se são todas emudecidas de ardores lúgubres e paixões vãs.

Marjorie e Lily conversavam sobre casamento. Não tinham muita coisa boa para dizer sobre o assunto, a despeito de sentirem que era uma condição da qual ninguém deveria ter permissão de ficar de fora. Marjorie contou que pouco depois de casar fora para o barracão de lenha com intenção de tomar verde-paris.

"Era pra eu ter feito isso", falou. "Mas o homem chegou no caminhão do empório e eu tive que sair pra comprar mantimentos. Isso foi quando a gente morava na fazenda."

O marido era cruel com ela naqueles dias, só que mais tarde sofreu um acidente — capotou com o trator e ficou tão mal que passaria o resto da vida como inválido. Mudaram para a cidade e agora era Marjorie quem mandava.

"Ele começa a fazer bico outra noite e diz que não quer o jantar. Bom, só peguei ele pelo pulso e segurei. Ele ficou com medo de eu torcer o braço dele. Viu que eu podia fazer isso. Daí eu falo: 'Você *o quê*?'. Daí ele: 'Eu como, eu como'."

Conversavam sobre o pai delas. Era um homem das antigas. Deixava um laço de forca no barracão (não o barracão do verde-paris — esse foi antes, em outra fazenda) e quando as filhas davam nos seus nervos costumava enfileirar as duas e ameaçava enforcá-

-las. Lily, que era a mais nova, ficava tremendo até desabar. Esse mesmo pai arranjara o casamento de Marjorie com um amigo seu quando ela tinha apenas dezesseis anos. Foi esse marido que a levou ao verde-paris. O pai delas fez isso porque queria ter certeza de que não se meteria em apuros.

"Sangue quente", disse Lily.

Fiquei horrorizada, e perguntei: "Por que você não fugiu?".

"A palavra dele era lei", disse Marjorie.

Disseram que esse era o problema com os jovens de hoje — os frangos mandavam no galinheiro. A palavra de um pai devia ser lei. Haviam criado seus filhos com rigidez e nenhum ainda fora pelo mau caminho. Quando o filho de Marjorie molhava a cama, ela ameaçava cortar seu piu-piu com a faca de carne. Isso o curou.

Diziam que noventa por cento das moças de hoje bebiam, e falavam palavrão, e levavam desaforo para casa. Não tinham filhas, mas se tivessem e as pegassem fazendo algo assim, elas ficariam em carne viva de tanto apanhar. Irene, disseram, costumava ir aos jogos de hóquei com uma abertura na calça de esquiar e sem nada por baixo, pela conveniência nos montes de neve após a partida. Terrível.

Fiquei com vontade de apontar algumas contradições. Marjorie e Lily também bebiam e praguejavam, e o que havia de tão maravilhoso na obstinação de um pai que assegurava para você uma vida inteira de infelicidade? (O que eu não percebia era que Marjorie e Lily não tinham nada de infelizes — não podiam ser, graças ao seu senso de importância, seu orgulho e estilo.) Eu podia ficar furiosa nessa época com a falta de lógica na conversa da maioria dos adultos — o modo como se aferram às coisas que dizem, independentemente da evidência que a gente ponha na frente deles. Como as mãos dessas mulheres podiam ser tão dotadas, tão delicadas e hábeis — pois eu sabia que seriam igualmente boas em dezenas de outros trabalhos, como eram em eviscerar; elas seriam boas em costurar acolchoados, cerzir roupas, aplicar papel de parede, amassar pão, plantar mudas —, e o seu modo de pensar, tão irrefletido, grosseiro, exasperante?

Lily disse que nunca deixava o marido chegar perto se andara bebendo. Marjorie disse que desde uma vez em que quase morreu de hemorragia, nunca deixava o marido chegar perto, e ponto-final. Lily acrescentou rápido que só quando tinha bebido ele tentava alguma coisa. Dava para perceber que era questão de orgulho não deixar o marido chegar perto de você, mas eu não acreditava inteiramente que "chegar perto" significava "fazer sexo". A ideia de Marjorie e Lily sendo procuradas para tais propósitos parecia grotesca. Seus dentes eram péssimos, tinham barriga flácida, rosto sem graça e bexiguento. Decidi levar "chegar perto" ao pé da letra.

As duas semanas que antecediam o Natal eram um período frenético na Granja de Peru. Comecei a ir lá durante uma hora antes da escola, além de ir depois das aulas e nos fins de semana. De manhã, quando saía para o trabalho, as luzes da rua continuavam acesas e as estrelas matutinas ainda brilhavam. Lá estava a Granja de Peru, no limiar de um campo branco, com uma fileira de grandes pinheiros atrás, e sempre, por mais frio e quieto que estivesse, essas árvores erguiam seus ramos, suspirando e rangendo. Parece improvável que a caminho da Granja de Peru, para uma hora eviscerando perus, eu pudesse ter experimentado uma sensação tão forte de expectativa e ao mesmo tempo de um mistério perfeito, impenetrável, no universo, mas acontecia. Herb tinha alguma coisa a ver com isso, assim como a onda de frio — uma série de manhãs cruéis, límpidas. A verdade é que tais sentimentos não eram difíceis de me vir nessa época. Eu os tinha, mas sem saber como estavam conectados a alguma coisa na vida real.

Certa manhã, na Granja de Peru, um novo eviscerador apareceu. Um rapaz de dezoito ou dezenove anos de idade, um forasteiro chamado Brian. Parecia ser parente, ou talvez só amigo, de Herb Abbott. Estava hospedado com Herb. Havia trabalhado em um barco no lago, no último verão. Mas disse que se encheu daquilo e largou.

O que ele disse foi: "É, os barcos de merda. Aquilo encheu meu saco".

O linguajar na Granja de Peru era vulgar e liberado, mas *merda* era uma palavra que eu nunca tinha escutado ali. E o uso que Brian fazia dela não parecia descuidado, mas ostensivo, misturando insulto e provocação. Talvez fosse seu estilo geral que causasse isso. Sua beleza era impressionante: cabelo caramelo, olhos azuis brilhantes, pele avermelhada, corpo bem-feito — o tipo de beleza que ninguém discute nem por um segundo. Mas uma ideia isolada, incessante, o dominava de tal forma que ele não conseguia evitar que todos os seus recursos se reduzissem a uma paródia. Sua boca parecia úmida e ficava ligeiramente aberta a maior parte do tempo, os olhos parcialmente fechados, com uma expressão de lubricidade esperançosa, os movimentos indolentes, exagerados, sedutores. Talvez se tivesse sido levado para um tablado com um microfone e um violão e deixassem que grunhisse, uivasse, se contorcesse e se excitasse, teria parecido um genuíno celebrante na frente da igreja. Na falta de um palco, não convencia. Após algum tempo parecia apenas alguém com um ataque grave de soluços — sua sexualidade insistente era monótona e sem sentido.

Se tivesse baixado um pouco o tom, Marjorie e Lily provavelmente o teriam apreciado. Poderiam ter feito o jogo de mandar que calasse a boca suja e guardasse as mãos para si. Mas na verdade diziam-lhe que estavam cheias dele, e falavam sério. Certa vez, Marjorie pegou a faca de eviscerar. "Fica longe", ela disse. "Estou avisando, de mim, da minha irmã e dessa menina."

Ela não lhe disse para ficar longe de Gladys, porque Gladys não estava lá na hora e Marjorie provavelmente não sentia a inclinação de protegê-la, de todo modo. Mas era Gladys que Brian gostava particularmente de importunar. Ela largava a faca por um momento, ia ao banheiro, permanecia lá por dez minutos e saía com uma expressão empedernida. Não afirmava mais que estava doente, e depois ia para casa, como costumava fazer. Marjorie dizia que Morgan estava fulo com Gladys por ser uma sanguessuga e que ela não ia mais continuar se safando do trabalho daquele jeito.

Gladys me disse: "Não aguento esse tipo de coisa. Não aguento as pessoas mencionando esse tipo de coisa e com esse tipo de... gestos. Eu fico doente com isso".

Acreditei nela. Estava terrivelmente branca. Mas por que, nesse caso, não foi se queixar com Morgan? Talvez as relações entre eles fossem estremecidas demais, talvez ela fosse incapaz de repetir ou descrever tais coisas. Por que nenhuma de nós se queixava — se não com Morgan, ao menos com Herb? Nunca pensei nisso. Brian parecia só uma coisa a ser aturada, como o frio glacial do barracão de eviscerar e o cheiro de sangue e restos. Quando Marjorie e Lily de fato ameaçaram se queixar, foi da indolência de Brian.

Ele não era um bom eviscerador. Dizia que suas mãos eram grandes demais. Então Herb o tirou da evisceração, disse-lhe para varrer e limpar, preparar pacotes de miúdos e ajudar a carregar o caminhão. Isso significava que não precisava ficar em nenhum lugar particular nem fazendo qualquer trabalho em particular a um dado momento, de modo que na maior parte do tempo ele não fazia nada. Começava varrendo o chão, largava isso e ia passar o pano nas mesas, largava isso e ia fumar um cigarro, recostava na mesa, importunando a gente até Herb chamá-lo para ajudar no carregamento. Herb andava muito ocupado agora e passava um bocado de tempo fazendo entregas, então possivelmente não fazia ideia de como Brian era preguiçoso.

"Não sei por que o Herb não manda você embora", disse Marjorie. "Acho que a resposta é que ele não quer você só sugando ele, sem ter aonde ir."

"Eu sei aonde ir", disse Brian.

"Cala essa sua boca nojenta", disse Marjorie. "Tenho pena do Herb. Carregando esse peso."

No último dia de aula antes do Natal saímos no começo da tarde. Fui para casa, troquei de roupa e cheguei ao trabalho lá pelas três. Ninguém estava trabalhando. Todo mundo estava no barracão de evisceração, onde Morgan Elliott brandia um cutelo sobre a mesa de eviscerar e berrava. Não dava para entender o porquê daquela gritaria toda, e achei que alguém devia ter cometido uma bobagem federal no serviço; talvez eu. Então vi o Brian do outro lado da mesa, parecendo muito amuado e raivoso, e ficando de longe. A expressão de malícia não sumira completamente de seu rosto, mas parecia subjugada e misturada a um olhar de mau humor impotente e algum medo. Pronto, pensei; Brian está sendo mandado embora por ser tão desleixado e preguiçoso. Mesmo quando percebi Morgan dizendo "pervertido", "imundo" e "doente", continuei achando que fosse isso que estava acontecendo. Marjorie e Lily, e até a descarada Irene, estavam por perto com uma expressão abatida, um tanto piedosa, como crianças quando alguém leva um terrível sabão na escola. Só o velho Henry parecia capaz de manter um sorriso cauteloso no rosto. Não se via Gladys em parte alguma. Herb estava mais perto de Morgan do que de qualquer outra pessoa. Sem interferir, mas de olho no cutelo. Morgy choramingava, embora não parecesse correr nenhum perigo imediato.

Morgan gritava para Brian ir embora. "E embora da cidade — estou falando sério — e não espere até amanhã, se quiser sair daqui num pedaço só! Fora!", berrou, e o cutelo balançou dramaticamente na direção da porta. Brian começou a andar, mas, fosse de propósito ou não, fez um movimento gingado, provocante, com as nádegas. Morgan urrou ao ver isso e saiu correndo atrás dele, brandindo o cutelo de maneira teatral. Brian fugiu, e Morgan foi em seu encalço, e Irene gritou e levou as mãos à barriga. Morgan era pesado demais para correr a distância que fosse e provavelmente também não teria conseguido jogar o cutelo muito longe. Herb assistia da porta. Pouco depois Morgan voltou e arremessou o cutelo na mesa.

"Todo mundo, de volta ao trabalho! Chega de boca aberta por aqui! Vocês não são pagos pra ficar de boca aberta! O que é que você está achando ruim?", ele disse, com um olhar duro para Irene.

"Nada", disse Irene, humildemente.

"Se está achando ruim alguma coisa, some daqui."

"Não estou."

"Muito bem, então!"

Voltamos ao trabalho. Herb tirou o avental manchado de sangue, vestiu o paletó e saiu, provavelmente para cuidar que Brian tomasse o ônibus da hora do almoço. Não disse uma palavra. Morgan e o filho saíram para o pátio e Irene e Henry voltaram ao barracão anexo, onde depenavam as aves, trabalhando com penas até os joelhos, as penas que Brian deveria ter varrido.

"Onde está a Gladys?", eu disse baixinho.

"Convalescendo", disse Marjorie. Ela também falou numa voz mais suave do que o normal, e "convalescer" não era o tipo de palavra que ela e Lily normalmente usavam. Era uma palavra para ser usada sobre Gladys, com intenção zombeteira.

Não queriam falar sobre o que acontecera, porque estavam com medo de Morgan entrar e pegá-las no pulo, e mandá-las embora. Por mais que fossem boas trabalhadoras, estavam com medo disso. Além do mais, não tinham visto coisa alguma. Devem ter ficado aborrecidas por não ter visto. Só o que descobri foi que Brian tinha feito alguma coisa ou mostrado alguma coisa para Gladys quando ela saía do banheiro, e ela começara a gritar e a ficar histérica.

Agora provavelmente ia ficar deitada com outro colapso nervoso, disseram. E ele devia estar indo embora da cidade. E bons ventos, disseram, para os dois.

Tenho uma foto da equipe da Granja de Peru na véspera do Natal. Tirada com uma câmera de flash que foi a extravagância natalina de alguém. Acho que Irene. Mas deve ter sido Herb Abbott que bateu a foto. Era em quem a gente podia confiar para aprender logo como lidar com uma coisa nova, e câmeras de flash eram uma novidade razoável, na época. A foto foi tirada lá pelas dez, na véspera de Natal, depois de Herb e Morgy terem voltado da última entrega e a gente ter lavado a mesa de eviscerar, varrido tudo e passado o esfregão no chão de cimento. Havíamos tirado os aventais sujos de sangue e os suéteres pesados e ido para a salinha chamada de refeitório, onde havia uma mesa e um aquecedor. Continuávamos com a roupa de trabalho: macacões e camisas. Os homens usando bonés e as mulheres lenços, amarrados no estilo usado na guerra. Na foto pareço uma pessoa decidida, alegre, camarada, transformada em alguém que nem sequer lembro de ser ou fingir ser. Aparento ter mais do que catorze anos. Irene é a única que tirou o lenço, soltando os longos cabelos ruivos. Olha para a câmera com expressão submissa, indecente, convidativa, que combinava com a sua reputação, mas não parece nenhuma expressão sua que eu me lembre. Claro, a câmera devia ser sua; está posando para ela, com essa expressão, mais deliberadamente do que todo mundo. Marjorie e Lily sorriem, como manda o figurino, mas um sorriso amargo e indiferente. Com o cabelo escondido, e a silhueta que ganharam, parecem uma dupla de operários rijos e joviais, mas temperamentais. Seus lenços parecem deslocados; bonés ficariam melhores. Henry está animado, feliz por fazer parte da equipe de trabalho, sorrindo e aparentando ser vinte anos mais novo do que é. Depois Morgy, com sua cara de cão sem dono, não confiando na prodigalidade da ocasião, e Morgan, muito corado, com ar de chefe, satisfeito. Acabara de dar um peru como bonificação a cada um de nós. Esses perus tinham uma perna ou asa faltando, ou algum tipo de malformação, de modo que nenhum seria vendido pelo preço certo. Mas Morgan cansou de insistir com a gente que os coxos muitas vezes dão a melhor carne e mostrou para nós que ele também está levando um para casa.

Estamos segurando canecas, ou xícaras de louça grandes e grossas, contendo não o chá usual, mas uísque de centeio. Morgan e Henry vinham bebendo desde a hora do almoço. Marjorie e Lily dizem que só querem um pouquinho, e só tomam até o fim porque é véspera de Natal e estão pregadas. Irene diz que também está pregada, mas isso não significa que queira só um pouquinho. Herb serviu doses generosas não só para ela, como também para Lily e Marjorie, e elas não fazem objeção. Mediu a minha e a de Morgy ao mesmo tempo, muito parcimonioso, e acrescentou Coca-Cola. É a primeira vez que bebo na vida, e como resultado vou acreditar por anos que Coca-Cola com uísque de centeio é um tipo de bebida clássica e sempre vou pedir, até notar que pouquíssimas pessoas bebem isso, e que me faz passar mal. Não passei mal nessa véspera de Natal, porém; Herb não me dera o suficiente. A não ser por um gosto estranho, e minha sensação de importância, foi como beber Coca-Cola.

Não preciso de Herb na foto para lembrar como era sua aparência. Quer dizer, se parecia no seu normal, como era todas as vezes na Granja de Peru e nas poucas vezes em que o encontrei na rua — assim como foi todas as vezes em que o vi na vida, exceto uma.

A vez que ele não pareceu no seu normal foi quando Morgan estava cobrindo o Brian de imprecações e, mais tarde, quando Brian saíra correndo pela rua. O que era essa expressão diferente? Tenho tentado lembrar, porque a examinei com cuidado na hora. Não era muito diferente. Seu rosto pareceu abrandar e ficar mais pesado, ali, e se alguém fosse descrever essa expressão teria de dizer que era uma expressão de vergonha. Mas vergonha do quê? Vergonha do Brian, pelo modo como se comportara? Claro que já estava mais do que na hora; quando Brian se comportara de alguma outra forma? Com vergonha do Morgan, por se comportar de um jeito tão bárbaro e teatral? Ou de si mesmo, porque era famoso por apartar brigas e interromper espetáculos desse tipo e não fora capaz de fazer isso ali? Teria ele sentido vergonha de não ter defendido Brian? Teria presumido que devia fazer isso, defender Brian?

Tudo isso era o que eu me perguntava então. Mais tarde, quando sabia mais, pelo menos sobre sexo, concluí que Brian era namorado de Herb, e que Gladys na verdade estava tentando chamar a atenção de Herb, e que era por isso que Brian a humilhara — com ou sem a conivência e o consentimento de Herb. Não é verdade que pessoas como Herb — dignas, fechadas, respeitáveis — muitas vezes escolhem alguém como Brian, desperdiçam seu amor indefeso em uma pessoa depravada e fútil, que não é sequer maldosa, ou um monstro, mas apenas um aborrecimento importuno? Concluí que Herb, com todas suas gentilezas e atenções, estava se vingando de nós — não só de Gladys, mas de todas nós — por meio de Brian, e que o que ele estava sentindo quando examinei seu rosto devia ser um desdém feroz e jubiloso. Mas constrangimento também — constrangimento por Brian e por ele mesmo e por Gladys, e em certa medida por todas nós. Vergonha por todas nós — foi isso que pensei na época.

Mais tarde ainda, voltei atrás nessa explicação. Cheguei num estágio de recuar das coisas que não podia saber de verdade. É o bastante para mim hoje apenas pensar no rosto de Herb com aquela expressão peculiar, aflita, no rosto; pensar nas macaquices de Brian à sombra da dignidade de Herb; pensar em minha própria concentração bestificada em Herb, minha necessidade de tirar sua máscara, se algum dia tivesse a chance, e depois me aproximar e ficar perto dele. Como é sedutora, como é deleitável a perspectiva de intimidade com a exata pessoa que nunca vai concedê-la. Ainda consigo sentir a atratividade de um homem como esse, de suas promessas e recusas. Ainda gostaria de saber coisas. Danem-se os fatos. Danem-se as teorias, também.

Quando terminei minha bebida, queria dizer alguma coisa para Herb. Fiquei ao seu lado e aguardei o momento em que não estivesse escutando alguém nem papeando com ninguém e em que a conversa cada vez mais barulhenta dos demais encobrisse o que eu tinha a dizer.

"Pena que o seu amigo precisou ir embora."

"Tudo bem."

Herb falou de um jeito bondoso, bem-humorado, e desse modo me negou qualquer direito de querer saber ou falar sobre sua vida. Ele viu o que eu tinha em mente. Já devia ter passado por essa situação, com um monte de mulheres. Sabia como lidar com isso.

Lily tinha um pouco mais de uísque na caneca e contou como ela e sua melhor amiga (já falecida, de complicações no fígado) haviam se vestido de homens certa vez e ficado no lado masculino da cervejaria, o lado onde dizia "só homens", porque queriam ver como era. Sentaram em um canto bebendo cerveja e com olhos e ouvidos bem abertos, e ninguém olhou duas vezes nem pensou coisa alguma a respeito delas, mas logo surgiu um problema.

"Onde a gente podia ir? Se a gente desse a volta até o outro lado e alguém visse a gente entrando no banheiro feminino, ia ser uma gritaria. E se a gente fosse no masculino, com certeza alguém ia perceber que não fazia do jeito certo. Enquanto isso a cerveja juntando na barriga que nem uma filha da mãe!"

"As coisas que a gente apronta quando é jovem!", disse Marjorie.

Várias pessoas deram conselhos para mim e para Morgy. Disseram-nos para aproveitar a vida enquanto podíamos. Disseram-nos para ficar longe de encrencas. Disseram-nos que também haviam sido jovens um dia. Herb disse que éramos uma boa equipe e que tínhamos feito um bom trabalho, mas não queria ficar em maus lençóis com nenhum marido segurando as mulheres até muito tarde. Marjorie e Lily expressaram indiferença por seus maridos, mas Irene anunciou que amava o dela e que não era verdade que ele tinha sido trazido de volta à força de Detroit para se casar com ela, independentemente do que as pessoas dissessem. Henry afirmou que a vida era boa se a pessoa não ficava debilitada. Morgan disse que desejava para todo mundo os mais sinceros votos de Feliz Natal.

Quando a gente saiu da Granja de Peru, estava nevando. Lily disse que era como um cartão natalino, e era mesmo, com a neve rodopiando em volta dos postes de iluminação na cidade e das luzes coloridas que as pessoas haviam instalado diante das portas. Morgan ia dar carona para Henry e Irene no caminhão, em respeito a idade, gravidez e Natal. Morgy pegou um atalho pelo campo e Herb se afastou sozinho, a cabeça baixa e as mãos nos bolsos, deslizando ligeiramente, como se estivesse no convés de um barco no lago. Marjorie e Lily passaram os braços pelos meus como se fôssemos velhas companheiras.

"Vamos cantar", disse Lily. "O que a gente canta?"

"'We Three Kings'?", disse Marjorie. "'We Three Turkey Gutters'?"

"'I'm Dreaming of a White Christmas'."*

"Por que sonhando? Olha ele aí!"

Então cantamos.

* "Nós, Três Reis", "Nós, as três evisceradoras de peru" e "Estou sonhando com um Natal com neve". (N. T.)

# ACIDENTE

Frances está diante de uma janela no primeiro andar do colégio em Hanratty, numa tarde no início de dezembro. O ano é 1943. A roupa de Frances está na moda esse ano: saia xadrez escura e xale triangular com franjas do mesmo material, usado sobre os ombros com as pontas enfiadas na cintura; uma blusa de cetim creme — cetim genuíno, material que em breve iria desaparecer —, com inúmeros botõezinhos perolados descendo na frente e subindo pelas mangas. Nunca usara esse tipo de roupa quando chegou para lecionar música na escola; qualquer suéter e saia velhos já estavam bons. A mudança não passara em brancas nuvens.

Ela não tem nada a fazer ali em cima. Seu coral está cantando no térreo. Vem fazendo com que deem duro, preparando-os para o concerto natalino. "He Shall Feed His Flock" é sua peça difícil. Depois "The Huron Carol" (queixa de um pai, dizendo saber que fora escrita por um padre), "Hearts of Oak", porque tinha de haver alguma coisa patriótica, os tempos sendo o que eram, e "The Desert Song", escolha deles. Agora estão cantando "The Holy City". Uma grande favorita, sobretudo entre garotas sonhadoras de seios fartos e senhoras de coral. Jovens colegiais podiam irritar Frances a ponto da exasperação. Pediam as janelas fechadas, pediam as janelas abertas. Sentiam as correntes de ar, ficavam fracas com o calor. Eram cheias de nove horas com o corpo, movendo-se num transe de amor-próprio melancólico, atentas às marteladas do coração, mencionando pontadas. O começo de ser mulher. Depois, o que acontecia com elas? Frentes e traseiros avantajados, a importância insípida, a meiguice, o torpor, a teimosia. O cheiro de espartilhos, revelações nauseantes. Os olhares sacrificiais que receberiam no coral. Tudo uma espécie desoladora de sexo. *He walks with me and he talks with me and he tells me I am his own.**

Ela os deixou sozinhos, sob o pretexto de ir ao banheiro dos professores. Tudo que faz ali é acender a luz e olhar com alívio para seu próprio rosto não enlevado e não intumescido, seu rosto comprido e radiante, de nariz um pouco grande, olhos castanho-claros, a pequena moita de cabelos escuros avermelhados, incontrolavelmente cacheados. Frances gosta de sua aparência, costuma ficar animada ao se ver no espelho. A maioria das mulheres, pelo menos nos livros, parece ter um problema com a própria aparência, achando-se menos bonitas do que na verdade são. Frances tem de admitir que talvez sofra do problema oposto. Não que se ache bonita; é apenas que seu rosto lhe parece afortunado, e encorajador. Às vezes se lembra de uma jovem no conservatório, Natalie alguma coisa, que tocava violino. Frances ficou admirada ao descobrir que as pessoas às vezes a confundiam com essa Natalie, que era pálida, de cabelos frisados, rosto ossudo; ficou ainda mais admirada ao descobrir, por uma rede de amigas e confidentes, que isso incomodava Natalie tanto quanto ela. E quando rompeu o noivado com Paul, outro aluno do conservatório, ele lhe disse num tom de voz ríspido e casual, sem nada daquela cortesia ou sentimentalidade que antes se sentira na obrigação de usar com ela: "Bom, acha mesmo que pode arrumar coisa muito melhor? Você não é nenhuma beldade, viu?".

* "Ele caminha comigo, conversa comigo e diz que sou sua": "In The Garden", canção evangélica. (N. T.)

Ela acende a luz e em vez de voltar ao coral sobe para o segundo andar. Nas manhãs de inverno a escola é desoladora, ainda não está suficientemente aquecida, todos bocejam e tremem, crianças rurais que saíram de casa antes que a luz esfregasse as pequenas remelas sonolentas dos cantos de seus olhos. Mas a essa hora do dia, no meio da tarde, Frances sente uma vibração reconfortante no ambiente, uma sonolência mais agradável, com os lambris escuros absorvendo a luz, e os vestiários silenciosos abarrotados de casacos de lã a secar, de lenços, botas, skates, bastões de hóquei. Pelas bandeiras abertas acima das portas fluem instruções metódicas; ditados em francês; fatos confidenciados. E junto com toda essa ordenação e aquiescência há uma pressão familiar, de anseio ou agouro, esse estranho caroço de algo que você às vezes sente na música ou numa paisagem, a custo contido, prometendo rebentar e se revelar, mas não faz isso, ele se dissolve e some.

Frances está diante da porta da sala de ciências. O basculante desta também está aberto e ela escuta o retinir dos objetos, as vozes baixas, o arrastar de banquinhos. Ele deve ter lhes passado um experimento. De forma absurda, vergonhosa, sente o suor na palma das mãos, o batimento acelerado no peito, que sentiu antes de uma prova ou recital de piano. Esse ar de crise, as supostas possibilidades de triunfo ou calamidade que seria capaz de excogitar, para si e para os outros, agora parecem superados, tolos, artificiais. Mas e quanto a isto, seu caso com Ted Makkavala? Não está tão deslumbrada que não consiga perceber como pareceria insensato a alguém que pensasse a respeito. Que se dane. Se insensato significa arriscado e imprudente, ela não liga. Talvez tudo que sempre tenha almejado seja uma chance de correr riscos. Mas lhe ocorre às vezes o pensamento de que um romance pode não ser artificial, e contudo de alguma maneira concebido e deliberado, oferecidas as condições, exatamente como eram aquelas tolas apresentações: uma invenção precária. Essa é uma ideia que não pode correr o risco de ter; ela a tira da cabeça.

Uma voz de aluna, perplexa e chorosa (mais uma coisa sobre colegiais — queixam-se quando não compreendem; o resmungo de desprezo dos meninos é melhor). A voz baixa de Ted respondendo, explicando. Frances não consegue escutar as palavras. Pensa nele se curvando, prestativo, realizando um gesto ordinário como baixar a chama de um bico de Bunsen. Gosta de pensar a seu respeito como diligente, paciente, reservado. Mas ela sabe, já chegou a seus ouvidos, que o comportamento dele em sala de aula é diferente do que levou ela ou qualquer um a crer. Ele tem o hábito de falar um tanto desdenhosamente de seu trabalho, de seus alunos. Se lhe perguntarem que tipo de ato disciplinar prefere, vai dizer: ah, nada de mais, talvez um direto na fuça, ou quem sabe um belo pontapé nos fundilhos. A verdade é que mantém a atenção dos alunos com todo tipo de artimanhas e lisonjas; vale-se de acessórios como chapéus de burro e línguas de sogra; fala com vagar e de forma muito melodramática sobre a estupidez deles, e certa vez queimou suas provas, uma por uma, na pia. *Que figura*, Frances escutou alunos comentarem a seu respeito. Não gosta de ouvi-los dizer isso. Tem certeza de que também falam a mesma coisa dela; ela mesma não está acima de usar táticas extravagantes, enfiando os dedos no cabelo crespo e se lamuriando, *não-não-não-não*, quando cantam mal. Mas preferiria que ele não tivesse de fazer tais coisas. Ela às vezes foge à menção de seu nome, para não ouvir o que as pessoas têm a dizer. Ele é muito simpático, dizem, e ela acredita notar certa perplexidade, certo desprezo; por que se dá ao trabalho? Não consegue deixar de se perguntar isso também; sabe o que ele acha dessa cidade e das pessoas que ali vivem. Ou o que ele diz que acha.

A porta está abrindo, Frances leva um choque. Não há nada que queira menos do que ser vista por Ted ali, escutando, espionando. Mas não é Ted, graças a Deus, é a secretária da escola, uma senhora séria, gorducha, que é a secretária desde que o mundo é mundo, desde que a própria Frances estudou ali, e antes disso. É devotada à escola, bem como às aulas bíblicas que dá na Igreja Unida.

"Olá, meu bem; tomando um pouco de ar?"

A janela junto à qual Frances parou não está aberta, claro, até mesmo uma fita adesiva foi colada nas frestas. Mas Frances faz uma cara bem-humorada, aquiescente e diz: "Cabulando", de modo a admitir que não está em sua sala de aula, e a secretária desce a escada calmamente, sua voz flutuando de volta.

"Seu coral soa adorável hoje. Sempre aprecio música natalina."

Frances volta para a sala e senta atrás da mesa, sorrindo para os rostos que cantam. Terminaram "The Holy City" e por conta própria começaram "The Westminster Carol". Parecem tolos, mas como podem evitar? Cantar é algo absolutamente tolo. Ela nunca acha que vão notar seu sorriso e comentar sobre isso mais tarde, claro que saiu para encontrar Ted no corredor. É por imaginar seu caso como sigiloso que Frances mostra, muito claramente, a falta de instintos de cidade pequena, uma confiança e um descuido de que ela não tem ciência; é o que as pessoas querem dizer quando falam a seu respeito que isso sem dúvida mostra que esteve fora. Esteve fora por apenas quatro anos, no conservatório; a verdade era que sempre careceu de cautela. Alta, de boa ossatura, ombros estreitos, tem os movimentos ágeis, a expressão preocupada, a voz alta e urgente de uma forasteira, o costume inocente de supor que não está sendo observada ao ir de um lugar a outro pela cidade, os braços carregados de livros de música, exclamando na rua algum recado relativo aos arranjos flutuantes e, ao que tudo levaria a crer, quase impossíveis de sua vida.

*Diz pra Bonnie chegar só às três e meia!*

*Você pegou as chaves? Deixei elas no escritório!*

Mostrava isso até quando pequena, e estava tão determinada a aprender a tocar piano, ainda que não tivessem um no apartamento sobre a loja de ferragens onde morava com a mãe e o irmão (sua mãe uma viúva, mal remunerada, que trabalhava na loja). De algum modo os trinta e cinco centavos por semana foram obtidos, mas o único piano que viu foi o da professora. Em casa, praticava em um teclado desenhado a lápis no peitoril da janela. Houve um compositor — Handel, seria? — que costumava praticar cravo no sótão com a porta fechada, assim seu pai não perceberia como ele estava dominado pela música. (Como conseguiu levar um cravo escondido para lá era uma questão interessante.) Se Frances tivesse se tornado uma pianista famosa, o teclado no peitoril — com vista para a viela, para o telhado do rinque de curling — teria se tornado uma lenda como essa.

"Não fique se achando um gênio", foi outra coisa que Paul lhe dissera, "porque você não é." Ela achava isso? Achava que o futuro lhe reservava algo extraordinário. Nem sequer achava isso com muita clareza, apenas se comportava como se achasse. Voltou para casa, começou a dar aula de música. Domingos no colégio, quartas na escola pública, terças e quintas nas pequenas escolas da zona rural. Sábados para praticar com o órgão e para os alunos particulares; aos domingos tocava na Igreja Unida.

"Ainda quebrando a cara nessa grande metrópole cultural", rabiscava nos cartões de Natal para velhos amigos do conservatório, a ideia sendo de que assim que sua mãe morresse, assim que estivesse livre, embarcaria numa vida diferente, vagamente imaginada, imensamente mais gratificante, que continuava a sua espera. As respostas que recebia tinham o mesmo tom abstraído e descrente. *Outro bebê e minhas mãos estão no cesto de fraldas sujas com mais frequência do que no teclado, como você pode imaginar.* Estavam todas com seus trinta e poucos. Idade em que às vezes é difícil admitir que o que você está vivendo é a sua vida.

O vento verga as árvores lá fora e a neve as torna difusas. Uma pequena nevasca tem lugar, nada muito digno de nota nessa parte do país. Sobre o peitoril da janela há um tinteiro de latão amassado, com um longo bico, um objeto familiar que leva Frances a pensar nas mil e uma noites ou qualquer coisa nessa linha; algo cuja promessa, ou sugestão, é estrangeira, reticente, encantadora.

"Oi, tudo bem?", disse Ted quando ela o encontrou no corredor depois das quatro. Então disse, baixando a voz: "Depósito de materiais. Já vou".

"Certo", disse Frances. "*Certo*." Foi guardar alguns livros de música e fechar o piano. Ocupou-se e matou o tempo até todos os alunos terem ido embora, então subiu correndo, atravessando a sala de ciências para uma salinha contígua, sem janelas, que era o depósito de materiais de Ted. Ele ainda não estava lá.

A sala era uma espécie de despensa, coberta de prateleiras onde ficavam vidros de vários produtos químicos — sulfato de cobre era o único que ela teria reconhecido sem o rótulo, lembrava-se da bela cor —, bicos de Bunsen, frascos, tubos de ensaio, um esqueleto humano e outro de gato, alguns órgãos em formol, ou talvez fossem organismos; não olhou muito bem e em todo caso a sala estava escura.

Ficou com medo de que o zelador aparecesse, ou mesmo alguns alunos que trabalhavam sob a orientação de Ted em algum projeto envolvendo bolor ou ovas de rã (embora fosse sem dúvida a época errada do ano para isso). E se voltassem para pegar alguma coisa? Quando escutou passos, seu coração disparou; ao perceber que pertenciam a Ted, seus batimentos não sossegaram, antes pareceram mudar de marcha, marteladas não de medo, mas de uma expectativa poderosa, esmagadora, que, embora aprazível, cobrou um preço, fisicamente, como medo; pareceu suficiente para sufocá-la.

Ela o escutou trancar a porta.

Teve duas maneiras de olhar para ele, tudo no instante que levou para surgir na porta do depósito de material, quase a fechando ao passar, de modo que ficaram praticamente no escuro. Primeiro, ela o viu como era um ano antes, e era alguém que não tinha nada a ver com ela. Ted Makkavala, o professor de ciências, não na guerra, embora estivesse com menos de quarenta anos; tinha esposa e três filhos, e talvez sopro no coração, ou algo assim; parecia cansado, de fato. Um homem alto, ligeiramente curvado, de cabelo e pele escuros, com uma expressão irritável, cínica, os olhos ao mesmo tempo cansados e brilhantes. Seria possível supor que teve uma visão sua similar, parada ali, parecendo irresoluta e alarmada, com o casaco no braço e as botas na mão, uma vez que achara imprudente deixá-los no vestiário dos professores. Houve uma chance momentânea de que não seriam capazes de mudar a chave, de ver um ao outro de forma diferente; não se lembrariam de como fazer a passagem de uma coisa a outra ou a graça não lhes seria concedida, e se isso pudesse ser assim, o que estariam fazendo neste lugar?

Quando ele puxou a porta para fechar, ela o viu outra vez, a lateral de seu rosto e a inclinação de seus malares, uma inclinação maravilhosa, polida, meio tártara; ela percebeu o ato de fechar a porta como furtivo e implacável, e soube que não havia a menor chance de que não mudariam a chave. A mudança já estava feita.

Depois, como sempre. Lambidas e abraços, línguas e corpos, instigações e dores e gestos de conforto. Seduções, atenções. Ela costumava se perguntar, em seu tempo com Paul, se a coisa toda podia ser uma fraude, na linha roupa nova do imperador, se ninguém sentia de verdade o que alegava sentir, e certamente ela e Paul não sentiam. Houvera um pavoroso ar de desculpas, inibição, constrangimento na história toda, o pior de tudo sendo os queixumes e as palavras de afeto e tranquilização que tinham a oferecer. Mas não, não era uma fraude, era tudo verdadeiro, sobrepujava tudo; e os sinais de que podia acontecer — os olhares sustentados, o calafrio na espinha, toda essa tolice elementar —, isso também era verdadeiro.

"Quanta gente mais sabe sobre isso?", perguntou para Ted.

"Ah, não muitas, talvez uma dúzia ou algo assim."

"Nunca vão aceitar, imagino."

"Bom. Nunca vai ser popular com as massas."

O espaço entre as prateleiras era estreito. Havia coisas demais para quebrar. E por que ela não tivera bom senso suficiente de largar as botas e o casaco? A verdade era que não estava esperando tanto agarramento, com tamanha determinação. Pensara que ele queria lhe contar algo.

Ele abriu uma fresta na porta, para lhes proporcionar um pouco mais de luz. Tomou as botas da mão dela e as pôs do lado de fora. Então pegou seu casaco. Mas em vez de fazer o mesmo, começou a abri-lo e a cobrir as tábuas do assoalho com ele. A primeira vez que ela o vira fazer algo assim foi na primavera passada. No bosque gelado de árvores desfolhadas e imóveis ele havia tirado a jaqueta impermeável e forrado precariamente o chão. Ela ficara fortemente tocada pelo simples ato preparatório, pelo modo como abriu a jaqueta e a alisou, sem fazer perguntas, sem mostrar dúvida ou pressa. Não tivera certeza, até ele fazer isso, do que ia acontecer. A expressão serena, resoluta, fatalista em seu rosto. Ficou enternecida com a lembrança, conforme ele ajoelhava no espaço estreito e abria seu casaco. Ao mesmo tempo, pensava: se está querendo fazer isso agora, quer dizer que não pode na quarta? Quarta à noite era quando se encontravam normalmente, na igreja, após o ensaio de coral de Frances. Frances ficava na igreja, tocando órgão, até todo mundo ir embora. Lá pelas onze descia, apagava as luzes e esperava na porta dos fundos, a porta da escola dominical, para abrir para ele. Tinham pensado nisso quando o frio chegou. O que ele dizia para a esposa ela não sabia.

"Tira tudo."

"A gente não pode aqui", disse Frances, embora soubesse que fariam. Sempre tiravam toda a roupa, mesmo naquela primeira vez, no bosque; nunca imaginara que pudesse sofrer tão pouco com o frio.

Apenas uma vez antes desta, na escola, nessa mesma sala, e havia sido nas férias de verão, logo após escurecer. Toda a madeira na sala de ciências acabara de ser pintada e não deixaram cartaz avisando — por que deveriam, não era para ninguém entrar ali. O cheiro estava bastante forte, quando finalmente se deram conta. Haviam rolado para cá e para lá, de modo que suas pernas foram parar nessa porta, e ambos ficaram marcados com a tinta do batente. Felizmente, Ted vestia short nessa noite — algo esquisito de ver na cidade, nessa época — e pudera dizer a Greta a verdade, que sujara a perna quando fora fazer algo na sala de ciências, sem ter de explicar como suas pernas ficaram nuas. Frances não precisou se explicar, já que estava além da capacidade de sua mãe notar tais coisas. Não limpou a meia-lua de tinta (um pouco acima do tornozelo); deixou que sumisse aos poucos, e apreciava olhar para aquilo e saber que estava ali, assim como apreciava os hematomas escuros, as marcas de mordida, nos braços e nos ombros, que poderia facilmente ter coberto com mangas compridas, mas em geral não fazia. Então as pessoas lhe diriam: "Como aconteceu esse machucado feio?", e ela diria: "Puxa, não sei! Eu me machuco fácil. Toda vez que olho, tem um hematoma em algum lugar!". Sua cunhada, Adelaide, esposa de seu irmão, era a única que sabia o que era, e esperava a oportunidade para dizer alguma coisa.

"Oh-oh, andou se engalfinhando com aquele bicho bravo outra vez. Não foi, hein? Não foi?" Ela riu e até encostou o dedo na marca.

Adelaide era a única pessoa para quem Frances contara. Ted dizia que não contara para ninguém, e ela acreditava. Ele não sabia que ela contara para Adelaide. Ela preferia não ter feito isso. Não gostava o suficiente da cunhada para fazer dela sua confidente. Era tudo vulgar, ignominioso; fizera isso apenas para ter alguém diante de quem se exibir. Quando Adelaide disse *bicho bravo*, daquele modo rude, provocador, excitado e inconscientemente ciumento, Frances se sentiu gratificada e excitada, embora, é claro, envergonhada. Teria ficado histérica se achasse que Ted fizera confidências semelhantes a seu respeito.

Na noite em que se sujaram de tinta fazia um calor infernal, a cidade inteira estava mal-humorada, pingando, torcendo para que chovesse, chuva que veio pela manhã, em um temporal. Frances, lembrando desse dia, sempre pensava em relâmpagos, um tipo de lascívia louca, destrutiva, dolorosa. Costumava pensar em cada ocasião separada, repassava-as em sua mente. Havia um código peculiar, uma sensação diferente, para cada uma. A vez na sala de ciências era como relâmpagos e tinta fresca. A vez no carro sob a chuva no meio da tarde, com ritmos sonolentos, tão satisfeitos e sonolentos estavam na ocasião que parecia que dificilmente se dariam ao trabalho de fazer a coisa seguinte. Essa vez deixou uma sensação curvilínea, suave, em sua memória; as curvas vinham dos lençóis de chuva no para-brisa, como cortinas enroladas.

Como vinham se encontrando regularmente na igreja, o padrão não mudava muito, uma vez era bem parecida com a outra.

"Tudo", disse Ted, confiante. "Não tem perigo."

"O zelador."

"Não tem perigo. Ele já terminou."

"Como você sabe?"

"Pedi pra ele terminar, que eu queria trabalhar aqui."

"Trabalhar", disse Frances, rindo, se contorcendo para tirar a blusa e o sutiã. Ele abrira os botões da frente, mas ainda havia seis botões em cada manga. Ela gostava da ideia de ele ter planejado aquilo, gostava de pensar em uma luxúria determinada operando nele naquela tarde em que se mantinha ocupado orientando a classe. E em certo sentido não gostava nem um pouco; ria para disfarçar algum desalento ou decepção que não queria notar. Beijou a linha reta de pelos subindo como um caule por sua barriga, do começo da região pubiana à moita bela e simétrica em seu peito. O corpo dele era um grande amigo seu, fosse como fosse. Havia aquele nevo achatado e escuro, em forma de lágrima, provavelmente mais familiar para ela (e Greta?) do que para ele. O umbigo discreto, a longa cicatriz de uma úlcera no estômago, a cicatriz da apendicectomia. A ouriçada moita pubiana e o pênis avermelhado e disposto, ereto e competente. Os pelinhos duros em sua boca.

Então as batidas na porta.

"Ssh. Tudo bem. Já vão embora."

"Sr. Makkavala!"

Era a secretária.

"Ssh. Ela já vai embora."

A secretária estava no corredor, pensando o que fazer. Tinha certeza quase absoluta de que Ted estava ali dentro, e de que Frances estava com ele. Quase como todo mundo mais na cidade, sabia a respeito dos dois fazia algum tempo. (Entre as poucas pessoas que aparentemente não sabiam estava a esposa de Ted, Greta, e a mãe de Frances. Greta era uma mulher tão pouco sociável que ninguém encontrara um modo de lhe contar. As pessoas haviam tentado de várias maneiras contar para a sra. Wright, mas ela parecia incapaz de absorver.)

"Sr. Makkavala!"

Bem diante dos olhos de Frances aquele trabalhador competente começou a perder a cor, a perder o alento, e a parecer calmo e desamparado.

"Sr. Makkavala! Lamento. Seu filho morreu!"

O filho de Ted, Bobby, de doze anos, não morrera, mas a secretária não sabia disso. Ela fora informada de que houvera um acidente, um terrível acidente diante da agência do correio; o menino dos O'Hare e o menino dos Makkavala mortos. Bobby ficou muito ferido e foi levado para London, de ambulância, imediatamente. Demorou quase quatro horas para chegarem, devido à nevasca. Ted e Greta foram atrás em seu carro.

Estavam sentados na sala de espera do Victoria Hospital. Ted notou a velha rainha, a viúva carrancuda, em um vitral. Como uma santa, e das mais insatisfatórias. Rivalizando, supunha ele, com o são José de gesso que tinham no outro hospital, esticando os braços, pronto para cair em cima de você. Um tão ruim quanto o outro. Pensou em contar a Frances. Quando achava graça ou ficava irritado com alguma coisa — muitas coisas provocavam ambas as sensações, e ao mesmo tempo —, pensava em contar para Frances. Parecia satisfazê-lo, assim como algum outro homem talvez ficasse satisfeito em escrever uma carta ao editor.

Pensou em telefonar para ela, não para falar da rainha Vitória, não agora, mas para informar o que acontecera, que estava em London. Não lhe contara tampouco que não poderia encontrá-la na quarta à noite. Pretendera lhe contar depois. Depois. Agora não tinha mais importância. Tudo mudara. E não podia ligar dali; os telefones ficavam à vista de todos, na sala de espera.

Greta disse que notara uma cafeteria, ou uma placa com flechas indicando uma cafeteria. Eram mais de nove horas e não tinham jantado.

"Você precisa comer", disse Greta, não se dirigindo a Ted em particular, mas falando de sua reserva de princípios gerais. Provavelmente nesse momento teria preferido passar ao finlandês. Não conversava em finlandês com Ted. Ele só conhecia algumas palavras, crescera em um lar onde insistiam no inglês. O lar de Greta fora o contrário. Não havia ninguém em Hanratty com quem pudesse falar finlandês; esse era um de seus problemas. A conta de telefone era a principal extravagância do casal, porque Ted achava que não tinha o direito de objetar a suas longas conversas, que soavam monótonas mas aparentemente eram revigorantes, com a mãe e as irmãs.

Pediram sanduíches de presunto e queijo, e café. Greta pediu uma fatia de torta de uvas-passas. Sua mão pairou acima dela por um minuto antes de pegar, talvez apenas uma hesitação sobre que tipo de torta ela queria. Ou talvez sentisse acanhamento por comer torta numa hora como essa, e na frente do marido. Quando sentaram, ocorreu a Ted que era o momento certo para pedir licença, voltar para os telefones, ligar para Frances.

Observou o rosto branco e carregado de Greta, seus olhos pálidos, conforme se devotava com empenho, talvez esperança, à comida. Estava comendo para manter o pânico sob controle, assim como ele pensara na rainha Vitória e em são José. Já estava prestes a pedir licença, e a se levantar, quando lhe chegou do nada a ideia de que se telefonasse para Frances, seu filho morreria. Se ficasse sem ligar para ela, sem sequer pensar a seu respeito, desejando que deixasse de existir em sua vida, podia aumentar as chances de Bobby, postergar sua morte. Que dilúvio despropositado era esse, que superstição, subjugando-o quando menos esperava. E impossível de deter, impossível de ignorar. E se alguma coisa pior estivesse por vir? E se a ideia seguinte a se apresentar fosse um desses tratos absurdos? Acreditar em Deus, o Deus luterano, prometer voltar à Igreja, fazer isso de imediato, *já*, que Bobby não morreria. Abrir mão de Frances, abrir mão dela para sempre, que Bobby não morreria.

Abrir mão de Frances.

Como era estúpido e injusto isso, e no entanto como era fácil pôr Frances de um lado, maculada, e do outro seu filho ferido, seu pobre filho esmagado cuja expressão, da única vez em que abriu os olhos, foi uma interrogação cega, a reivindicação de sua vida de doze anos. Inocência e corrupção; Bobby; Frances; que simplificação; que despropósito. Que poderoso despropósito.

Bobby morreu. Suas costelas estavam esmagadas, um pulmão perfurado. O maior enigma para os médicos era por que não morrera antes. Mas antes da meia-noite, morreu.

Bem mais tarde, Ted contou a Frances não apenas sobre a idiótica rainha, mas também sobre a refeição na cafeteria, sobre seus pensamentos de lhe telefonar, e por que não o fizera; seus pensamentos sobre um trato; tudo. Não lhe contou como se confessasse, mas como um assunto de interesse, uma ilustração do modo como a mente mais racional é capaz de uma recaída, de tentar agradar. Não imaginou que isso que estava lhe contando pudesse ser inquietante, quando decidira, afinal, inteiramente em prol dela.

Frances esperou alguns instantes, sozinha no depósito de materiais, vestida, abotoada, calçada, o casaco no corpo. Não pensou em nada. Olhou para os esqueletos. O esqueleto humano parecia menor do que um homem, enquanto o esqueleto do gato parecia maior e mais comprido que um gato.

Saiu da escola sem encontrar ninguém. Entrou no carro. Por que tirara o casaco e as botas do vestiário, de modo a parecer que fora para casa, quando todo mundo podia ver seu carro ainda parado ali?

Frances tinha um carro velho, um Plymouth 1936. Uma imagem que surgia na mente de muitas pessoas, depois que ela foi embora, era a de Frances atrás do volante de seu carro enguiçado, tentando de tudo (já estaria atrasada para chegar a algum lugar) enquanto o carro tossia, engasgava e refugava. Ou — como agora — com o vidro abaixado, a cabeça desprotegida do lado de fora, sob os flocos que caíam, tentando sair de um acúmulo de neve, os pneus derrapando, com uma expressão em seu rosto dizendo que nunca esperara que o carro fizesse outra coisa além de ficar empacado e envergonhá-la, mas que continuaria lutando contra ele assim mesmo, até seu último suspiro.

Mas enfim conseguiu se mover e desceu a ladeira em direção à avenida principal. Não sabia o que acontecera com Bobby, que tipo de acidente. Não escutou o que se dizia, depois que Ted a deixou. Na avenida principal, uma luz acolhedora brilhava nas lojas. Havia cavalos, assim como carros, ao longo da rua (a prefeitura não removia a neve a essa hora); eles enevoavam o ar com hálito reconfortante. Mais gente do que de costume, pareceu-lhe, conversando pelas calçadas, ou sem conversar, apenas relutantes em se separar. Alguns comerciantes também haviam saído e ficavam por ali, em mangas de camisa, na neve. A esquina do correio parecia bloqueada, e era nessa direção que as pessoas olhavam.

Ela estacionou atrás da loja de ferragens e subiu correndo a longa escada do lado de fora, da qual removera o gelo e a neve com uma pá naquela manhã, e que teria de limpar outra vez. Sentiu-se como se estivesse correndo para um esconderijo. Mas não; Adelaide estava lá.

"Frances, é você?"

Frances tirou o casaco no vestíbulo dos fundos, verificou os botões da blusa. Pôs as botas sobre o capacho de borracha.

"Acabei de contar pra vovó. Ela não ficou sabendo de nada. Nem escutou a ambulância."

Havia um cesto de roupa limpa sobre a mesa da cozinha, um velho travesseiro em cima para proteger da neve. Frances entrou na cozinha preparada para cortar o papo de Adelaide, mas sabia que não podia quando viu a roupa lavada. Nos momentos em que Frances estava mais ocupada, perto do Natal, ou no recital de primavera, Adelaide vinha e pegava a roupa suja delas para lavar em sua própria casa, e voltava com tudo passado, alvejado, engomado. Tinha quatro filhos, mas vivia ajudando os outros, assando coisas e fazendo compras para todo mundo, cuidando de bebês extras, num vaivém apressado pelas casas onde havia problemas. Pura generosidade. Pura chantagem.

"O carro de Fred Beecher está cheio de sangue", disse Adelaide, virando para Frances. "Ele estava com o porta-malas aberto, tinha colocado o carrinho de bebê lá dentro, que ele ia levar pra cunhada dele, e o porta-malas dele ficou cheio de sangue. Estava cheio de sangue."

"Foi Fred Beecher?", disse Frances, porque não havia mais escapatória daquele assunto, teria de ficar sabendo. "Foi Fred Beecher que pegou… o menino dos Makkavala?" Ela sabia o nome de Bobby, claro, conhecia o nome e o rosto de todos os filhos de Ted, mas desenvolvera uma vagueza artificial ao falar de qualquer um deles — de Ted também —, de modo que até mesmo nesse momento teve de dizer *o menino dos Makkavala*.

"Não está sabendo disso também?", disse Adelaide. "Onde você estava? Não estava na escola? Não foram lá buscar ele?"

"Fiquei sabendo que sim", disse Frances. Ela viu que Adelaide fizera chá. Estava morrendo de vontade de tomar uma xícara, mas ficou com medo de tocar nas xícaras ou no bule, porque suas mãos tremiam. "Fiquei sabendo que o filho dele morreu."

"Não foi o filho dele que morreu, foi o outro que morreu. O menino dos O'Hare. Eram os dois nisso. O menino dos O'Hare morreu na hora. Foi horrível. O menino dos Makkavala não vai sobreviver. Levaram ele pra London na ambulância. Não vai sobreviver."

"Oh, oh", disse a mãe de Frances, sentada à mesa, o livro aberto na sua frente. "Oh, oh. E pensar na coitada da mãe." Mas ela já escutara tudo isso antes.

"Fred Beecher não atropelou ninguém, não foi nada disso", disse Adelaide para Frances, num tom mais para repreensivo. "Eles amarraram o trenó na traseira do carro. Ele nem sabia que tinham feito isso. Devem ter feito isso quando ele precisou passar devagar na frente da escola, com todas as crianças acabando de sair, e daí na ladeira um carro vinha atrás e derrapou e pegou eles. Jogou o trenó debaixo do carro do Fred."

A velha sra. Wright fez um ruído, assentindo, gemendo.

"Deviam ter sido avisados. Todas as crianças já foram avisadas, e continuam fazendo isso há não sei quantos anos, e era batata que ia acontecer. Foi tão horrível", disse Adelaide, olhando para Frances como que para extrair mais reação dela. "Todo mundo que viu disse que nunca vai esquecer. Fred Beecher foi e vomitou na neve. Bem na frente do correio. Ai, o sangue."

"Terrível", disse a mãe de Frances. Seu interesse praticamente já esmorecera. Estava provavelmente pensando no jantar. A partir das três da tarde, mais ou menos, seu interesse no jantar aumentava. Quando Frances demorava para chegar, como nessa noite, ou quando alguém aparecia no fim da tarde, pensando, sem dúvida, que ficaria feliz em ter uma visita, ela ficava cada vez mais agitada, achando que o jantar atrasaria. Tentava se controlar, mostrava-se bastante afável, ansiosa em responder, vasculhando sua coleção de expressões sociais, lançando-as umas após as outras, na esperança de que a visita se desse logo por satisfeita e fosse embora.

"Comprou a bisteca de porco?", disse para Frances.

Claro que Frances esquecera. Ela prometera fazer bisteca empanada e não passara no açougue, havia esquecido.

"Vou lá."

"Ah, não precisa se incomodar."

"Ela ficou com a cabeça cheia demais por causa do acidente", disse Adelaide. "A gente comeu bisteca de porco assada ontem à noite, aquela que vai no forno com creme de milho, e estava uma delícia."

"Bom. Frances passa no farelo de pão."

"Ah, eu também faço assim. Desse jeito também fica uma delícia. Às vezes dá vontade de variar. Vi o pai do menino O'Hare saindo da agência funerária. Foi horrível de ver. Parecia ter sessenta anos."

"Vendo o corpo", disse a mãe de Frances. "Uma omelete também pode ser."

"É mesmo?", disse Frances, que não suportou a ideia de voltar para a rua.

"Ah, claro. E economiza nos cupons de ração."

"Não é um inferno, esses cupons de ração? Ele ainda não ia poder ver. Não com todo o trabalho que vão precisar fazer no menino. Devia estar escolhendo um caixão."

"Ah. Provável."

"Não, o menino ainda não ia estar pronto. Ainda ia estar na mesa."

O modo como Adelaide disse isso, *na mesa*, foi tão enfático, tão cheio de energia, foi como se pusesse um grande peixe úmido bem na frente delas. Tinha um tio que era agente funerário, em outra cidade, e ficava orgulhosa dessa ligação, de sentir que entendia do assunto. E como era de esperar começou a falar sobre o trabalho do tio com as vítimas de acidentes, sobre um menino que fora escalpelado e como seu tio restituíra sua aparência, indo ao barbeiro e catando mechas de cabelo no cesto do lixo, misturando para obter exatamente a cor certa, trabalhando a noite toda. A família do menino não conseguiu acreditar que pudesse parecer tão natural. É uma arte, disse Adelaide, quando conhecem seu ofício como ele conhece.

Frances pensou que devia contar isso a Ted. Muitas vezes contava para Ted as coisas que Adelaide dizia. Então se lembrou.

"Claro, eles podem pedir pra deixar o caixão fechado, se quiserem", disse Adelaide, tendo explicado mais uma vez como o agente funerário era inferior ao seu tio. "Era o único filho dos Makkavala?", perguntou para Frances.

"Acho que sim."

"Sinto pena deles. E eles não têm família aqui. Ela nem fala inglês direito, não é? Claro que os O'Hare, sendo católicos, têm mais uns quatro ou cinco. Sabe, o padre veio e fez o negócio nele, mesmo com o menino morto."

"Oh, oh", desaprovou a mãe de Frances. Não havia muita hostilidade contra católicos nessa desaprovação, na verdade; era uma cortesia que protestantes sentiam-se na obrigação de prestar uns aos outros.

"Não vou precisar ir ao velório, vou?" Uma expressão preocupada, refratária, se manifestava no rosto da mãe de Frances sempre que havia alguma perspectiva de chegar perto de gente doente ou morta. "Como eles chamavam mesmo?"

"O'Hare..."

"Ah, é. Católicos."

"E Makkavala."

"Não conheço. Conheço? São estrangeiros?"

"Finlandeses. Do norte de Ontário."

"Achei que fossem. O nome soa estrangeiro. Não preciso ir."

Frances precisou sair outra vez. Teve de ir à biblioteca, à noitinha, para pegar os livros de sua mãe. Toda semana ela trazia três livros novos da biblioteca. A mãe apreciava a visão de um belo catatau. Um bocado de leitura aí, dizia, assim como diria que havia um bocado de uso num casaco ou numa manta. De fato, o livro era exatamente igual a um edredom grosso e quente com o qual se cobrir, em que se aconchegar. Quando estava para terminar, e seu cobertor ficava cada vez mais fino, ela contava as páginas e dizia: "Trouxe outro livro pra mim? Ah, é. Está ali. Eu lembro. Bom, ainda tenho esse pra ler, quando terminar este aqui".

Mas sempre chegava o momento em que terminara o último livro e tinha de esperar a ida de Frances à biblioteca para pegar mais três. (Felizmente, Frances podia repetir o mesmo livro após um breve intervalo, digamos, três ou quatro meses; sua mãe mergulhava na leitura outra vez, até mesmo comentando pequenas informações sobre o ambiente e os personagens, como se nunca tivesse visto aquilo antes.) Frances dizia à mãe para ouvir rádio enquanto esperava, mas embora ela nunca se recusasse a fazer o que lhe mandavam, o rádio não parecia confortá-la. Enquanto continuasse descoberta, por assim dizer, podia ir até a sala e pegar um livro velho na estante — *Jacob Faithful*, talvez, ou *Lorna Doone* —, e sentar meio agachada no banquinho baixo, segurando o livro e lendo. Em outras ocasiões, podia apenas vagar pelos cômodos da casa. Sempre arrastando os pés, a não ser quando passava por algum degrau, apoiando-se na mobília, e trombando com as paredes, cega porque não acendera a luz, fraca por nunca caminhar, subjugada por uma inquietude apreensiva, uma espécie de frenesi em câmera lenta, que podia dominá-la quando não tinha livros, comida ou calmantes para se proteger.

Frances ficou revoltada com sua mãe nessa noite por dizer: "E os meus livros da biblioteca?". Estava revoltada com sua insensibilidade, seu ensimesmamento, sua fraqueza, sua sobrevivência, sua perninhas arruinadas e seus braços, onde a pele ficava pendurada como mangas amarrotadas. Mas a mãe não foi mais insensível do que ela própria. Passou pela esquina do correio, onde não havia mais nenhum sinal do acidente, apenas neve fresca, neve soprando pela rua vinda do sul, de London (ele já devia estar de volta, independentemente do que tivesse acontecido, já deveria ter voltado). Sentiu raiva da criança, de sua estupidez, seu risco estúpido, seu exibicionismo, sua intrusão na vida de outras pessoas, em sua vida. Não suportou pensar em ninguém nesse momento. Pensar em Adelaide, por exemplo. Adelaide, antes de ela sair, seguira Frances até o quarto onde Frances tirava sua blusa de cetim, porque ela não podia preparar o jantar com essa roupa. Havia aberto a frente, estava desabotoando as mangas; viu-se diante de Adelaide como estivera diante de Ted um pouco antes.

"Frances", disse Adelaide num sussurro tenso, "está se sentindo bem?"

"Estou."

"Não acha que isso foi uma desforra por causa de vocês dois?"

"O quê?"

"Deus, se vingando", disse Adelaide. Excitação, satisfação, presunção irradiavam dela. Antes de se casar com o cabeçudo e inocente irmão mais novo de Frances, ela desfrutara de um ou dois anos de popularidade, ou notoriedade, sexual, trocadilhos frequentemente sendo feitos com seu nome.* Sua figura era sólida e maternal, os olhos ligeiramente estrábicos. Frances não conseguia entender o que a levara a criar uma amizade, ou aliança, ou fosse lá como se chamava isso, com alguém assim. Sentada na cozinha de Adelaide nas noites em que Clark saíra para treinar o time de hóquei do terceiro ano, turbinando o café com o precioso uísque de Clark (e completando o nível da garrafa com água), as fraldas secando junto ao fogão, alguns trilhos metálicos de um trenzinho barato e uma hedionda boneca sem olhos nem braços sobre a mesa diante delas, haviam conversado sobre sexo e homens. Um alívio envergonhado, uma indulgência culpada, um terrível erro. Deus não entrara na conversa de Adelaide nessa ocasião. Ela nunca escutara a palavra *pinto*, tentava mas não conseguia ficar à vontade. *Negócio*, dizia. *Pôs o negócio pra fora*, dizia, com o mesmo prazer perturbador que dissera *na mesa*.

"Você não parece nada bem, escuta o que estou falando", disse para Frances. "Está parecendo atordoada. Parece doente."

"Vai pra casa", disse Frances.

Como ela ia ter de pagar por isso?

Dois homens instalavam luzes natalinas nos abetos azuis diante do correio. Por que faziam isso a essa hora? Deviam ter

* *A-de-lei*, a pronúncia aproximada, evoca a ideia de *lay*, no caso, manter relações sexuais com alguém. (N. T.)

começado antes do acidente, depois tiveram de interromper o serviço. Deviam ter passado o tempo de folga enchendo a cara, pelo menos um deles. Cal Callaghan se enroscara no fio do pisca-pisca. O outro sujeito, Boss Creer, que tinha esse nome porque nunca seria chefe de coisa alguma, ficava por perto, à espera de Cal sair de seus apuros no próprio ritmo. Boss Crer não sabia ler nem escrever, mas sabia como ficar à vontade. A traseira do caminhão estava cheia de grinaldas de azevinho artificial e cordões de coisas vermelhas e verdes para serem pendurados. Frances, devido a seu envolvimento com concertos, recitais e quase tudo a título de festividade pública em que a cidade conseguia pensar, sabia que as decorações ficavam guardadas ano após ano no sótão da prefeitura, esquecidas, depois lembradas e tiradas dali quando alguém no conselho da cidade dizia: "Bom, então. Melhor pensar o que fazer para o Natal". Por deixarem que aqueles dois tolos de algum modo pusessem os cordões e as luzes, e pendurassem as grinaldas, Frances os desprezava. A incompetência, as grinaldas e os cordões puídos, o ar de trabalho enfadonho e ordinário, tudo motivado por um senso irracional de obrigação sazonal. Em outra oportunidade, talvez achasse comovente, levemente admirável. Talvez houvesse tentado explicar para Ted, que nunca conseguiria compreender seu sentimento de lealdade para com Hanratty. Ele dizia que conseguia viver numa cidade grande, ou na floresta, no tipo de povoamento fronteiriço de onde viera, mas não em um lugar assim, tão limitado, rude sem as compensações da natureza selvagem, apertado sem qualquer variedade urbana de vida.

Mas ali estava ele.

Ela se lembrou de sentir o mesmo desgosto em relação a tudo no verão anterior. Ted, Greta e os filhos tinham viajado, por três semanas, para o norte de Ontário, visitando parentes. Durante as duas primeiras semanas, Frances fora para um chalé no lago Huron, o mesmo chalé que sempre alugava. Levou sua mãe, que ficava lendo sob a árvore do Bálsamo de Gileade. Frances se sentiu bem ali. No chalé havia uma edição antiga da *Enciclopédia Britânica* e ela leu, repetidas vezes, o artigo desatualizado sobre a Finlândia. Sentava na varanda do chalé à noite, escutando a água do lago na margem e pensando no norte de Ontário, onde nunca estivera. A natureza selvagem. Mas quando precisou voltar para a cidade e ele não estava lá, passou péssimos momentos. Toda manhã, caminhava até a agência do correio e não havia nada dele. Ficava olhando pela janela do correio para o prédio da prefeitura, onde havia um grande termômetro vermelho e branco registrando o progresso do esforço de um Bônus da Vitória. Não conseguia mais situá-lo no norte de Ontário, na casa de parentes, enchendo a cara e fazendo refeições exageradas. Ele fora embora. Podia estar em qualquer lugar que não essa cidade; deixara de existir para ela, a não ser na ridícula agonia da memória. Odiou todo mundo então; mal conseguia responder educadamente. Odiou as pessoas, o calor, a prefeitura, o termômetro do Bônus da Vitória, as calçadas, os prédios, as vozes. Ficou com medo de pensar nisso depois, não queria pensar como o decente, inofensivo formato das casas ou o tom tolerável dos cumprimentos podia depender da existência de uma pessoa, que um ano antes ela nem conhecia, como a presença dele na mesma cidade, mesmo quando não podia vê-lo nem ter notícias suas, compunha seu necessário contrapeso.

A primeira noite após sua volta foi a noite em que ficaram na escola e se sujaram de tinta fresca. Ela pensou então que passar sem ele valera a pena, era apenas o preço a pagar. Esqueceu como era, assim como dizem que a mulher esquece a dor de ter um bebê, entre uma vez e a seguinte.

Agora conseguia se lembrar. Aquilo foi só um ensaio; algo que ela própria urdira, para se torturar. Agora seria real. Ele voltaria a Hanratty, mas não voltaria para ela. Por estar com ela na hora em que aconteceu, ele a odiaria; pelo menos odiaria pensar nela, porque sempre o levaria a pensar no acidente. E supondo que de algum modo o menino sobrevivesse, aleijado. Isso não seria melhor, não para Frances. Eles desejariam ir embora dali. Ele lhe contara que Greta não gostava do lugar, era uma das poucas coisas que contara sobre Greta. Greta se sentia solitária, não ficava à vontade em Hanratty. Quanto mais iria detestar o lugar agora? O que Frances imaginara no verão anterior seria realidade nesse verão. Ele estava em algum lugar longe dali, reconciliado com a esposa, que provavelmente segurava em seus braços nesse minuto, consolando-a, conversando com ela na língua deles. Disse que não conversavam em finlandês. Frances perguntara. Pôde perceber que não gostou que perguntasse. Respondeu que mal falava finlandês. Ela não acreditou.

A origem das tribos fino-ugrianas é envolta em mistério, lera Frances. Essa afirmação agradou-a; não achava que uma enciclopédia pudesse admitir tal coisa. Os finlandeses eram chamados de tavastianos e karelianos, e haviam continuado no paganismo até perto do final do século XIII. Acreditavam em um deus do ar, um deus das florestas, um deus da água. Frances aprendeu o nome desses deuses e surpreendeu Ted com eles. *Ukko. Tapio. Ahti.* Esses nomes eram novidade para ele. Os ancestrais que conhecia não eram esses pagãos pacíficos, os habitantes da floresta magiares, que em alguns lugares, segundo a enciclopédia, continuavam oferecendo sacrifícios aos espíritos; eles eram os nacionalistas, socialistas, radicais do século XIX. A família dele fora banida da Finlândia. Não era pela floresta setentrional, pelos pinheiros e bétulas, mas pelas salas de reunião e redações de jornal que Ted aprendera a sentir nostalgia. Nenhuma cerimônia pagã rondava sua mente (bobagem, disse ele, quando Frances lhe contou sobre sacrifícios para os espíritos), mas uma época de

impressoras clandestinas, distribuição de panfletos após escurecer, manifestações condenadas e honrosas sentenças de prisão. Contra os suecos, eles fizeram manifestações, e panfletagem, contra os russos. Mas se sua família era comunista, não deviam ser a favor dos russos, disse Frances, estupidamente, confundindo totalmente a cronologia; ele estava falando de uma época anterior à revolução. Não que fosse muito diferente agora. A Rússia invadira a Finlândia; a Finlândia se alinhava oficialmente com a Alemanha. As lealdades de Ted não tinham a quem se voltar. Certamente não para o Canadá, onde, segundo disse, era considerado um estrangeiro inimigo e vivia sob a vigilância da RCMP.*
Frances achou difícil acreditar numa coisa dessas. E ele parecia sentir orgulho disso.

Quando saíam para caminhar no outono, no bosque seco, ele lhe contava um monte de coisas que ela deveria ter sentido vergonha de não saber; sobre a Guerra Civil espanhola, os expurgos na Rússia. Ela escutava, mas sua atenção insistia em divagar, sob o disfarce de suas perguntas e respostas razoáveis, para se deter sobre um mourão ou um buraco de marmota. Ela pegava a ideia geral. Ele acreditava na existência de uma falência generalizada, e que a guerra, que normalmente se acreditava ser uma crise enorme mas temporária, foi na verdade apenas um aspecto natural dessa condição. Sempre que ela apontava qualquer possibilidade esperançosa, ele explicava como estava errada, por que a essa altura todos os sistemas estavam condenados e um cataclismo se seguiria ao seguinte até —

"O quê?"

"Até o desastre completo."

* Royal Canadian Mounted Policy (Real Polícia Montada Canadense), a polícia federal do Canadá. (N. T.)

Como parecia contente, dizendo isso. Como ela poderia argumentar contra uma visão que lhe parecia proporcionar tamanha paz e satisfação?

"Você é tão moreno", ela dizia, virando a mão dele na sua. "Não sabia que gente do norte da Europa era tão morena."

Ele lhe contou que havia dois tipos físicos na Finlândia, o magiar e o escandinavo, escuro e claro, e como pareciam não se misturar, mas se manter distintos, surgindo geração a geração inalterados, no mesmo distrito, na mesma família.

"A família de Greta é um exemplo perfeito", disse. "Greta é absolutamente escandinava. Tem ossos grandes, ossos compridos, ela é dolicocefálica —"

"Como?"

"Cabeça comprida. Ela tem pele clara, olhos azuis e cabelo claro. Mas a irmã, Kartrud, tem a pele amorenada e olhos um pouco puxados, muito escuros. A mesma coisa na nossa família. Bobby é como a Greta. Margaret é como eu. Ruth-Ann é como a Greta.

Frances ficou ao mesmo tempo abatida e curiosa ao ouvi-lo falar de Greta, da *nossa família*. Ela nunca perguntava, nunca falava deles. No início, ele também não falava. Duas coisas que disse permaneceram em sua cabeça. Uma era que ele e Greta tinham se casado quando ele ainda estava na universidade, com bolsas de estudos; ela ficara no norte com sua família, até ele se formar e conseguir emprego. Isso levou Frances a se perguntar se Greta engravidara; era por isso que se casara com ela? A outra coisa que ele disse — de um modo indiferente, e quando ele e Frances conversavam sobre lugares que queriam conhecer — foi que nunca havia sido infiel antes. Frances supusera isso o tempo todo, devido a sua inocência ou presunção; nunca supusera, nem sequer por um minuto, que pudesse ser parte de uma fila. Mas a palavra *infiel* (ele nem sequer dissera infiel a Greta) sugeria uma ligação. Punha Greta sob o holofote para ambos, mostrava-a à espera em algum lugar; composta e paciente, decente, desonrada. Era um sinal de respeito a ela; ele a respeitava.

No começo, isso foi tudo. Mas agora em suas conversas as portas estavam abertas, para logo voltar a se fecharem. Frances captava vislumbres, ante os quais se encolhia e anelava. Greta teve de ficar com o carro para levar Ruth-Ann ao médico; Ruth-Ann estava com dor de ouvido, havia chorado a noite inteira. Ted e Greta estavam forrando o corredor com papel de parede. A família toda ficara doente depois de comer algumas linguiças suspeitas. Frances captava mais do que vislumbres. Ficava sabendo dos resfriados na família Makkavala. Começou a sentir que vivia com eles numa intimidade bizarra e onírica.

Fizera uma única pergunta.

"Como era o papel de parede? Que você e sua esposa puseram no corredor?"

Ele teve de pensar.

"Listrado. Listras brancas e prateadas."

A escolha do papel de parede fez Greta parecer mais rija, mais astuta, mais ambiciosa, do que parecia na rua ou fazendo compras na Superior Grocery Store, em seus vestidos leves, desgraciosos, floridos, suas calças xadrez folgadas, uma bandana no cabelo. Uma dona de casa grande, loira, sardenta, que certa vez esbarrou no braço de Frances com sua cesta de compras e disse: "Desculpe". A única palavra que Frances a escutara dizer. Um sotaque forte, a voz fria e tímida. A voz que Ted escutava todos os dias em sua vida, o corpo ao lado do qual dormia todas as noites. Os joelhos de Frances fraquejaram e tremeram, na Superior Grocery Store, diante das prateleiras de Kraft Dinner, carne de porco, feijões. Só de ficar perto daquela mulher grande e misteriosa, tão inocente e poderosa, sentiu o espírito toldado, uma grande ansiedade.

No sábado de manhã, Frances encontrou um bilhete em sua caixa do correio, pedindo-lhe para deixar Ted entrar na igreja nessa noite. Ela ficou nervosa o dia todo, como ficara quando aguardava para encontrá-lo pela primeira vez, em Beattie's Bush. Esperou, no escuro, junto à porta da escola dominical. Era uma noite ruim, a de sábado, o pastor ou o zelador deviam estar lá, e ambos estiveram, mais cedo, quando Frances distraidamente tocava órgão. Tinham ido embora para casa, torceu para que não voltassem mais.

Normalmente faziam amor ali no escuro, mas nessa noite Frances achou que precisariam de alguma luz, precisariam conversar. Conduziu-o imediatamente para uma das salas de aula, atrás da galeria do coro. Era uma sala comprida, estreita e abafada, sem janelas dando para fora. As cadeiras da escola dominical haviam sido empilhadas num canto. Havia uma coisa estranha sobre a mesa do professor — um cinzeiro com duas bitucas de cigarro esmagadas. Frances o pegou.

"Mais alguém deve ter vindo aqui."

Tinha de falar sobre alguma coisa além do acidente, porque sem dúvida nunca conseguiria dizer a coisa certa sobre isso.

"Revezamento de casais", disse Ted, para seu alívio. "Não me surpreenderia." Ele apontou candidatos possíveis. A secretária da escola e o diretor. A cunhada de Frances e o pastor da igreja. Mas falou sem interesse.

"Vamos precisar de um cronograma."

Não se deram ao trabalho de pegar cadeiras, ficaram sentados no chão, as costas contra a parede, sob um retrato de Jesus caminhando à beira do mar da Galileia.

"Nunca passei uma semana igual a esta na minha vida", disse Ted. "Não sei nem por onde começar. A gente voltou de London na terça, e na quarta a família da Greta chegou que nem uma avalanche. Pegaram a estrada a noite toda, duas noites. Nem sei como fizeram. Teve um lugar que precisaram chamar um limpa-

-neve para ir na frente deles por oitenta quilômetros. Aquelas mulheres são capazes de qualquer coisa. O pai é só uma sombra. As mulheres são um terror. Kartrud é a pior. Tem oito filhos e nunca parou de mandar nas irmãs e nas famílias das irmãs e em qualquer um que deixe. Greta é simplesmente inútil contra ela."

Contou que o problema começou logo de cara, sobre o enterro. Ted se decidira por um enterro não religioso. Já resolvera havia muito tempo que, se alguém de sua família morresse, não chamaria a Igreja. O agente funerário não gostou, mas concordou. Greta disse que por ela tudo bem. Ted escreveu alguns parágrafos como elogio fúnebre que pretendia ler. Isso seria tudo. Nada de cantar hinos, nada de orações. Não era nenhuma novidade para ninguém. Todo mundo sabia o que ele pensava. Greta sabia. Sua família sabia. Mesmo assim, começaram a agir como se fosse uma revelação nova, pavorosa. Parecia que nunca tinham sequer ouvido falar de ateísmo. Tentaram convencê-lo de que um enterro desse tipo era ilegal, que poderia ir para a cadeia.

"Trouxeram um velho junto com eles, que eu presumi que fosse só um tio, primo ou sei lá o quê. Nunca conheci todo mundo, é uma família gigante. Então, depois que eu contei meus planos pro enterro, explicaram pra mim que era o pastor deles. Um pastor luterano finlandês que transportaram por seiscentos quilômetros para me intimidar. Estava péssimo, também, o pobre coitado. Tinha pego um resfriado. Ficaram de um lado pro outro com emplastros de mostarda pra cima do homem, pondo os pés dele na água quente e tentando deixar o sujeito em forma para trabalhar. Ia ser bem feito se pifasse e deixasse eles na mão."

Ted se levantara nesse ponto, andando de um lado para outro pela sala de aula. Afirmou que não deixaria se intimidar de modo algum. Podiam muito bem ter trazido a congregação inteira e até o prédio da igreja luterana num vagão de trem. Disse isso para eles. Queria enterrar o filho a seu modo. A essa altura Greta cedera, passara para o lado deles. Não que tivesse uma vírgula de sentimento religioso, eram apenas as usuais lágrimas e recriminações e a fraqueza diante da família. Tampouco limitou-se à família. Vários enxeridos de Hanratty se meteram na história. A casa ficou cheia dessa gente. O pastor da Igreja Unida, pastor da igreja onde estavam agora, apareceu a certa altura para confabular com o luterano. Ted o enxotou. Mais tarde, descobriu que não fora exatamente culpa do pastor, ele não fora por conta própria. Kartrud o chamara, dizendo que era uma situação desesperadora, que sua irmã estava à beira de um colapso nervoso.

"Estava?", disse Frances.

"O quê?"

"Ela — sua esposa — tendo um colapso nervoso?"

"Qualquer um teria um colapso nervoso com aquele bando de maníacos em casa."

O enterro foi privado, disse Ted, mas isso pelo jeito não impediu ninguém que quisesse aparecer de dar as caras por lá. Ele ficou pessoalmente ao lado do caixão, pronto para socar qualquer um que tentasse interferir. Sua cunhada — com prazer —, ou o velho pastor enfermo, e até mesmo Greta, se a forçassem a isso.

"Ai, não", deixou escapar Frances, sem querer.

"Eu sabia que ela não ia fazer nada. Mas Kartrud talvez fizesse. Ou a velha, a mãe delas. Eu não sabia o que podia acontecer. Sabia que não podia mostrar um momento de hesitação. Foi horrível. Comecei a falar enquanto a mãe começou a balançar e se lamuriar. Tive que gritar pra me fazer ouvir. Ela gemendo cada vez mais alto em finlandês e eu gritando cada vez mais alto em inglês. Foi insano."

Enquanto falava, despejou as bitucas de cigarro do cinzeiro em sua mão, depois as devolveu ao cinzeiro, ficou fazendo isso, para cá e para lá.

Frances disse, após uma pausa: "Mas Greta era a mãe dele".

"Como assim?"

"Se ela quisesse um enterro normal."

"Ah, ela não queria."

"Como você sabe?"

"Eu conheço ela. Não tem nenhuma opinião formada sobre o assunto. Simplesmente abaixa a cabeça para a Kartrud; sempre vai ser assim."

Ele fez aquilo tudo por si mesmo, Frances pensou. Não estava pensando em Greta naquele momento. Ou em Bobby. Estava pensando em si mesmo e em suas convicções e não queria dar o braço a torcer para seus inimigos. Era só o que importava para ele. Ela não conseguiu deixar de perceber isso e não gostou. Não conseguiu deixar de perceber o quanto não gostou disso. Não significava que não gostava mais dele; ao menos, não havia deixado de amá-lo. Mas algo mudou. Quando pensou a respeito mais tarde, pareceu-lhe que até aquele ponto se envolvera em algo pueril e constrangedor. Conduzira tudo para seu próprio contentamento, enxergando-o tal como queria, prestando atenção quando queria, não o levando a sério, embora achasse que levava; teria dito que ele era a coisa mais importante em sua vida.

Não permitiria mais que isso acontecesse, essa indolência e enganação.

Pela primeira vez, ficou surpresa quando ele quis fazer amor. Não estava pronta, ainda não conseguia compreendê-lo, mas ele pareceu concentrado demais para perceber.

No dia seguinte, domingo, quando tocou durante os serviços, foi a última vez que Frances tocou na Igreja Unida.

Na segunda, Ted foi chamado à sala do diretor. O que acontecera foi que a irmã de Greta, Kartrud, conhecera melhor as mulheres de Hanratty em cinco dias do que Greta em dezoito meses, e que alguém lhe contara sobre Ted e Frances. Frances pensou depois que devia ter sido Adelaide, só podia ter sido Adelaide, mas estava errada. Adelaide apareceu na casa dos Makkavala, mas não foi ela que contou; alguma outra pessoa devia ter chegado antes dela. Já furiosa com a briga por causa do enterro, e sua derrota ali, Kartrud foi visitar tanto o diretor da escola como o pastor da Igreja Unida. Quis saber deles que medidas seriam tomadas. Nenhum dos dois estava disposto a tomar medida alguma. Ambos já sabiam do romance, sentiam-se apreensivos com isso e torciam para que terminasse logo. Ted e Frances eram valiosos para eles. Ambos disseram a Kartrud que sem dúvida agora, após a morte da criança, marido e esposa se uniriam e todo o assunto seria esquecido. Seria uma lástima criar uma confusão nesse momento, disseram, quando a família sofrera tamanha perda e o dano podia ser reparado, já que a esposa não estava inteirada. Mas Kartrud jurou que podiam deixar a inteiração por conta dela. Pretendia contar para Greta, disse, antes de voltar para casa, pretendia convencer Greta a ir com ela, se algo não fosse feito para acabar com aquilo. Era uma mulher poderosa, física e vocalmente. Os dois ficaram intimidados com ela.

O diretor disse para Ted que um infeliz assunto chegara à sua atenção, fora trazido à sua atenção. Desculpou-se por tocar nisso tão próximo do luto, mas afirmou não ter escolha. Disse que esperava que Ted pudesse adivinhar de que assunto se tratava, que dizia respeito a uma mulher da cidade que previamente gozara do respeito de todos e que esperava que voltasse a fazê-lo. Afirmou imaginar que o próprio Ted talvez já houvesse decidido pôr um ponto-final na questão. Estava esperando Ted dar alguma declaração constrangida e ambígua no sentido de que isso já era, ou seria em breve, assunto encerrado, e independentemente de quanto soasse ou não convincente, o diretor estava preparado para aceitar. Queria apenas cumprir o que prometera; assim Kartrud sairia da cidade sem arrumar mais problemas.

Ted se exaltou, para espanto do diretor, e disse que isso era assédio, e que não iria aceitar. Disse que sabia quem estava por trás disso. Disse que não tolerava interferência, seus relacionamentos eram assunto exclusivamente seu, e que o casamento nada mais era que um antiquado costume promovido pelas autoridades da Igreja, assim como tudo mais que obrigavam as pessoas a engolir. De forma um tanto incoerente, afirmou ao fim disso tudo que estava deixando Greta de qualquer maneira, iria largar a escola, o emprego, Hanratty; iria se casar com Frances.

Não, não, insistia o diretor, tome um copo d'água. Não pode estar falando sério, que bobagem. Não pode tomar uma decisão quando está num estado como esse.

"Tomei a decisão há muito tempo", disse Ted. Acreditava que era verdade.

"Podia pelo menos ter perguntado pra você primeiro", disse Ted para Frances. Estavam sentados na sala do apartamento, no fim da tarde. Frances não fora à escola no domingo; instruíra o coral a encontrá-la na prefeitura, de modo que pudessem ensaiar ali, para se acostumarem com o palco. Voltou para casa um pouco mais tarde e sua mãe disse: "Tem um homem esperando você na sala. Ele falou o nome mas eu esqueci". Sua mãe também esqueceu de dizer que o pastor telefonara e pedira para Frances retornar a ligação. Frances nunca ficou sabendo disso.

Ela pensou que fosse provavelmente o corretor de seguros. Havia algum problema na questão do seguro contra incêndio do prédio. O corretor ligara na semana anterior e perguntara se podia procurá-la assim que voltasse à cidade. Atravessando o corredor, ela tentou clarear a mente para conversar, imaginando se teria de arrumar outro lugar para morar. Então viu Ted sentado junto à janela, sem tirar o sobretudo. Não acendera a luz. Mas um pouco de luz da rua entrava, alguns arco-íris natalinos vermelhos e verdes dançavam sobre ele.

Soube assim que o viu o que acontecera. Soube não em detalhe, mas em essência. De que outro modo ele poderia estar ali sentado na sala de estar de sua mãe, diante do velho papel de parede de samambaias e do *Angelus*?

"É uma sala antiquada", disse ele, suavemente, como que adivinhando seus pensamentos. Parecia sem forças, estava nesse estado estranho, debilitado, sonhador, que sobrevém terríveis altercações ou decisões irrevogáveis. "Não parece nada com você."

"É a sala da minha mãe", disse Frances, querendo perguntar — mas não era hora — que tipo de sala pareceria com ela. Com que ela se parecia, aos seus olhos, quanta coisa de fato notara a seu respeito? Ela puxou as cortinas e acendeu duas arandelas na parede.

"Esse é o seu cantinho?", disse Ted educadamente, quando ela fechava a música no piano. Ela fechou de modo a não incomodá-lo, ou para protegê-lo disso; seu interesse em música era nulo.

"Meio que sim. É Mozart", completou, apressada, tocando o busto vagabundo sobre uma pequena mesa. "Meu compositor favorito."

Que coisa mais idiota de se dizer, parecia uma colegial. Sentiu que suas justificativas não deviam ser para Ted, mas para esse canto da sua vida, com o piano, Mozart e a reprodução escura da *Vista de Toledo*, de que gostava tanto, e que estava agora pronta para expor e trair.

Ted começou a lhe contar sobre os acontecimentos do dia, o que o diretor dissera, o que ele dissera, o melhor que conseguia se lembrar. Fazendo isso, suas respostas foram um pouco mais moderadas, controladas e cuidadosas do que de fato haviam sido. "Então, eu falei que ia me casar com você, e daí eu pensei: quanta presunção. E se ela disser não?"

"Ah, bom. Você sabe que não vou", disse Frances. "Dizer não."

Claro que ele sabia disso. Iriam até o fim, nada podia detê-los. Nem a mãe de Frances, que estava sentada na cozinha, lendo, sem saber de sua sentença de morte (pois esse seria o resultado; ela iria morar com Clark e Adelaide e a confusão na casa deles acabaria com ela; não se lembrariam de seus livros da biblioteca e ela iria para a cama e morreria). Não as jovens filhas de Ted, que nessa tarde estavam esquiando no rinque ao ar livre, ao som indistinto dos "Contos do bosque de Viena", e apreciando, de maneira reprimida e culpada, a atenção que a morte de seu irmão estava lhes trazendo.

"Quer café?", perguntou Frances. "Oh, não sei se a gente tem. A gente guarda todos os cupons de ração para o chá. Quer um chá?"

"A gente guarda os nossos pro café. Não. Tudo bem."

"Lamento."

"Não quero nada, na verdade."

"A gente está atordoado", disse Frances. "Nós dois estamos atordoados."

"Era pra ter acontecido, de qualquer jeito. Mais cedo ou mais tarde a gente teria decidido."

"Acha mesmo?"

"Ah, acho, é claro", disse Ted com impaciência. "Claro que teria."

Mas não parecia assim para Frances, e ela ficou se perguntando se ele estava dizendo isso só porque não podia suportar o pensamento de alguma medida sendo tomada fora de seu controle — e com que desperdício, com que crueldade —, e porque se sentia na obrigação de esconder dela como era pequeno o papel que ela própria desempenhara naquilo tudo. Não, pequeno não; um papel ambíguo. Havia uma longa cadeia de fatos, muitos deles ocultos para ela, que o levaram a estar ali lhe propondo casamento no mais próprio dos lugares, a sala de sua mãe. Ela criara essa necessidade. E era absolutamente inútil pensar, caso alguma outra pessoa também o fizesse, se aquilo teria mesmo acontecido caso a cadeia não estivesse ligada exatamente como estava? Porque estava ligada como estava, e não se tratava de nenhuma outra pessoa. Era Frances, que sempre acreditara que alguma coisa ia acontecer com ela, um momento claramente divisor viria, e ela seria apresentada a seu futuro. Havia previsto isso, e poderia ter previsto algum escândalo; mas não o peso, a confusão, a possibilidade de desespero, que estavam no âmago daquilo.

"A gente vai precisar tomar cuidado", ela disse.

Ele achou que ela queria dizer não ter filhos, ao menos por um tempo, e ele concordou, embora achasse que escolhera uma hora estranha para mencionar tal coisa. Ela não quis dizer nada disso.

Frances está cumprimentando as pessoas, ao lado de seu irmão Clark e do caixão de sua cunhada, Adelaide, na funerária de Hanratty, quase trinta anos depois. A funerária é uma ampliação recente da loja de mobília que ficava contígua à loja de ferragens. A loja de ferragens pegou fogo. Então Frances está debaixo de onde costumava morar, se é possível imaginar tal coisa. Frances não imagina.

Seu cabelo tem uma cor estranha. Os fios escuros ficaram grisalhos, mas não os vermelhos, resultando numa mistura cinzenta que suas filhas a convenceram a tingir. Mas o tom que escolheram para ela é um erro. O tom errado de cabelo, assim como o batom passado às pressas, o tailleur xadrez sob medida, a esbelteza conservada e os modos distraídos, enérgicos, apenas a tornam mais ela mesma, e muitos estão felizes em vê-la.

Já voltara antes disso, é claro, mas não com frequência. Nunca trouxe Ted junto. Trouxe suas filhas, que achavam Hanratty um lugar antiquado, ridículo, absurdo para seus pais terem morado. Tinha duas filhas. Ted quatro, no total, mas nenhum filho. Nas duas ocasiões, na sala de parto, Frances ficou aliviada.

Continuava acreditando que Adelaide a entregara, e continuava sentindo raiva disso, embora percebesse que podia igualmente ter ficado agradecida. Agora Adelaide está morta. Engordara demais; um problema no coração.

As pessoas na funerária não perguntam a Frances sobre Ted, mas ela sente que isso se deve a um antigo constrangimento, não a qualquer animosidade. Perguntam sobre suas filhas. Então Frances por conta própria consegue mencionar Ted, dizendo que a mais nova está em casa, vindo de Montreal, onde estuda, para passar alguns dias com o pai, enquanto sua mãe está viajando. Ted está no hospital, tem um enfisema. É internado quando sofre uma crise, é socorrido, volta para casa. Isso segue assim por um tempo.

Então as pessoas começam a falar sobre Ted, lembrando das coisas que aprontava na sala de aula, dizendo que nunca houvera ninguém como ele, deveria haver mais professores assim, que tipo de lugar diferente teria sido a escola. Frances ri, concorda, pensa em como vai contar tudo isso para Ted, mas de um modo casual, para que ele não pense que só está tentando animá-lo. Ele nunca mais voltou a dar aula, depois de Hanratty. Conseguiu um emprego em Ottawa, trabalhando para o governo, como biólogo. Era possível conseguir esse tipo de trabalho durante a guerra, sem ter avançado em sua formação. Frances trabalhava como professora de música, assim podiam mandar dinheiro para Greta, que voltou para o norte de Ontário, para sua família. Ela acredita que Ted gostava de seu emprego. Costumava se envolver em grandes rusgas e batalhas e falava com cinismo, mas isso, até onde ela podia perceber, era típico de funcionários públicos. Mas sempre viu o ensino como sua real vocação. Fala de seus dias como professor cada vez mais, à medida que envelhece, pintando-os como uma aventura seriada, com diretores malucos, conselhos administrativos ridículos, alunos recalcitrantes mas no fim subjugados, interesse despertado nos lugares mais improváveis. Vai ficar feliz em saber como a lembrança dos alunos combina com a sua.

Ela também tem intenção de lhe contar sobre Helen, a filha de Adelaide, uma mulher atarracada de trinta e poucos anos. Ela chamou Frances para dar uma olhada mais de perto em Adelaide, que parece franzir a boca com uma reticência que nunca demonstrou em vida.

"Olha o que eles fizeram, prenderam os maxilares com arame. É isso que fazem hoje em dia, amarram os maxilares e nunca fica parecendo natural. Costumavam colocar uns pequenos chumaços por dentro para deixar os lábios mais cheios, mas não fazem isso mais, dá trabalho demais."

Um homem pálido e gordo, usando duas bengalas, aproxima-se de Frances.

"Não sei se você se lembra de mim. Eu era vizinho de Clark e Adelaide. Fred Beecher."

"Lembro sim, claro que lembro", diz Frances, embora fique sem conseguir pensar por um momento como se lembra dele. A coisa lhe vem à medida que conversam. Ele partilha suas lembranças de Adelaide e lhe conta sobre seu tratamento da artrite. Ela se lembra de Adelaide dizendo que ele vomitou na neve. Diz que lamenta o sofrimento da doença, e sua dificuldade de andar, mas na verdade quer dizer como lamenta pelo acidente. Se ele não tivesse saído enquanto nevava naquele dia para levar um carrinho de bebê até o outro lado da cidade, Frances não estaria morando em Ottawa, não teria duas filhas, não teria sua vida, não essa mesma vida. Isso é verdade. Ela tem certeza disso, mas é horrível demais para pensar a respeito. O ângulo pelo qual precisa enxergar isso nunca pode ser admitido; pareceria monstruoso. E se ele não tivesse saído naquele dia — Frances pensa conforme conversam —, onde estaríamos todos nós agora? Bobby teria cerca de quarenta anos, talvez fosse um engenheiro — seus interesses de criança, recordados agora com mais frequência por Ted, tornavam isso provável —, teria um bom emprego, talvez até um emprego interessante, esposa e filhos. Greta estaria visitando Ted no hospital, cuidando de seu enfisema. Frances talvez continuasse por aqui, em Hanratty, dando aulas de música; ou poderia estar em outro lugar. Poderia ter se recuperado, se apaixonado por outra pessoa, ou talvez se tornado dura e solitária com sua mágoa.

*Que diferença*, pensa Frances. Não sabe de onde vem esse pensamento ou o que significa, pois é claro que há uma diferença, qualquer um pode enxergar isso, a diferença de uma vida. Ela teve seu amor, seu escândalo, seu homem, seus filhos. Mas por dentro segue tiquetaqueando, sozinha, a mesma Frances que estava ali antes de tudo isso.

Não completamente a mesma, decerto.

A mesma.

Vou ficar tão ruim quanto minha mãe, quando ficar velha, ela pensa, virando ansiosamente para cumprimentar alguém. Dane-se. Ainda tem chão até lá.

# BARDON BUS

1

Penso em como era ficar para titia, em outra geração. Houve um monte de titias na minha família. Venho de gente destituída, terrivelmente reservada, tenaz, parcimoniosa. Como eles, eu podia fazer o pouco render muito. Um pedaço de seda chinesa dobrada em uma gaveta, gasta pelo toque de dedos no escuro. Ou aquela carta, escondida sob as peças virginais, jamais necessitando ser aberta ou lida porque cada palavra é sabida de cor, e um toque comunica tudo. Talvez nada tão tangível, nada senão a lembrança de uma palavra ambígua, um tom de voz íntimo, casual, uma expressão dura, desamparada. Isso já servia. Só com isso eu conseguia me virar, ano após ano lavando os baldes de leite, cuspindo no ferro de passar, seguindo as vacas ao longo da trilha acidentada entre o alno e as margaridas-de-olho-negro, estendendo os macacões molhados e limpos para secar sobre a cerca e as toalhas de chá nos arbustos. Quem seria o homem? Podia ser qualquer um. Um soldado morto no Somme ou um fazendeiro vindo pela estrada com sua esposa boca dura e a multidão de filhos, um rapaz que foi para Saskatchewan e prometeu mandar me buscar, mas nunca fez isso, ou o pregador que me instiga todo domingo com chibatadas de medo e promessas de tormento. Tanto faz. Eu poderia me agarrar a qualquer um deles, em segredo. Um segredo de toda uma vida, uma vida-sonho de toda uma vida. Eu poderia sair cantando pela cozinha, lustrando o fogão, limpando o vidro dos lampiões, mergulhando a caneca no balde de água potável para preparar um chá. O cheiro levemente acre da lata esfregada, dos panos de limpeza surrados. No andar de cima minha cama com a cabeceira alta, a colcha de crochê, e os rústicos lençóis imitando flanela, com seu aroma acolhedor, a bolsa de água quente para aliviar minhas câimbras ou ser apertada entre as minhas pernas. Lá vou eu de novo, vez após outra, ao centro de minha fantasia, ao momento em que você se doa, se entrega, à investida que certamente aniquilará tudo que você foi antes. Uma crença obstinada de virgem, essa crença na perfeita maestria; qualquer esposa alquebrada poderia lhe dizer que tal coisa não existe.

Mergulhando a caneca no balde, embrulhada em minha loucura inofensiva, eu cantaria hinos, e ninguém se perguntaria por quê.

*He's the Lily of the Valley,*
*The Bright and Morning Star.*
*He's the Fairest of Ten Thousand to my Soul.**

## 2

Estou morando em Toronto neste verão, no apartamento de minha amiga Kay, terminando um livro de história familiar que uma gente rica está me pagando para escrever. Na primavera passada, por causa desse livro, tive de passar um tempo na Austrália. Lá encontrei

* "Ele é o Lírio do Vale,/ A Brilhante Estrela da Manhã./ É o mais Formoso dentre Dez Mil para minh'Alma." "The Lily of the Valley", hino protestante de William Charles Fry. (N. T.)

um antropólogo que conhecera por alto, anos antes, em Vancouver. Ele era na época casado com sua primeira esposa (agora está casado com a terceira) e eu, casada com meu primeiro marido (agora estou divorciada). Morávamos ambos em Fort Camp, que eram os alojamentos dos estudantes casados, na universidade.

Os antropólogos estavam investigando grupos linguísticos no norte de Queensland. Ele ia passar algumas semanas na cidade, em uma universidade, antes de se juntar à esposa na Índia. Ela fora para lá com uma bolsa, para estudar música indiana. É esse novo tipo de esposa com sérios interesses só seus. Sua primeira esposa fora uma garota com um emprego, que o ajudaria a se sustentar durante a universidade, depois ficaria em casa, tendo filhos.

Nós nos encontramos no almoço no sábado, e no domingo subimos o rio num barco de excursão, cheio de famílias barulhentas, até uma reserva animal. Lá observamos vombates enrodilhados como chouriços e emus contrariados, relapsos, caminhamos sob uma pérgula de flores brilhantes desconhecidas e tiramos fotos com coalas. Trocamos atualizações sobre nossas vidas, com gracejos, passagens sombrias, uma afinidade alegre. No caminho de volta, bebemos gim no bar do barco, e nos beijamos, e demos um pequeno vexame. Era quase impossível conversar com o barulho dos motores, os bebês chorando, as crianças gritando e correndo atrás umas das outras, mas ele disse: "Por favor, vem conhecer minha casa. Estou numa casa emprestada. Você vai gostar. Por favor, não aguento esperar pra convidar você, por favor, vem morar comigo na minha casa".

"Sério?"

"Peço de joelhos", disse ele, e fez isso.

"Levanta, se comporta!", falei. "Estamos num país estrangeiro."

"Isso quer dizer que a gente pode fazer o que quiser."

Algumas crianças haviam interrompido a brincadeira e nos encaravam. Pareciam chocadas e solenes.

## 3

Eu o chamo de X, como se fosse um personagem num romance de antigamente, que finge ser verdade. X é uma letra em seu nome, mas escolhi também porque parece combinar com ele. A letra X me parece expansiva e reservada. E usar só a letra, sem precisar de um nome, está de acordo com um sistema que emprego com frequência, ultimamente. Digo para mim mesma: "Bardon Bus, nº 144", e vejo toda uma sucessão de cenas. Eu as vejo em detalhes; ruas e casas. LaTrobe Terrace, Paddington. Escolas como grandes e agradáveis bangalôs, casas de apostas, jasmins-mangas desprendendo suas flores céreas, fragílimas, olorosas. É nesse ônibus que fomos ao centro, quatro ou cinco vezes ao todo, levando nossas sacolas, para comprar mantimentos na Woolworths, carne na Coles, alcaçuz e chocolate com gengibre na loja de doces. Grande parte da cidade é construída nas cristas entre as ravinas, de modo que havia uma sensação de estar descendo por vilarejos montanhosos, populosos mas meio selvagens, para chegar à parte central da cidade, com seu rio lamacento e sua aprazível decrepitude colonial. Em tempo tão breve tudo pareceu notavelmente familiar e contudo impossível de confundir com qualquer coisa que conhecêramos no passado. Sentíamos conhecer a vida das donas de casa em chapéus de sol andando conosco no ônibus, conhecíamos o interior das casas com suas venezianas fechadas, crestando ao sol, construídas sobre palafitas acima das ravinas, conhecíamos as ruas que não conseguíamos ver. Essa familiaridade não era opressiva, mas deliciosa, e havia uma ligeira estranheza no ar, como se tivéssemos topado com aquilo de uma maneira que não compreendíamos. Movíamo-nos por uma indolente domesticidade com a sensação de absoluta segurança — uma segurança que não havíamos sentido, ou assim dissemos um ao outro, em nenhum de nossos arranjos domésticos legais, tampouco em qualquer um dos lugares aos quais pertencíamos mais propriamente. Nossa leveza de espírito era como férias sem a sensação de total descompromisso de férias. Todo dia X ia à universidade e eu ia ao centro para fazer minha pesquisa na biblioteca, examinando velhos jornais no leitor de microfilme.

Um dia, fui ao cemitério de Toowong para procurar alguns túmulos. O cemitério era mais majestoso e descuidado do que os cemitérios no Canadá. As inscrições em algumas das esplêndidas lápides brancas exibiam surpreendente informalidade. "Nossa maravilhosa mãe" e "Um camarada legal". Fiquei me perguntando o que isso queria dizer, acerca dos australianos, e então pensei como estamos sempre nos perguntando o que as coisas querem dizer, em outro país, e como eu iria conversar sobre isso com X.

O sacristão saiu de sua pequena casa, para me ajudar. Era um jovem de shorts, com um navio a todo pano tatuado no peito. *Australia Felix*, o nome do navio. Uma garota de harém na parte inferior de um braço, um guerreiro pintado em cima. O outro braço decorado com dragões e estandartes. Um mapa da Austrália no dorso de uma mão; o Cruzeiro do Sul no dorso da outra. Não gostei de espiar suas pernas, mas fiquei com a impressão de cenas complicadas como uma tira de quadrinhos na vertical e uma corrente de medalhões engrinaldada com flores, talvez contendo o nome de garotas. Tomei o cuidado de ver direito todas essas coisas, devido ao prazer de voltar para casa e contar para X.

Ele também voltaria para casa com coisas para contar: conversas no ônibus; etimologias de palavras; baldeações que descobrira.

Não tínhamos medo de usar a palavra *amor*. Vivíamos sem responsabilidade, sem futuro, livres, com generosidade, em constante mas não fastidiosa celebração. Não tínhamos dúvida de que nossa felicidade duraria o pouco tempo requerido. A única coisa pela qual nos censurávamos era a preguiça. Perguntávamo-nos se nos arrependeríamos mais tarde de não ter ido ao Jardim Botânico para ver o lótus em flor, de não ter ido juntos a um filme; tínhamos certeza de que pensaríamos em mais coisas que desejávamos ter contado um ao outro.

## 4

Sonhei que X me escreveu uma carta. Era tudo feito numa desajeitada impressão manual e pensei: isso é para disfarçar sua letra, bem pensado. Mas tive imensa dificuldade para ler. Ele dizia que queria que viajássemos para Cuba. Dizia que a viagem lhe fora oferecida por um clérigo que conheceu em um bar. Fiquei pensando se o clérigo podia ser um espião. Ele dizia que podíamos esquiar em Vermont. Dizia que não queria interferir na minha vida, mas queria me proteger. Adorei essa palavra. Mas as complicações do sonho se multiplicavam. A carta fora protelada. Tentei ligar para ele e não consegui fazer o disco do telefone funcionar. Também parecia que eu era responsável por um bebê, adormecido numa gaveta da cômoda. As coisas foram ficando cada vez mais confusas e melancólicas, até que acordei. A palavra *proteger* continuava na minha cabeça. Tive de senti-la murchar. Eu estava deitada em um colchão no chão do apartamento de Kay, na esquina da Queen Street com a Bathurst, às oito da manhã. As janelas estavam abertas para o calor do verão, as ruas, cheias de gente indo para o trabalho, os bondes parando e saindo e rangendo na curva.

É um apartamento barato, agradável, com janelas altas, paredes brancas, cortinas de algodão sem alvejamento, as tábuas do assoalho pintadas de cinza brilhante. Tem sido um lugar barato e temporário por tantos anos que ninguém se deu ao trabalho de mudá-lo, de modo que os painéis de madeira continuam ali, assim como os antiquados biombos perfurados diante dos aquecedores. Kay tem lindos tapetes desbotados, e as usuais almofadas e colchas, para fazer os colchões no chão parecerem mais com divãs e menos com colchões. Um surrado estrado de molas fica recostado contra a parede, coberto com xales, lenços e esboços a carvão do antigo namorado de Kay, o artista. Ninguém consegue pensar num jeito de tirar o estrado de lá, nem imagina como chegou ali em cima, antes de mais nada.

Kay ganha a vida como ilustradora botânica, fazendo meticulosos desenhos de plantas para livros didáticos e manuais do governo. Mora em uma fazenda, numa família de adultos e crianças que vêm e vão e um dia somem para sempre. Conserva esse lugar em Toronto, e vem passar um dia ou algo assim a cada duas semanas. Gosta desse trecho da Queen Street, com suas tavernas, brechós e vagabundos tranquilos. Não tem grandes chances aqui de topar com pessoas que foram para Branksome Hall com ela, ou que dançaram em seu casamento. Quando Kay se casou, seu noivo usou um kilt, e seus camaradas oficiais fizeram um arco de espadas. O pai dela era um brigadeiro-general; sua primeira exposição foi no Palácio do Governo. Costumo pensar que é por isso que nunca se cansa de uma vida de risco e improvisação, e não se assusta com o barulho de altercações tarde da noite sob essas janelas, nem com os bebuns na porta de baixo. Não percebe a ameaça que eu perceberia, nunca se imagina afundando.

Kay não tem chaleira. Ferve água numa panela. É dez anos mais nova do que eu. Suas ancas são estreitas, tem o cabelo comprido e liso, escuro com mechas grisalhas. Costuma usar uma boina e charmosas roupas gastas compradas nos brechós. Eu a conheço há seis ou sete anos e durante esse período frequentemente esteve apaixonada. Suas paixões são arrojadas, às vezes grotescas.

No barco de Centre Island conheceu um prisioneiro em condicional, um sujeito alto e trigueiro com uma bandana bordada na cabeça, o cabelo comprido preto e grisalho sendo soprado ao vento. Foi mandado para a prisão por destruir a casa da ex-esposa, ou a casa do namorado dela; um crime de paixão que deixou Kay perplexa, mas que depois perdoou. Ele dizia que era parte índio e afirmou que depois de resolver um negócio em Toronto a levaria para sua ilha nativa, na costa da Colúmbia Britânica, onde poderiam andar a cavalo na praia. Ela começou a fazer aulas de montaria.

Quando romperam, ela temeu por sua vida. Encontrava bilhetes ameaçadores, amorosos, presos em suas camisolas e na roupa de baixo. Mudou as fechaduras, procurou a polícia, mas não desistiu do amor. Logo se apaixonou pelo artista, que nunca destruíra uma casa, mas era governado pelos sinais do mundo espiritual. Ele recebera uma mensagem sobre ela antes de se conhecerem, sabia o que ia dizer antes que o dissesse, e muitas vezes via um fogo azul contínuo em torno do pescoço dela, um jugo ou anel. Um belo dia ele sumiu, deixando os esboços, e um horrível livro de anatomia profusamente ilustrado com cadáveres genuínos secionados, mostrando vísceras, pele e pelos corporais em suas cores naturais, tinturas injetadas de vermelho ou azul iluminando uma selva de vasos sanguíneos. Nas estantes de Kay podia-se ler uma história de seus casos amorosos: livros sobre tumultos em prisões, autobiografias de presos, do período com o prisioneiro em condicional; esse livro de anatomia e outros sobre fenômenos do oculto, da época do artista; livros sobre cavernas, livros de Albert Speer, da época do importador alemão rico que lhe ensinou a palavra *spelunker*; livros sobre revolução do tempo do caribenho.

Ela acolhe um homem e suas histórias de todo coração. Aprende sua língua, figurativa ou literalmente falando. No começo talvez tente disfarçar sua situação, fingindo-se prudente ou irônica. "Conheci um tipo incomum na semana passada..." ou "Tive uma conversa gozada com um cara numa festa, já contei pra você?". Em breve um tremor, uma ligeira palpitação, um sorriso contrito mas refratário. "Na verdade receio que tenha me apaixonado por ele, não é o fim?" Da próxima vez que você a vê, mergulhou de cabeça, indo a cartomantes, mencionando o nome dele a cada duas sentenças; com a menção a seu nome um som sentimental vibrará em sua voz, haverá um olhar voltado para o chão, um ar de acalentado desamparo, terrível de contemplar. Então sobrevêm o início da melancolia, as dúvidas e a angústia, a luta para se libertar ou impedir que ele se liberte; as mensagens deixadas com os serviços de recados. Certa vez ela se disfarçou de velha, com uma peruca grisalha e um casaco velho muito puído; ficou andando para cá e para lá, no frio, diante da casa da mulher que ela acreditava ter tomado seu lugar. Falará com frieza, sensatez, graça sobre seu erro, e contará coisas vergonhosas que descobriu aqui e ali sobre o namorado, depois dará telefonemas desesperados. Vai se embriagar, e se inscrever em aulas de rolfing, hidroterapia, ginástica.

Em nenhuma dessas coisas é excepcional. Faz o que as mulheres fazem. Talvez faça com mais frequência, mais abertamente, só com um pouco mais de imprudência, e mais ardor. Sua capacidade de recuperação, sua fé nunca se esgotam. Conto piadas a seu respeito, todo mundo conta, mas também a defendo, afirmando que ao menos ela não está condenada a viver com reservas e retratações, insatisfações infinitas, sofrimentos desarticulados e titubeantes. Sua confiança é total, seus sofrimentos são agudos, e ela sobrevive sem dano aparente. Não dá brecha para sedimentações ou estagnação, e o espetáculo de sua vida não me parece desencorajador.

Está superando algum outro agora; o marido, marido separado, de outra mulher na fazenda. Seu nome é Roy; ele também é antropólogo.

"É o maior baixo-astral se apaixonar por alguém que morava na fazenda", diz. "Uma deprê. Alguém de quem você sabe tudo a respeito."

Conto para ela que estou superando alguém que conheci na Austrália e que planejo esquecê-lo de vez quando terminar o livro, depois vou procurar outro trabalho, um lugar pra viver.

"Sem pressa, vai com calma", ela diz.

Penso na expressão *superando*. Tem um som encorajador, cristalino, cotidiano. Está em sintonia com o atual estado de espírito de Kay. Quando o amor é novo e crescente ela se torna cada vez mais mística, hesitante; na hora do declínio, e passado o pior disso, fica animada e divertida, direta, analítica.

"Nada mais é do que o desejo de se ver refletida", diz. "O amor sempre redunda em amor-próprio. A imbecilidade. Você não quer os homens, quer o que pode obter deles. Obsessão e autoilusão. Já leu os diários da filha do Victor Hugo, acho que era ela?"

"Não."

"Eu também nunca li, mas li sobre. A parte que eu me lembro, a parte que eu lembro de ter lido, que me marcou muito, foi quando ela sai na rua depois de anos e anos apaixonada por um homem, uma paixão obsessiva, e encontra o cara. Passa por ele na rua sem reconhecer, ou talvez reconheça, mas não consegue mais ligar a pessoa real com o homem que ama, na sua cabeça. Não consegue fazer a ligação de jeito nenhum."

## 5

Quando conheci X em Vancouver, ele era uma pessoa diferente. Um pós-graduado sério, ainda um luterano, atarracado e resoluto, mais para pedante, na opinião de algumas pessoas. A esposa era mais desmiolada; uma fisioterapeuta chamada Mary, que gostava de esportes e de dançar. Dos dois, você diria que ela devia ser a que cairia fora. Era loira, os dentes grandes; mostrava as gengivas. Eu a observava jogando beisebol em um piquenique. Tive de me afastar e sentar perto dos arbustos, para dar de mamar ao bebê. Estava com vinte e um, uma garota de aparência comum, uma mãe amamentando. Gorda e rosada por fora; juízos obscuros e ambições intensas por dentro. O sexo ainda não começara para mim, longe disso.

X contornou os arbustos e me deu uma garrafa de cerveja. "O que está fazendo aqui atrás?"

"Amamentando o bebê."

"Por que precisa fazer isso aqui? Ninguém ia se importar."

"Meu marido teria um ataque."

"Ah. Bom, bebe. Dizem que cerveja faz bem pro leite, não é?"

Essa foi a única vez que falei com ele, até onde consigo me lembrar. Havia qualquer coisa acerca da abordagem direta, da cortesia ligeiramente desajeitada mas determinada, meu próprio sentimento inesperado, aliviado, de gratidão, que se conectou com suas atenções com as mulheres mais tarde, e seu efeito sobre elas. Tenho certeza de que foi sempre paciente, imperturbável; bem-sucedido, compreensivo, sincero.

6

Encontrei Dennis na Toronto Reference Library e ele me convidou para jantar.

Dennis é um amigo de X que veio nos visitar na Austrália. Um jovem alto, magro, cerimonioso e de sorriso brilhante — também não tão jovem, já deve ter seus trinta e cinco —, com um estilo elaboradamente educado e didático.

Vou encontrá-lo achando que talvez tenha um recado para mim. Não é estranho, por outro lado, que quisesse jantar com uma mulher mais velha que viu apenas uma vez na vida? Acho que talvez possa me dizer se X voltou para o Canadá. X me contou que provavelmente voltariam em julho. Então ele ia passar um ano escrevendo seu livro. Talvez fiquem morando na Nova Escócia durante esse ano. Talvez em Ontário.

Quando Dennis veio visitar a gente na Austrália, fiz um prato à base de curry. Estava animada com a ideia de ter um convidado e feliz que ele tivesse chegado a tempo de ver a breve luz do anoitecer nas ravinas. Nossa casa, como as demais, foi construída sobre estacas, e da janela onde comíamos tínhamos vista para uma ravina parecida com uma tigela oval, orlada de pequenas casas e cheia de jacarandás, flamboyants, jasmins-mangas, ciprestes e palmeiras. Folhas como leques, chicotes, plumas, pratos; verdes de todos os matizes, brilhantes, luminosos, escuros, empoeirados, reluzentes. Galinhas-d'angola viviam ali embaixo, e bandos de kookaburras alçavam voo ao crepúsculo. Tínhamos de descer precariamente um barranco íngreme sob a casa para chegar ao barracão da lavanderia e prender as roupas num varal giratório. Ali encontrávamos teias de aranha penduradas como se fossem o teto de tendas, bacias com suas tampas, uma em cima e outra embaixo. Tínhamos de tomar cuidado com certa aranha pequena que tece uma teia cônica e para cujo veneno não há antídoto.

Mostramos a ravina para Dennis e contamos para ele que aquela era uma típica casa antiga de Queensland, com suas paredes revestidas de tábuas e os painéis de ventilação sobre as portas cobertos de graciosas vinhas entalhadas. Ele não olhava para nada com grande interesse, mas falou sobre a China, onde estivera recentemente. X disse depois que Dennis sempre falava sobre o último lugar onde estivera e as últimas pessoas que conhecera, e nunca parecia notar coisa alguma, mas que provavelmente estaria falando sobre nós, e descrevendo esse lugar, para as próximas pessoas com quem fosse jantar, na cidade seguinte. Disse que Dennis passava a maior parte da vida viajando, e falando sobre isso, e que conhecia um monte de gente bem o bastante apenas para, ao chegar a algum lugar, ser convidado para jantar.

Dennis nos contou que vira o recém-escavado Acampamento do Exército em Xian, na China. Descreveu as fileiras de soldados em tamanho real, cada um deles tão realista e único, alguns ainda com vestígios da tinta com que outrora haviam sido pintados e ainda mais individualizados. Às costas deles, disse, havia uma parede de terra. Os soldados de terracota pareciam marchar para fora da terra.

Disse que lembrava as mulheres de X. Fileira após fileira e sempre uma nova surgindo no fim da fila.

"O Exército continua em marcha", disse.

"Dennis, pelo amor de Deus", disse X.

"Mas eles saem mesmo da terra desse jeito?", eu perguntei para Dennis. "Estão intactos?"

"Quem está intacto?", disse Dennis, com um sorriso desagradável. "Os soldados ou as mulheres? As mulheres não estão intactas. Ou não por muito tempo."

"Podemos mudar de assunto?", disse X.

"Claro. Mas respondendo sua pergunta", disse Dennis, virando para mim. "Dificilmente são encontrados inteiros. Ou pelo menos foi o que entendi. As pernas, os torsos, as cabeças têm que ser encaixadas nos lugares, normalmente. Eles têm que juntar os pedaços e pôr as estátuas de pé."

"Trabalho pra burro, pode apostar", disse X, com um grande suspiro.

"Mas não é assim com as mulheres", eu disse para Dennis. Falei com um charme especial, social, quase um flerte, como faço muitas vezes quando percebo maldade. "Acho a comparação um pouco errada. Ninguém precisa escavar as mulheres e pôr elas de pé. Ninguém pôs elas no lugar. Elas vieram e participaram de livre e espontânea vontade, e um dia vão embora. Não são um exército em formação. A maioria provavelmente está a caminho de algum outro lugar, de qualquer maneira."

"Bravo", disse X.

Quando estávamos lavando os pratos, tarde da noite, ele disse: "Você não ficou chateada com o Dennis dizendo aquilo, ficou? Não ficou chateada que eu entrei na onda dele um pouquinho? Ele precisa das suas lendas".

Recostei a cabeça em suas costas, entre as escápulas.

"Precisa? Não. Achei divertido."

"Aposto que você não sabia que Plínio foi o primeiro a descrever o sabão, e que os gauleses usavam. Aposto que você não sabia que eles ferviam sebo de bode com a lixívia das cinzas de madeira."

"Não. Não sabia disso."

## 7

Dennis não disse uma palavra sobre X, ou sobre a Austrália. Eu não teria achado estranho ele ter me convidado para jantar se me lembrasse melhor dele. O convite era para ter alguém com quem conversar. Desde a Austrália, ele estivera na Islândia e nas ilhas Feroe. Eu lhe faço perguntas. Mostro interesse, e fico surpresa, até chocada, quando necessário. Me preocupei em passar maquiagem e lavei o cabelo. Espero que, se encontrar X, diga como eu estava bonita.

Além de suas viagens, Dennis tinha suas teorias. Ele desenvolve teorias sobre arte e literatura, história, a vida.

"Tenho uma nova teoria sobre a vida das mulheres. Eu costumava achar muito injusto o jeito como as coisas aconteciam com elas."

"Que coisas?"

"O jeito que precisam viver, comparado com os homens. Especificamente na questão da idade. Olha só você. Pensa como seria sua vida, se fosse homem. As escolhas que teria. Quer dizer, escolhas sexuais. Você poderia recomeçar. Os homens fazem isso. Está tudo nos romances, e na vida também. Os homens se apaixonam por mulheres mais jovens. Os homens querem mulheres mais jovens. Os homens podem conseguir mulheres mais jovens. Um novo casamento, novos bebês, novas famílias."

Fico pensando se vai me contar algo sobre a esposa de X; talvez esteja para ter um bebê.

"É um grande golpe pra elas, não é?", ele diz, a seu modo maldoso, solidário. "A esposa cheirosinha e jovem, o novo bebê quando outros homens da mesma idade estão começando a ter netos. Todos esses homens com inveja deles e tentando pensar num jeito de fazer o mesmo. É a moda, não é? Deve ser duro resistir a começar de novo e ter esse belo espelho jovem pra olhar, se a oportunidade surge."

"Acho que eu talvez resistiria", digo, animada, sem insistência. "Não acho de verdade que gostaria de ter um bebê agora."

"Mas é isso, é bem isso, você não tem a oportunidade! Você é mulher e a vida vai numa direção só pra uma mulher. Todo esse negócio de namoradas mais jovens, isso é só futilidade, não é? Você quer ter um namorado mais jovem?"

"Acho que não", eu digo, e pego minha sobremesa de uma bandeja. Escolho um pudim muito cremoso com uma pasta de castanhas no fundo e framboesas frescas por cima. Tomei o cuidado de fazer uma refeição leve, deixando bastante espaço para a sobremesa. Fiz isso para ter alguma coisa para aguardar ansiosamente enquanto escutava Dennis.

"Uma mulher da sua idade não pode competir", diz Dennis com veemência. "Não pode competir com mulheres mais novas. Eu costumava achar isso de uma injustiça abismal."

"Provavelmente é correto em termos biológicos que os homens queiram as mulheres mais novas. Não adianta nada ficar se lamentando por causa disso."

"Então os homens têm esse jeito de se renovar, eles ganham esse refil de vitalidade, enquanto as mulheres são, por assim dizer, eliminadas da vida. Eu costumava achar isso terrível. Mas agora minha opinião mudou da água pro vinho. Sabe o que eu acho agora? Acho que as mulheres é que têm sorte! Quer saber por quê?"

"Por quê?"

"Porque são forçadas a viver num mundo de perda e morte! Ah, sei, tem o lifting facial, mas em que isso ajuda de verdade? O útero seca. A vagina seca."

Senti que me observava. Continuei comendo meu pudim.

"Conheci um monte de lugares no mundo e vi muita coisa estranha, e muito sofrimento. Minha conclusão hoje é de que a pessoa não conquista a felicidade tapeando a vida. É só com a renúncia natural e aceitando a privação que a gente fica preparado para a morte e assim pode conseguir alguma felicidade. Minhas ideias parecem estranhas pra você?"

Não consigo pensar em nada para dizer.

## 8

Muitas vezes fico com alguns versos de um poema passando na minha cabeça e não sei como começou. Pode ser um poema ou uma rima que eu nem sabia que conhecia, e não precisa ser algo que corresponda ao que acredito ser meu gosto. Às vezes não presto a menor atenção, mas às vezes sim, em geral consigo perceber que o poema, ou o pedaço dele que ficou na minha cabeça, tem alguma relação com o que está acontecendo na minha vida. E que pode não ser o que parece estar acontecendo.

Por exemplo, na primavera passada, no outono passado, na Austrália, quando eu estava feliz, o verso que aparecia na minha cabeça, numa cadência alegre, era este:

*Even such is time, that takes in trust —*

Eu não conseguia ir além, embora soubesse que *trust* rimava com *dust*, e que havia alguma coisa em seguida sobre *and in* *the dark and silent grave, shuts up the story of our days.** Eu sabia que o poema fora escrito por sir Walter Raleigh na véspera de sua execução. Meu estado de espírito não combinava com um poema desses, e eu o recitava, na minha cabeça, como se fosse uma coisa alegre e animada. Não parei e me perguntei o que aquilo estava fazendo na minha cabeça, para começo de conversa.

E agora que estou tentando olhar para as coisas com sobriedade, devo lembrar o que dissemos quando nossas malas estavam feitas e esperávamos pelo táxi. Dentro das malas nossas roupas, que haviam partilhado gavetas e espaços de armário, rolado junto na máquina de lavar e ficado penduradas lado a lado no varal onde os kookaburras pousavam, estavam todas arrumadas e separadas e não iriam mais se esfregar umas nas outras.

"De certo modo estou feliz que acabou sem que nada tivesse azedado. É tão comum as coisas azedarem."

"Eu sei."

"Foi perfeito como foi."

Eu disse isso. E era mentira. Eu havia chorado certa vez, me achando horrível, achando que ele estava entediado.

Mas ele disse: "Perfeito".

No avião, as palavras do poema voltaram a aparecer na minha cabeça, e eu continuava feliz. Fui dormir pensando que o corpo de X continuava do meu lado, e quando acordei enchi rapidamente o espaço com lembranças de sua voz, aparência, calor, nossas cenas juntos.

Eu nadava em lembranças, no início. Essas cenas detalhadas, repetitivas, foram minha tábua da salvação. Não tentei fugir delas,

* O poema completo: "Imparcial, tal é o tempo, que toma sob custódia/ Nossa juventude, nossas alegrias, tudo que temos,/ E nos paga apenas com a terra e o pó;/ Que nas trevas e no túmulo silente,/ Após errarmos por todos os nossos caminhos,/ Encerra a história de nossos dias;/ Mas desta terra, deste túmulo, deste pó,/ Confio que meu Deus há de me erguer". (N. T.)

não queria. Mais tarde eu quis. Tinham virado uma praga. Só serviam para atiçar o desejo, e a saudade, e a desesperança, um trio miserável de gatos selvagens enjaulados que haviam sido colocados em mim sem minha permissão, ou pelo menos sem que eu compreendesse quanto tempo viveriam e como podiam ser cruéis. As imagens, a linguagem da pornografia e do romance são parecidas; monótonas e mecanicamente sedutoras, rapidamente levando ao desespero. Era nisso que minha mente estava interessada; é por isso que ainda consigo me interessar. Tentei a vigilância e ler livros sérios, mas ainda posso deslizar profundamente para alguma cena antes de saber onde estou.

Na cama uma mulher está deitada em uma camisola amarela que não foi rasgada, mas puxada de seus ombros e enroscada em torno de sua cintura de modo que não cobre uma parte maior dela do que o faria um lenço amarrotado. Um homem se curva sobre ela, nu, oferecendo um gole d'água. A mulher, que quase perdeu a consciência, cujas pernas estão abertas, os braços jogados para os lados, como se tivesse sido derrubada no decorrer de um desastre natural — essa mulher recobra o ânimo e tenta segurar o copo nas mãos trêmulas. Asperge água em seu peito, bebe, estremece, torna a deitar. As mãos do homem também estão tremendo. Ele toma água do mesmo copo, olha para ela, e ri. Sua risada é pesarosa, contrita e bondosa, mas também perplexa, e sua perplexidade não está distante do horror. Como somos capazes de tudo isso?, diz sua risada, qual o significado disso?

Ele diz: "Quase acabamos um com o outro".

O quarto parece continuar repleto de ecos da comoção recente, os gritos, as súplicas, as promessas brutais, os anúncios abruptos de clímax e os prolongados espasmos, morrendo lentamente.

O quarto está transbordando de gratidão e prazer, um caldo encorpado de amor, um crepúsculo dourado de amor. Sim, sim, dá para beber o ar.

Você vê o tipo de coisa que quero dizer, esse é meu tormento.

## 9

Essa é a época do ano em que as mulheres se cansam de vestidos de verão, de estampas, de sandálias. Já é outono nas lojas. Suéteres e saias grossos estão presos com alfinetes no veludo negro ou cor de ameixa. As jovens vendedoras, maquiadas como cortesãs. Tornei-me febrilmente preocupada com roupas. Todas as conversas nas lojas fazem sentido para mim.

"O decote não funciona. É despojado demais. Preciso de um pouco de vibração. Entende o que quero dizer?"

"Entendo. Sei o que você quer dizer."

"Quero alguma coisa bem classuda e provocante. Entende o que quero dizer?"

"Entendo. Sei exatamente o que quer dizer."

Por anos tenho usado cores desbotadas que de repente não suporto mais. Compro uma blusa de cetim vermelho-sangue, um xale roxo, uma saia azul-escura. Corto o cabelo, faço as sobrancelhas e experimento um batom lilás, um ruge amarronzado. Fico horrorizada em pensar no modo como andava pela Austrália, numa desbotada saia transpassada de algodão e numa camiseta, as pernas nuas por causa do calor, o rosto também sem nada e suando sob um chapéu de algodão. Minhas pernas com varizes aparecendo. Estou convencida em parte de que um arranjo mais elaborado teria causado uma impressão mais poderosa, roupas mais dramáticas talvez tivessem me tornado menos descartável. Fantasio com a ideia de encontrar X por acaso em uma festa ou numa rua de Toronto, e deixá-lo em choque, devastado com minha aparência renovada e meu esplendor tardio. Mas a gente precisa ficar atenta, mesmo nesses tempos espalhafatosos; precisa ficar atenta para o ponto em que o esplendor desmorona no absurdo. Talvez estejam todas atentas, todas as mulheres velhas que vejo na Queen Street: a mulher gorda com cabelo cor-de-rosa; a octogenária de sobrancelhas pretas pintadas; devem estar todas pensando que não foram longe demais, ainda não. Nem mesmo a princesa girassol que vi alguns dias atrás no bonde, a mulherzinha rechonchuda, sessenta e alguma coisa, em um vestido amarelo de babados bem acima dos joelhos, um chapéu de palha com fitas amarelas, sapatos de salto alto amarelos combinando nos pezinhos gorduchos — nem mesmo ela tem intenção de ser cômica. O que ela vê no espelho é uma flor: as pétalas generosas, a adorável luz amanteigada.

Estou à procura de brincos. O dia todo procurando brincos que vejo com perfeita clareza em minha mente. Quero bolas filigranadas de prata, de tamanhos decrescentes, pingentes. Quero uma prata antiga e levemente desdourada. É um estilo de que me lembro bem; a gente imagina que em algum brechó vai encontrar com certeza. Mas não acho, não consigo achar nada como isso, e eles me parecem cada vez mais necessários. Entro numa lojinha numa travessa próxima à College com a Spadina. A loja é toda decorada em papel preto com uns efeitos vagabundos, mal-assombrados — por exemplo, um manequim nu sentado em uma escadinha dobrável, com contas penduradas. Um vestido como os que eu usava nos anos 1950, um vestido de baile cor-de-rosa, em tule e lantejoulas, que coçava terrivelmente nas axilas, está exposto contra o papel preto de um modo que o faz parecer sinistro, e desejável.

Olho em torno à procura do mostruário de bijuterias. As vendedoras estão ocupadas vestindo uma cliente oculta de mim por um espelho triplo. Uma vendedora é gorda e aciganada, com o rosto de coloração quente, damasco. A outra é mal-humorada e tem uma crista de cabelos brancos cercados por cabelos pretos, como um gambá. Dão gritinhos de prazer conforme trazem chapéus e contas para a cliente experimentar. Finalmente, todo mundo se dá por satisfeito e uma linda moça, que não é moça coisa nenhuma, mas um belo jovem vestido de mulher, emerge da proteção do espelho. Está usando um vestido de veludo preto com mangas compridas e pala de renda preta; sapatos de salto alto e luvas pretos; chapeuzinho preto com véu de bolinhas. Sua maquiagem é delicada e discreta; tem uma franja de cachos castanhos; é a pessoa mais bonita e feminina que vi o dia inteiro. Seu rosto sorridente é tenso e trêmulo. Lembro de como, quando eu tinha dez ou onze anos, costumava me vestir de noiva com velhas cortinas, ou como uma dama, com ruge e um chapéu de plumas. Após todo o esforço e produção e meu próprio encantamento com o produto final, havia considerável decepção. O que a pessoa faz em seguida? Desfila pela calçada? Muito medo, ousadia e desapontamento estão presentes nesse tipo de ostentação.

Sua voz é juvenil, esganiçada. Ele é despudorado e tímido.

"Como fiquei, mãe?"

"Você ficou lindo."

10

Estou no fundo do poço. Posso perceber. Acho que significa que vou superar.

O fundo do poço, sem dúvida. Não posso lidar com tudo que me agride a menos que consiga ajuda, e só existe uma pessoa de quem eu quero ajuda, e essa pessoa é X. Não posso continuar a mover meu corpo ao longo das ruas a menos que eu exista em sua mente e a seus olhos. As pessoas têm esse problema com frequência, e sabemos que é culpa delas e que elas precisam mudar a forma de pensar, só isso. Não é um problema honroso. O amor não é sério, embora possa ser fatal. Li isso em algum lugar, e acredito. Graças a Deus não sei onde ele está. Não posso ligar, escrever cartas, armar uma emboscada na rua.

Um homem com quem rompi costumava me seguir. Finalmente, ele me convenceu a ir a um café e tomar uma xícara de chá com ele.

"Sei que estou dando um vexame", ele disse. "Sei que se você ainda tivesse algum amor por mim, isso teria destruído."

Não falei nada.

Ele bateu com a colher contra o açucareiro.

"No que você pensa quando está comigo?"

Quis dizer: "Sei lá", mas em vez disso falei: "Penso no quanto quero estar longe".

Ele se levantou tremendo e deixou a colher cair no chão.

"Você está livre de mim", disse, com voz embargada.

Essa é a cena cômica e horrível, teatral e real. Ele estava numa necessidade desesperada, como eu estou agora, e não senti pena, e não lamento não ter sentido.

## 11

Tenho tido um sonho agradável que parece distante de meu estado desperto. X e eu e algumas outras pessoas que não conheço ou de quem não consigo lembrar estavam usando uma inocente roupa de baixo atlética, que se transformava a certa altura em roupas brancas brilhantes e diáfanas, e estas se revelavam não apenas roupas, mas nossas substâncias, nossa carne e nossos ossos e em certo sentido nossas almas. Abraços começaram com a premência usual, mas foram transformados, pela leveza e pela doçura de nossa substância, em um raro estado de contentamento. Não sei descrever muito bem, parece um sonho onírico do céu, pura banalidade e inocência. Então suponho que fosse. Não posso me desculpar pela banalidade de meus sonhos.

12

Caminho pela rua até a Roonem's Bakery e sento numa de suas mesinhas com uma xícara de café. A Roonem's é uma padaria estoniana onde você pode normalmente encontrar uma dona de casa mediterrânea num vestido preto, uma criança olhando para os bolos e um homem falando sozinho.

Sento num lugar de onde posso olhar a rua. Tenho a sensação de que X está em algum lugar da vizinhança. Num raio de mil e quinhentos quilômetros, digamos, num raio de cento e cinquenta quilômetros, desta cidade. Ele não sabe onde eu moro, mas sabe que estou em Toronto. Não seria muito difícil me encontrar.

Ao mesmo tempo, estou pensando que preciso esquecer. O que a pessoa deve decidir, na verdade, é se vai bancar a louca ou não, e não tenho a resistência, a pura e furiosa força de vontade para a loucura prolongada.

Há um limite para a quantidade de sofrimento e caos que você aguenta, por amor, assim como há um limite para a quantidade de bagunça que dá para aguentar numa casa. É impossível saber o limite de antemão, mas a gente sabe quando chegou lá. Acredito nisso.

Quando você começa a esquecer de fato, é assim que parece. Uma pequena dor, furtiva, espicaçando onde menos se espera. Depois uma leveza. A leveza é algo para se pensar. Não é apenas alívio. Há um estranho tipo de prazer envolvido, não o prazer da mágoa autoinfligida ou um prazer maldoso, nada tão pessoal assim. É um prazer dispensável ver como o projeto não se encaixava e a estrutura não se mantinha de pé, o prazer de levar em consideração, de novo, tudo que é contraditório, persistente e inútil acerca da vida. Acho que sim. Acho que há alguma coisa em nós querendo ser tranquilizada acerca disso tudo, precisamente junto — e em conflito — com seja lá o que for que almeje vistas duradouras e um bocado de conversa agradável.

Penso em meu sonho branco e em como pareceu deslocado. Ocorre-me que esse deslocamento é a pista, no amor, o cerne do problema, mas como uma pessoa bêbada ou chapada, não consigo captar muito bem o que estou vendo.

O que preciso é de um descanso. Um tipo de descanso deliberado, com novas definições de sorte. Não o tipo de sorte que Dennis mencionou. Você tem sorte de estar sentada na Rooneem's, tomando um café, com as pessoas entrando e saindo, comendo e bebendo, comprando bolos, falando espanhol, português, chinês e outras línguas que você pode tentar identificar.

## 13

Kay voltou do campo. Ela também está de visual novo, uma surrada túnica de colegial verde-escura, sem blusa nem sutiã. Está usando meias verde-escuras na altura dos joelhos e sapatos oxford bicolores.

"Parece fetiche?"

"É, parece."

"Faz meus braços parecerem foscos? Lembra de um poema antigo, que a mulher tinha braços foscos?"*

Seus braços de fato parecem macios e marrons.

"Queria ter vindo no domingo, mas Roy chegou com um amigo e a gente ficou assando milho. Foi uma delícia. Você devia aparecer por lá. Devia ir."

"Um dia eu vou."

"As crianças ficaram correndo de um lado pro outro como uns diabinhos lindos e a gente bebeu o hidromel. Roy sabe fazer

* *Dusky arms*: Emily Dickinson, "The Sunrise Runs for Both". (N. T.)

bonecas de fertilidade. O amigo do Roy é Alex Walther, o antropólogo. Achei que eu devia saber quem era, só que eu não sabia. Ele não se importou. É um cara legal. Sabe o que ele fez? Depois que escureceu, quando a gente estava sentado perto da fogueira, chegou do meu lado e suspirou, daí deitou a cabeça no meu colo. Achei uma coisa tão singela e bonita de se fazer. Como um são-bernardo. Nunca fizeram nada assim comigo antes."

# PRUE

Prue morou com Gordon. Isso foi depois de Gordon ter deixado a esposa e antes de ter voltado para ela — um ano e quatro meses, ao todo. Um pouco depois, ele e a esposa se divorciaram. Depois disso veio um período de indecisão, de viver junto, intermitentemente; daí a esposa foi embora para a Nova Zelândia, muito provavelmente para sempre.

Prue não voltou para a ilha de Vancouver, onde Gordon a conhecera quando estava trabalhando como hostess de restaurante em um resort hotel. Ela arrumou um emprego em Toronto, para trabalhar numa loja de plantas. Tinha muitos amigos em Toronto nessa época, a maioria amigos de Gordon e amigos da esposa dele. Gostavam de Prue e estavam prontos para sentir pena dela, mas eram dissuadidos com uma risada. É uma pessoa muito fácil de se gostar. Tem o que os canadenses do leste chamam de sotaque inglês, embora fosse nascida no Canadá — em Duncan, na ilha de Vancouver. Esse sotaque a ajuda a dizer as coisas mais cínicas de um modo cativante e despreocupado. Ela apresenta sua vida em anedotas, e embora a moral da maioria de suas anedotas seja de que as esperanças se frustram, os sonhos são ridicularizados, as coisas nunca saem como a gente espera, tudo se altera de uma maneira bizarra e nunca há explicação, as pessoas sempre se animam depois de escutá-la; dizem a seu respeito que é um alívio conhecer alguém que não se leva a sério demais, é tão leve e civilizada e nunca faz exigências nem se queixa de verdade.

A única coisa de que está sempre pronta a se queixar é de seu nome. Prue é nome de colegial, diz, e Prudence, de virgem idosa; a miopia dos pais que lhe deram esse nome devia ser demais até para levar a puberdade em consideração. E se tivesse ganhado um busto enorme, diz, ou desenvolvido um olhar provocante? Ou o mero nome em si era uma garantia de que nada disso aconteceria? Agora perto dos cinquenta, delicada e clara, atendendo fregueses com diligente vivacidade, divertindo convidados ao jantar, talvez não estivesse longe do que esses pais tinham em mente: alegre e solícita, uma animada espectadora. É difícil conferir-lhe maturidade, maternidade, problemas reais.

Seus filhos crescidos, produtos de um antigo casamento na ilha de Vancouver que ela chama de desastre cósmico, aparecem para vê-la, e em vez de querer dinheiro, como os filhos das outras pessoas, trazem presentes, tentam ajudá-la a cuidar das finanças pessoais, providenciam o isolamento térmico da casa. Ela se delicia com seus presentes, escuta seus conselhos e, como uma filha irresponsável, não responde suas cartas.

Seus filhos esperam que não esteja em Toronto só por causa de Gordon. Todo mundo espera isso. Ela daria risada da ideia. Dá festas e frequenta festas; às vezes sai com outros homens. Sua atitude em relação ao sexo é um grande consolo para aqueles amigos seus que mergulham em terríveis estados de paixão e ciúme e sentem que cortaram as amarras. Parece encarar o sexo como uma indulgência salutar, levemente tola, como dançar ou ir a jantares agradáveis — algo que não deve interferir na gentileza e na animação das pessoas umas com as outras.

Agora que sua esposa foi embora de vez, Gordon visita Prue ocasionalmente, e às vezes a convida para jantar. Pode ser que não vão a um restaurante; talvez vão à casa dele. Gordon é um bom cozinheiro. Quando morou com Prue ou com sua esposa, nunca podia cozinhar, mas assim que se determinou a fazê-lo, tornou-se — afirma com franqueza — melhor do que as duas.

Recentemente, ele e Prue estavam jantando em sua casa. Ele fizera frango à Kiev, e *crème brûlée* de sobremesa. Como a maioria dos cozinheiros novos, sérios, conversava sobre comida.

Gordon é rico, para os padrões de Prue — e da maioria. É um neurologista. Sua casa é nova, construída numa encosta ao norte da cidade, onde costumava haver fazendas pitorescas, não lucrativas. Agora tudo que há são casas muito caras em terrenos de dois mil metros quadrados, exclusivas, projetadas por arquitetos. Prue, descrevendo a casa de Gordon, diz: "Sabia que tem quatro banheiros? Então se quatro pessoas quiserem tomar banho ao mesmo tempo, não tem problema. Parece meio que um exagero, mas é muito agradável, na verdade, e você não precisa sair no corredor".

A casa de Gordon tem uma área de jantar elevada — uma espécie de plataforma, em torno da qual há uma sala de estar rebaixada, uma sala de ouvir música também rebaixada, mas sem paredes entre uma e outra, de modo que de um ambiente você escuta o que está acontecendo no outro.

Durante o jantar a campainha tocou. Gordon pediu licença e desceu os degraus. Prue escutou uma voz feminina. A pessoa que falava continuou do lado de fora, então ela não conseguiu ouvir o que diziam. Escutava a voz de Gordon, em um tom baixo, cauteloso. A porta não foi fechada — parecia que a pessoa não fora convidada a entrar —, mas as vozes prosseguiram, abafadas e exaltadas. De repente uma exclamação de Gordon, e ele aparece na metade dos degraus, gesticulando.

"O *crème brûlée*", disse. "Pode dar uma olhada?" Desceu rapidamente de novo enquanto Prue se levantava e ia até a cozinha para salvar a sobremesa. Quando voltou, ele subia os degraus mais devagar, parecendo agitado e cansado.

"Uma amiga", disse, melancolicamente. "Tudo certo?"

Prue percebeu que estava falando do *crème brûlée*, e disse sim, tudo perfeito, chegara bem a tempo. Ele agradeceu, mas não ficou animado. Não parecia que a sobremesa fosse sua preocupação, e sim o que acontecera na porta. Para ajudá-lo a pensar em outra coisa, Prue começou a lhe fazer perguntas profissionais sobre as plantas.

"Não entendo coisa nenhuma de plantas", disse. "Você sabe disso."

"Achei que podia ter aprendido. Como o lance de cozinhar."

"Ela cuida das plantas."

"A sra. Carr?", disse Prue, falando de sua governanta.

"Quem você pensou?"

Prue corou. Odiava ser vista como desconfiada.

"O problema é que eu acho que queria casar com você", disse Gordon, sem nenhuma leveza de espírito perceptível. Gordon é um homem grande, com traços pesados. Gosta de usar roupas grossas, suéteres enormes. Seus olhos azuis estão geralmente injetados, e sua expressão indica a presença de uma alma desamparada, confusa, se contorcendo dentro dessa brava fortaleza.

"Que problema", disse Prue, achando graça, embora conhecesse Gordon bem o bastante para saber que era mesmo.

A campainha tocou outra vez, tocou duas vezes, três, antes de Gordon chegar à porta. Dessa vez houve uma pancada, como de algo sendo atirado e aterrissando com força. A porta bateu e Gordon reapareceu de imediato. Vacilou nos degraus e levou a mão à cabeça, ao mesmo tempo fazendo um gesto com a outra mão, indicando que nada grave acontecera, que Prue podia sentar.

"A bolsa de viajar", disse. "Ela jogou em mim."

"Acertou você?"

"De raspão."

"Fez um barulho meio forte pra uma bolsa de viajar. Tinha pedra dentro?"

"Latas, provavelmente. O desodorante dela e essas coisas."

"Ah."

Prue o observou se servindo de uma bebida. "Acho que quero um café, se tudo bem", ela disse. Foi até a cozinha para pôr a água para ferver, e Gordon a seguiu.

"Acho que estou apaixonado por ela", disse.

"Quem é?"

"Você não conhece. É muito nova."

"Ah."

"Mas acho que quero casar com você, daqui a alguns anos."

"Depois que não estiver mais apaixonado?"

"Isso."

"Bom. Imagino que ninguém sabe o que pode acontecer daqui a alguns anos."

Quando Prue fala sobre isso, ela diz: "Acho que estava com medo de que eu fosse rir. Não entende por que as pessoas riem ou jogam bolsas nele, mas já notou que fazem isso. É uma pessoa tão correta, na verdade. Um jantar delicioso. Daí ela aparece e joga a bolsa nele. E é bem razoável pensar em se casar comigo daqui a alguns anos, quando superar essa paixão. Acho que pensou em me contar isso mais para me tranquilizar".

Ela não menciona que na manhã seguinte pegou uma das abotoaduras de Gordon em sua cômoda. As abotoaduras são feitas de âmbar e ele as comprou na Rússia, nas férias que ele e a esposa tiraram quando voltaram a viver juntos. Pareciam quadrados de açúcar queimado, dourados, translúcidos, e a abotoadura esquenta rapidamente em sua mão. Ela a guarda no bolso da jaqueta.

Levar uma não é roubo de verdade. Talvez um suvenir, uma brincadeira íntima, um pequeno contrassenso.

Está sozinha na casa de Gordon; ele saiu cedo, como sempre. A governanta só chega às nove. Prue só precisa estar na loja às dez; poderia ter preparado algo para comer, ficado e tomado café com a governanta, que é sua amiga de velhos tempos. Mas assim que está com a abotoadura no bolso, não se demora. A casa parece um lugar desolado demais para passar mais um minuto ali. Foi Prue, na verdade, que ajudou a escolher o terreno para construir. Mas ela não é a responsável por aprovar o projeto — a esposa voltara, a essa altura.

Quando chega em casa, guarda a abotoadura na velha lata de tabaco. Seus filhos compraram essa lata de tabaco numa loja de quinquilharias, anos atrás, e lhe deram de presente. Ela fumava, na época, e os filhos estavam preocupados com sua saúde, então encheram a lata com balas toffee, jujubas e balas de goma, com um bilhete dizendo: "Por favor, prefira engordar". Isso foi no aniversário dela. Agora, dentro da lata, há várias coisas além da abotoadura — apenas objetos pequenos, nada muito precioso, mas também não sem valor. Um pratinho esmaltado, uma colherinha de sal de prata de lei, um peixe de cristal. Não são lembranças sentimentais. Nunca olha essas coisas, e com frequência esquece que as tem. Não são um butim, não possuem qualquer significado ritual. Ela não pega alguma coisa toda vez que vai à casa de Gordon, ou toda vez que passa a noite, ou para assinalar o que talvez chamasse de visitas memoráveis. Não faz isso num estado de confusão mental e não parece sentir nenhuma compulsão. Simplesmente pega algo, de vez em quando, e guarda na escuridão da velha lata de tabaco, e meio que esquece.

# JANTAR NO LABOR DAY

Pouco antes das seis da tarde, George e Roberta, Angela e Eva descem da picape de George — ele trocou seu carro por uma picape quando se mudou para o campo — e atravessam o quintal da frente de Valerie, à sombra de dois olmos indiferentes, esplêndidos, dispendiosamente preservados. Valerie diz que as árvores lhe custaram uma viagem à Europa. A grama sob eles foi mantida verde durante todo o verão e é rodeada de dálias cor de fogo. A casa é feita de tijolos vermelho-claros e em torno das portas e janelas há um contorno decorativo de tijolos mais claros ainda, originalmente brancos. Esse estilo é encontrado com frequência em Grey County; talvez fosse uma especialidade de um dos antigos construtores.

George está carregando as cadeiras dobráveis de jardim que Valerie lhe pediu para trazer. Roberta vem com a sobremesa, uma *bombe glacée* feita com framboesas colhidas na fazenda deles — de George — pouco antes, no verão. Ela preparou uma embalagem com cubos de gelo e embrulhou tudo com panos de prato, mas está ansiosa para pôr o doce no freezer. Angela e Eva trazem as garrafas de vinho. Angela e Eva são as filhas de Roberta. Foi combinado entre Roberta e seu marido que elas passem os verões com ela e George e o ano letivo em Halifax, com ele. O marido de Roberta é da Marinha. Angela tem dezessete anos, Eva, doze.

Os quatro se vestem de uma maneira que sugeriria que estão indo para diferentes jantares. George, que é um homem atarracado, moreno, de peito largo, com ar intimidador, profissional, de autoconfiança e impaciência (foi professor), veste uma camiseta limpa e uma calça neutra. Roberta usa calça de algodão cáqui desbotada e uma blusa folgada de seda rústica, sem mangas, cor de tijolo — cor que combina com seu cabelo escuro e sua pele clara bem o bastante quando está em seu melhor, o que não é o caso hoje. Ao se maquiar no banheiro, achou que sua pele parecia um pedaço de papel encerado que fora amassado numa bola compacta e depois alisado. Ficou momentaneamente satisfeita com sua esbelteza e planejara usar uma frente única prateada e muito justa que possui — uma piada glamorosa —, mas no último minuto mudara de ideia. Está de óculos escuros, e o motivo é que deu para chorar de forma intermitente, nunca nos momentos ruins de fato, mas entre um e outro; esses choros são tão inesperados quanto espirros.

Quanto a Angela e Eva, estão dramaticamente arrumadas em roupas feitas com velhas cortinas encontradas em uma caixa no andar de cima da casa de George. Angela veste um damasco verde-esmeralda com listras compridas, desbotadas pelo sol, caindo de modo a deixar um ombro dourado exposto. Cortou algumas folhas de videira desse mesmo damasco, colou-as em cartolina e enfeitou com elas seu cabelo. Angela é alta e tem cabelos claros, e fica constrangida com a beleza recém-adquirida. Dá-se ao maior trabalho de ostentá-la, como agora, e depois fica vermelha, fecha a cara e parece decididamente ofendida quando alguém lhe diz que parece uma deusa. Eva veste diversas cortinas de uma frágil renda amarelada, pregueadas e arrepanhadas, e presas no lugar com alfinetes, fitas e buquês de flores silvestres já um pouco murchos e desfeitos. Uma das cortinas está presa com um alfinete na frente de sua testa e desce pelas costas como um véu de noiva dos anos

1920. Sob a roupa pôs um shorts, para evitar que alguém pudesse ver sua calcinha através dos véus. Eva é puritana, ultrajante — uma acrobata, uma parodista, uma otimista, uma agitadora. Seu rosto, sob o véu com alfinete, está lubricamente pintado com sombra verde, batom escuro, ruge e rímel. As cores violentas enfatizam sua expressão infantil de temeridade e bravura.

Angela e Eva vieram na traseira da picape, escarrapachadas nas cadeiras de jardim. Da casa de George para a de Valerie são apenas quatro quilômetros, mas Roberta achou que não era seguro irem desse jeito — queria que descessem e fossem na cabine da picape. Para sua surpresa, George veio em defesa das meninas, dizendo que seria ignominioso demais para elas ter de ficar encolhidas no chão, em toda aquela elegância. Disse que andaria devagar e evitaria lombadas; e assim foi. Roberta estava um pouco nervosa, mas ficou aliviada em ver como ele se mostrava compreensivo e indulgente exatamente com as coisas — a dramaticidade e o exibicionismo delas — que imaginara capazes de tirá-lo do sério. Ela mesma desistira de usar saias compridas e cafetãs devido ao que ele dissera sobre não gostar de ver mulheres desfilando por aí em tal indumentária, que para ele era uma declaração, dizia, não apenas da intenção da mulher de não fazer nenhum trabalho sério, como também de seu persistente desejo de ser admirada e cortejada. Esse era um desejo com o qual George não tinha paciência alguma e, para evitá-lo, gastara alguma energia durante toda sua vida adulta.

Roberta achou que depois de falar tão amigavelmente com as meninas, e ajudá-las a subir na picape, talvez conversasse com ela quando estivessem na cabine, talvez até segurasse sua mão, ignorando seus crimes não revelados, mas isso não aconteceu. Calados em mútua companhia, rodando pelas quentes estradas de cascalho a uma velocidade quase fúnebre, estão imobilizados por um silêncio mortífero. No limite disso, Roberta sente-se recurvar como uma folha amarelada. Sabe que essa é uma imagem histérica. Também histérica é a ideia de gritar, abrir a porta e se jogar no cascalho. Devia fazer um esforço para não ficar histérica, não exagerar. Mas sem dúvida é ódio — o que mais pode ser? — que George vem produzindo firmemente e despejando mudamente sobre ela, e sem dúvida é um gás mortal. Ela tenta romper o silêncio, emitindo pequenos cacarejos de preocupação conforme aperta as toalhas em torno da *bombe*, depois suspirando — uma audível imitação de suspiro feita para soar cansada, satisfeita e confortável. Estão rodando entre elevadas hastes de milho e ela pensa como o milho é feio — uma plantação monótona, de frondes rústicas, um exército estúpido. Há quanto tempo as coisas estão nesse pé? Desde ontem pela manhã: sentiu isso nele antes de levantarem da cama. Saíram e se embebedaram na noite anterior para tentar melhorar as coisas, mas o alívio não durou.

Antes de saírem para a casa de Valerie, Roberta estava no quarto, prendendo sua frente única, e George entrou e disse: "Você vai assim?".

"Pensei em ir, isso mesmo. Não ficou bom?"

"Suas axilas estão flácidas."

"Estão? Vou vestir alguma coisa com mangas."

Na picape, agora que ela sabe que ele não vai fazer as pazes, permite-se escutá-lo dizendo isso. Uma satisfação ríspida em sua voz. A satisfação de expressar seu asco. Ele tem asco de seu corpo envelhecendo. Isso já era previsível. Ela começa a cantarolar algo, sentindo a leveza, a liberdade, a grande vantagem tática de ser a parte contra quem o agravo foi cometido, a fria provocação foi feita, a coisa imperdoável foi dita.

Mas suponha que ele não ache isso imperdoável, suponha que a seus olhos ela seja imperdoável? É sempre ela; os desastres acometem-na diariamente. Antes, assim que notava alguma deterioração, procurava vigorosamente remediá-la. Agora esses remédios ocasionam mais problemas. Aplica creme freneticamente nas rugas, e o rosto se enche de espinhas, como uma adolescente. Ficar de regime até a cintura afinar o bastante para agradar produziu uma expressão de fadiga em suas maçãs e na garganta. Axilas flácidas — como alguém exercita as axilas? O que se pode fazer? Agora o troco é esperado, e pelo quê? Pela vaidade. Nem mesmo por isso. Apenas por outrora ter aquelas agradáveis superfícies, e deixar que falem por você; apenas por permitir que um arranjo de cabelos e ombros e seios exerçam seu efeito. A pessoa não para no tempo, não sabe o que fazer, no lugar disso; expõe-se à humilhação. Assim pensa Roberta, com a autopiedade — o que percebe ser autopiedade — subindo e se agitando dentro dela como uma bile amarga.

Deve ir embora, viver só, usar mangas.

Valerie exclama para eles de uma janela escura sob as videiras: "Vamos entrando, vamos entrando. Só estou pondo a meia-calça".

"Não ponha a meia-calça!", gritam George e Roberta juntos. Você pensaria, pelo som de suas vozes, que durante todo o percurso até lá estiveram numa conversa terna e animada.

"Não ponha a *meia-calça*", gemem Angela e Eva.

"Ai, tudo bem, se vocês têm tanto preconceito assim contra meia-calça", diz Valerie atrás de sua janela. "Não vou pôr nem vestido. Vou do jeito que estou."

"Assim não!", grita George, e cambaleia, segurando as cadeiras de jardim na frente do rosto.

Mas Valerie, aparecendo na porta, está linda em sua roupa, um vestido longo e folgado, verde, dourado e azul. Não precisa se preocupar com a opinião de George sobre vestidos longos. É absolvida de culpa, de todo modo, porque ninguém diria que Valerie está em busca de ser cortejada ou admirada. É uma mulher alta, de busto pequeno, cujo rosto comprido e comum parece se abrir com uma compreensão acolhedora, ansiosa, com humor, inteligência e consideração. Seu cabelo é grosso, preto e grisalho, cacheado. Nesse verão, resolveu ousar, de modo que resta apenas um encaracolado corte à escovinha, revelando seu pescoço longo e nodoso e os vincos na periferia de suas maçãs, e suas orelhas grandes, achatadas.

"Acho que me deixa parecida com uma cabra", dissera ela. "Gosto de cabras. Adoro aqueles olhos. Não seria uma maravilha ter aquelas pupilas horizontais. Bizarro!"

Seus filhos lhe dizem que já é bastante bizarra.

Aí vêm os filhos de Valerie agora, enquanto George, Roberta, Angela e Eva entram pelo vestíbulo, Roberta dizendo que o gelo está pingando e que precisa guardar sua invenção pretensiosa no freezer. Primeiro Ruth, que tem vinte e cinco anos e um metro e oitenta de altura e se parece bastante com a mãe. Desistiu de querer ser atriz e está aprendendo a dar aulas para crianças com problemas. Seus braços carregam um buquê de solidagos, flores de cenoura silvestre e dálias — ervas e flores, tudo misturado —, e ela o arremessa no chão do vestíbulo, com um gesto teatral, e abraça a *bombe*.

"Sobremesa", diz, adoravelmente. "Oh, felicidade! Angela, você está linda demais! Eva, você também. Sei quem a Eva é. Ela é a Noiva de Lammermoor!"

Angela consente, até se delicia, com um elogio tão aberto de Ruth, porque Ruth é a pessoa que ela mais admira no mundo — possivelmente, a única pessoa que admira.

"A Noiva de quem?", pergunta Eva, alegremente. "A Noiva de *quem*?"

David, o filho de vinte e um anos de Valerie, aluno de história, está parado na porta da sala, sorrindo de forma tolerante e afetuosa para a excitação. David é alto e magro, de cabelos escuros e pele escura, como sua mãe e sua irmã, mas é ponderado, fala baixo, nunca se precipita. Nessa família com equilíbrio de poder tão delicado, é perceptível que as animadas e sinceras mulheres mostrem deferência para com David de um modo cerimonioso, parecendo pedir pelo gesto de sua proteção, embora a proteção em si seja algo que muito provavelmente não precisem.

Quando os cumprimentos terminam, David diz: "Esta é Kimberly", e os apresenta, um de cada vez, à jovem sob seu braço. Está muito despojada e distinta, numa saia branca e camisa cor-de-rosa de manga curta. Usa óculos e nenhuma maquiagem; seu cabelo é curto, liso e bem penteado, e de um castanho-claro agradável. Aperta a mão de um por um, olhos nos olhos através dos óculos, e embora seus modos sejam perfeitamente educados, calados até, há uma ligeira sensação de pessoa oficial cumprimentando os membros de uma delegação indisciplinada, exótica.

Valerie conhece George e Roberta há anos. Conheceu-os muito antes de os dois se conhecerem. Ela e George trabalhavam na mesma escola, em Toronto. George era chefe do departamento de arte; Valerie, a orientadora. Ela conheceu a esposa de George, uma mulher ansiosa e elegante que morreu em um acidente de avião na Flórida. George e a esposa estavam separados nessa época.

E é claro que Valerie conhecia Roberta porque o marido de Roberta, Andrew, é seu primo. Nunca se deram muito bem — Valerie e o marido de Roberta — e um descrevia o outro para Roberta como careta. Andrew costumava dizer que Valerie era uma esquisitona careta e totalmente assexuada, e quando Roberta contou para Valerie que iam se separar, Valerie disse: "Ah, que bom. Ele é tão careta". Roberta ficou feliz em receber todo esse apoio e também por não precisar revelar motivos justificáveis; pelo jeito, Valerie considerá-lo careta era motivo suficiente. Ao mesmo tempo Roberta ficou com vontade de defender o marido e perguntar como cargas-d'água Valerie podia julgar se ele era careta ou não. Não consegue superar essa vontade de defendê-lo; sente que foi uma tremenda má sorte dele se casar com ela.

Quando Roberta saiu de casa e foi embora de Halifax, veio e se hospedou com Valerie em Toronto. Ali conheceu George, e ele a levou para conhecer sua fazenda. Agora Valerie diz que são criação sua, resultado de seus totalmente inadvertidos dotes casamenteiros.

"Foi a primeira vez na vida que vi de perto o amor florescer", diz. "Foi como observar uma amarílis. Incrível."

Mas Roberta pensa que, por mais que goste de ambos e lhes deseje o melhor, o amor na verdade é algo cuja lembrança Valerie poderia muito bem passar sem. Na companhia de Valerie, você às vezes se pergunta qual o motivo para tanto alarde. Valerie se pergunta isso. Sua vida e sua presença, mais do que qualquer opinião que expresse, são um lembrete de que o amor não é bondoso nem honesto e não contribui para a felicidade de nenhum modo confiável.

Quando conversou com Roberta sobre George (isso foi antes de ela saber que Roberta estava apaixonada por ele), Valerie disse: "É um homem misterioso, na verdade. Acho que é muito idealista, embora odeie me ouvir dizer isso. Essa fazenda que comprou. Essa vida autossuficiente, remota, produtiva no campo". Depois contou como ele crescera em Timmins, filho de um sapateiro húngaro, o mais novo de seis filhos e o primeiro a completar o segundo grau, que dizer então de entrar para a universidade. "É o tipo de pessoa que saberia o que fazer numa briga de rua, mas não sabe nadar. Trouxe o pai intragável e encarquilhado para Toronto e cuidou dele até o fim. Acho que termina com as mulheres do pior jeito possível."

Roberta escutou tudo isso com grande interesse e desdém básico, porque o que as outras pessoas sabiam sobre George já lhe parecia secundário. Estava repleta de alarme e deleite. Apaixonar-se não era algo com que contasse. O máximo que havia esperado era uma vida como a de Valerie. Ilustrara dois livros infantis e acreditava que poderia conseguir novos trabalhos; podia alugar um quarto nas Beaches, no leste de Toronto, pintar as paredes de branco, sentar em almofadas em vez de cadeiras e aprender a ter autodisciplina e autoindulgência, como achava que deviam ser as pessoas solitárias.

Valerie e Roberta andam pela casa, levando uma garrafa de vinho gelado e duas taças de água da avó de Valerie. Roberta acha que a casa de Valerie é exatamente o que as pessoas têm em mente quando dizem sonhadoramente: "uma casa no campo", ou, mais particularmente: "uma antiga casa de tijolos na fazenda". Os tijolos vermelho-claros aconchegantes com o friso de tijolos mais claros, as vinhas e os olmos, os assoalhos polidos, os tapetes artesanais e as paredes brancas, o jogo de jarra e bacia de louça lascada sobre a cômoda enorme diante de um espelho baço. Claro, Valerie teve quinze anos para fazer isso acontecer. Ela e o marido compraram a casa como lugar de veraneio e depois, quando ele morreu, ela vendeu a casa na cidade, mudou-se para um apartamento e pôs seu dinheiro e energia nisso. George comprou sua casa e terra dois anos atrás, tendo sido apresentado a essa parte do país por Valerie, e há catorze meses ele largou o cargo de professor e se mudou de vez. Na esteira dessa mudança veio seu primeiro encontro com Roberta. Em dezembro último, ela foi morar com ele. Achou que levaria cerca de um ano para deixarem o lugar arrumado, e depois George poderia voltar a fazer suas esculturas. Escultor é o que quer ser de verdade. Foi por isso que quis abrir mão de lecionar para viver modestamente no campo — cultivando verduras, criando galinhas. Ainda não começou com as galinhas.

Roberta pretendia se ocupar ilustrando livros. Por que não fez isso? Sem tempo, sem lugar para trabalhar: sem um cômodo, sem luz, sem mesa. Sem nenhum momento claro de autoridade, agora que a vida passou a exercer esse domínio sobre ela.

O que fizeram até o momento — o que George, em grande parte, fez, enquanto Roberta varre e cozinha — foi pôr um novo telhado na casa, instalar janelas de alumínio, depositar saco após saco de um isolamento poeirento parecido com pedrisco no espaço entre as paredes, prender rolos de lã de vidro amarela no teto do sótão, limpar todas as tubulações do fogão e substituir algumas, refazer parte da alvenaria de tijolos da chaminé, substituir os beirais apodrecidos. Após todos esses reparos essenciais e laboriosos, a casa continua feia por fora, com seu revestimento imitando tijolos vermelho-escuros e sua varanda cedendo sob o peso das pilhas de madeira nova a secar, da madeira de demolição, dos rolos extras de lã de vidro e de outros entulhos aproveitáveis. E é escura e tem um cheiro rançoso por dentro. Roberta gostaria de arrancar o linóleo e o deprimente papel de parede, mas tudo deve ser feito na ordem, e George já pensou numa ordem; de nada adianta arrancar o que for enquanto a fiação e o isolamento não estiverem terminados e a estrutura da casa, reconstruída. Ultimamente vem dizendo que antes de começar do lado de dentro ou revestir a fachada precisa fazer um serviço pesado no celeiro; se não calçar e fortalecer o vigamento, o prédio todo pode desabar nas tempestades do inverno seguinte.

Além disso há o jardim: as macieiras e cerejeiras, que foram podadas; as hastes das framboeseiras, que foram desbastadas; o gramado, que foi semeado de novo, e recuperado nos trechos tomados pelo mato alto, bem como nos trechos de terreno careca e cascalho à sombra de alguns pinheiros desgrenhados. No começo Roberta mantinha uma ideia do local todo em sua mente — todas as coisas que fizera, que estavam sendo feitas, e que ainda estavam por fazer. Agora ela não pensa no trabalho nesses termos — não tem uma imagem geral —, mas fica na cozinha e cuida do serviço à medida que surge. Lidar com a produção da horta — fazer molho de pimenta, preparar tomates, pimentões, feijões e milho para o freezer, fazer suco de tomate, fazer geleia de cereja — tem tomado grande parte do seu tempo. Às vezes olha o freezer e se pergunta quem vai comer tudo aquilo — George e quem mais? Consegue perceber suas próprias demandas murchando.

A mesa está posta na comprida varanda envidraçada nos fundos da casa. Valerie e Roberta saem por uma porta no fundo da varanda, descem alguns degraus baixos e passam a uma pequena área com muro e piso de tijolos que Valerie mandara construir no verão, mas que não gosta de chamar de pátio. Diz que não se pode ter um pátio numa casa de fazenda. Ainda não decidiu como gosta de chamá-la. Não decidiu, tampouco, se põe pesadas cadeiras de jardim de madeira, que acha bonitas, ou confortáveis cadeiras de alumínio e plástico, como as trazidas por George e Roberta.

Servem vinho e erguem os copos volumosos, as velhas taças de água em que adoram tomar vinho. Escutam Ruth, Eva e Angela rindo no quarto de Ruth. Ruth disse que devem ajudá-la a vestir uma roupa diferente também — está pensando em algo que supere todas elas. E podem escutar o sibilar da gadanha de George, que ele trouxe para cortar a grama alta e o árctio em torno da pequena vacaria de pedra de Valerie.

"A vacaria daria um ateliê lindo", diz Valerie. "Eu devia alugar para um artista. George? Interessa? Alugo em troca da gadanha e de uma *bombe* de framboesa. Mas George vai fazer um ateliê no celeiro, não é?"

"Um dia", diz Roberta. No momento todo o trabalho de George é feito na frente da casa, na antiga sala de visitas. Algumas peças começadas e outras inacabadas estão ali, cobertas com lençóis empoeirados, e também alguns blocos de madeira (George só trabalha com madeira) — um grande toro de carvalho envelhecido e pedaços de nogueira branca e cerejeira secadas no forno. Seu serrote, seus cinzéis e suas goivas, seu óleo de linhaça, sua terebintina, cera de abelha e resinas estão todos ali, as tampas empoeiradas e bem fechadas. Eva e Angela costumavam se aproximar pelo lado de fora e, ficando na ponta dos pés entre o cascalho e o mato, espiar pela janela da frente para as formas embrulhadas.

"Ugh, parecem fantasmas", Eva dizia para George. "O que tem debaixo?"

"Donuts de madeira", dizia George. "Escultura pop."

"Sério?"

"Uma batata e um bebê de duas cabeças."

Quando voltaram para olhar, da vez seguinte, encontraram um lençol preso na frente da janela. Era um lençol meio cinza, rasgado em cima. Para quem passava de carro a casa parecia ainda mais deserta e abandonada.

"Sabia que eu sempre fumo?", diz Valerie. "Tenho meio maço. Escondi no armário do meu quarto."

Ela mandou David e Kimberly para a cidade, dizendo-lhes que estava sem cigarros. Valerie não consegue parar de fumar, embora tome comprimidos de vitaminas e cuide da alimentação, não comendo nada de cor vermelha. "Não consegui pensar em mais nada pra dizer que estava sem e precisava que eles ficassem longe um pouquinho. Agora não posso nem pensar em fumar, porque vão sentir o cheiro quando voltarem e saber que eu menti. E estou com vontade."

"Bebe, então", diz Roberta. Quando chegou, pensou que não conseguiria conversar com ninguém — pretendia dizer que sua cabeça doía e pedir para se deitar um pouco. Mas Valerie a acalma, como sempre. Valerie torna interessante o que não é suportável.

"Então, como você está?", diz Valerie.

"Ohhh", diz Roberta.

"A vida seria ótima, se não fossem as pessoas", diz Valerie, com melancolia. "Parece que estou citando alguém, mas acho que acabei de pensar nisso. O problema é que a Kimberly é cristã. Bom, até aí tudo bem. Que mal faz mais alguns cristãos? Aliás, não sou anticristã. Mas ela é uma cristã muito óbvia, você não acha? É incrível como faz me sentir."

George está se divertindo com a gadanha. Para começar, gosta de trabalhar sem público. Sempre que faz alguma coisa em casa ultimamente, está ciente do monte de espectadoras. Mesmo que não estejam à vista em parte alguma, sente como se o estivessem observando — ociosas, vendo seu esforço com espanto e bom humor. Ele admite, se pensa a respeito, que Roberta faz alguma coisa, embora não esteja fazendo nada para ganhar dinheiro, até onde sabe; ela não tem mantido contato com seus editores, e não tem trabalhado em ideias próprias. Deixa que as filhas fiquem sem fazer coisa alguma o dia inteiro, o verão todo. Ontem de manhã ficou cansado e desanimado — fora dormir pensando no trabalho a ser feito no celeiro e a preocupação penetrou em seus sonhos, que foram cheios de desmoronamentos, cálculos errados, traições estruturais — e foi para o deque anexo à cozinha, pensando em comer seus ovos por lá e ruminar sobre as tarefas do dia. O deque é a única coisa que já construiu ali, a única mudança feita na casa. Ele o construiu na última primavera, depois de Roberta se queixar de como a casa era escura e mal ventilada. Ele lhe explicou que as pessoas que construíam essas casas tinham tanto trabalho a fazer sob o sol que nunca pensavam em ficar ali dentro.

Saiu no deque, então, levando seu prato e uma caneca, e todas as três já estavam lá. Angela vestindo malha azul-safira; praticando exercícios de balé no parapeito do deque. Eva sentada no chão, recostada contra a parede da casa, comendo flocos de milho com a colher em uma tigela de sopa; fazia isso com tal afã que havia um monte de flocos espalhados sobre o deque. Roberta, numa espreguiçadeira, segurava a eterna caneca de café com as duas mãos. Com um joelho erguido e as costas curvadas, e de óculos escuros, parecia tensa e pesarosa. Ele sabe que ela chora por trás dos óculos. Sua impressão é a de que deixou as filhas extraírem a seiva de seu corpo. Vive apaziguando as duas, recolhendo as coisas por onde passam; precisa implorar que arrumem suas camas e limpem seus quartos; ele já a escutou suplicando que recolham a louça suja, para ela lavar. Ou assim soa para ele. Será esse o jeito classe média de criar filhos? Ali estava ela admirando Angela, admirando humildemente sua própria filha — a perna nua, erguida, dourada, o perfil desdenhoso. Se suas irmãs ousassem se exibir dessa forma, sua mãe teria lhes dado uma surra de cinto.

Angela baixou a perna e disse: "Saudações, mestre!".

"Não estou vendo você bater a cabeça no chão", disse George. Normalmente faz uma graça com as meninas, seja qual for seu estado de espírito. Piadas pesadas era um hábito seu, e fora um imenso sucesso na sala de aula, onde fizera esse personagem um pouco cansativo, de vez em quando brutal, sempre divertido. Usara-o também com a maioria dos demais professores, expressando seu desprezo por eles tão pitorescamente que não conseguiam acreditar que falava sério.

Eva adorava seguir qualquer sugestão do tipo. Esticou-se de comprido no deque e bateu a cabeça com força na madeira.

"Vai ter uma concussão", disse Roberta.

"Não, não vou. Só vou fazer uma lobotomia."

"George, já se deu conta de que dentro de quatro breves dias teremos ido?", disse Angela. "Seu coração não fica partido?"

"Ao meio."

"Mas vai deixar a mamãe cuidar da Diana depois que a gente tiver ido?", disse Eva, sentando e apalpando a cabeça para ver se não se machucara. Diana era uma gata vira-lata que ela alimentava no celeiro.

"Como assim, *deixar*?", disse Roberta, e George ao mesmo tempo disse: "Claro que não. Eu amarro ela no pé da cama, se tentar chegar perto do celeiro".

Essa gata é uma questão delicada. Enquanto Angela encara a fazenda como um palco seu, ou às vezes como a Natureza — uma fonte de reflexões e poemas, aos quais se entrega, perambulando sonhadoramente —, para Eva é um lugar onde procurar animais, com parte de sua atenção reservada a insetos, peixes de rio, pedras e lesmas. Ambas a veem, decerto, como um lugar de férias, descortinando-se diante delas para qualquer uso ou prazer que possam dali extrair; nenhuma das duas enxerga o trabalho à espera de ser feito bem debaixo de seu nariz. Eva passou o verão espreitando marmotas e coelhos, fazendo armadilhas para rãs e as soltando, pegando peixinhos em um pote, tentando imaginar como diversos animais podiam ser abrigados no celeiro. George a responsabiliza — à pura força do desejo — por atrair o cervo para fora da mata, de modo que ele teve de parar tudo mais que estava fazendo e construir um alambrado de dois metros e meio de altura em torno da horta. O único animal que ela conseguiu acomodar no celeiro é Diana, pele e osso, hedionda, semisselvagem, cujas tetas flácidas mostram que está mantendo uma ninhada de gatinhos em algum lugar. Grande parte do tempo de Eva tem sido passado tentando descobrir o paradeiro desses filhotes.

George vê a gata como um chupim, um potencial grande aborrecimento, uma invasora de sua propriedade. Alimentando-a e encorajando-a, Eva enveredou por um caminho de deslealdade leve mas significativa, que Roberta tem implicitamente apoiado. Ele sabe que seus sentimentos em relação ao assunto são exagerados, até mesmo cômicos; que isso em nada o ajuda. Uma das coisas que nunca quis ser, e tem evitado se tornar, é um pai cômico, de olhares fuzilantes, que vive metendo os pés pelas mãos. Mas é o comportamento de Roberta que o incomoda, mais do que o de Eva. Nisso Roberta mostra mais claramente o equívoco que cometeu na criação das filhas. Em sua cabeça ele escuta Roberta conversando com alguém numa festa. "Eva adotou uma gata horrorosa, uma vira-lata de aparência repulsiva — é sua realização do verão. E Angela passa o dia todo fazendo *jetés*, amuada com a gente." Não escutou Roberta dizer isso de verdade — não têm ido a festa alguma —, mas pode bem imaginar. Ela mencionaria as filhas para entreter outras pessoas, faria delas personagens, de quem nada sério poderia se esperar. Isso parece a George não só frívolo, como também cruel. Roberta, que é tão indulgente com as filhas, que se preocupa constantemente que possam julgá-la insuficientemente carinhosa, interessada, compreensiva, não obstante as priva das coisas. Não as está levando a sério; não as está criando. E o que George pode fazer diante disso? Não são suas filhas. Um dos motivos para não ter tido filhos é duvidar de que seria capaz de devotar sua atenção sem reservas, e pelo tempo que fosse necessário, exatamente a essa questão da criação. Como professor, sabe fazer bastante barulho e permanecer vários passos à frente deles, mas é exaustivo ter de fazer isso no front doméstico. E foram os meninos, sobretudo, que ele aprendeu a manter na linha; os meninos eram a ameaça, numa classe. Com as garotas nunca se incomodou muito, fora uma cautelosa peleja com as mais sexy. Isso não vem ao caso aqui.

À parte tudo isso, em geral não consegue deixar de gostar de Angela e Eva. Elas lhe parecem confusas e interessantes. Elas o acham muito divertido, coisa que ora o irrita, ora o alegra. Sua postura diante das pessoas é ser muito reservado ou muito acolhedor, e ele acredita preferir a reserva. Logo, gosta que o acolhimento seja apreciado.

Mas quando terminou seu café da manhã, pegou dois cestos de seis quartos e desceu até a horta para colher tomates, ninguém se mexeu para ajudá-lo. Roberta continuou com sua ruminação taciturna e suas xícaras de café. Angela encerrara seus exercícios e estava escrevendo no caderno de anotações que usa como diário. Eva fora para o celeiro.

Angela senta ao piano na sala de estar de Valerie. Não há piano na casa de George e ela sente falta de um. Sua mãe não sente falta? Sua mãe se tornou uma pessoa que não pede nada.

"Presenciei a mudança", escreveu Angela em seu diário, "de uma pessoa que eu respeitava profundamente para uma pessoa prestes a virar uma pilha de nervos. Se isso é amor, não quero nem ouvir falar. Ele quer que ela e todas nós sejamos suas escravas, e ela anda numa corda bamba para tentar não deixá-lo furioso. Não tem nada de que goste, e se você lhe der a opção, vai preferir ficar deitada num quarto escuro com um pano em cima dos olhos, sem ver ninguém nem fazer coisa nenhuma. E pensar que é uma mulher inteligente, que costumava acreditar na liberdade."

Ela começa a tocar a "Marcha turca", que traz à sua mente a imagem de uma casa que seus pais venderam quando tinha cinco anos. Havia uma pequena prateleira elevada, perto do teto da sala de jantar, onde sua mãe pusera os pratos de sobremesa, como decoração. Uma árvore, ou arbusto, no quintal tinha folhas cor de alface grandes como pratos.

Ela escreveu em seu diário: "Sei que nostalgia é uma emoção fútil. Às vezes fico com vontade de rasgar algumas coisas que escrevi em que posso ter sido dura demais ao julgar certas pessoas ou situações, mas resolvi deixar tudo porque quero ter um registro do que realmente sentia na época. Quero ter um registro sincero da minha vida toda. A meu ver, achar um jeito de não mentir parece ser o principal problema do mundo".

Durante o verão, Angela tem passado um bocado de tempo lendo. Já leu *Anna Kariênina*, *O segundo sexo*, *Emily of New Moon*, *The Norton Anthology of Poetry*, *The Autobiography of W. B. Yeats*, *The Happy Hooker*, *The Act of Creation*, *Sete contos góticos*. Alguns desses, para ser precisa, não leu até o fim. Sua mãe costumava ler o tempo todo também. Angela voltava da escola ao meio-dia, e de novo ao final da tarde, e a encontrava lendo. Sua mãe leu sobre a conquista do México, leu o *Genji Monogatari*. Angela fica admirada de como a mãe parecia em segurança na época.

Angela tem em mente uma imagem de Eva antes de Eva ter nascido. Todos os três — Angela, sua mãe e seu pai — estão numa praia. O pai está cavando um buraco gigante na areia. É um construtor talentoso de castelos de areia com estradas e sistemas de irrigação, de modo que Angela observa com interesse quaisquer projetos que realize. Mas o buraco não tem nada a ver com um castelo de areia. Quando está terminado, sua mãe rola o corpo, rindo, e enfia a barriga dentro dele. Em sua barriga está Eva, e o buraco é como uma colher para um ovo. A praia é ampla, quilômetro após quilômetro de areias brancas descendo delicadamente em direção à água verde-azulada. Nada de margem rochosa de lago, tampouco uma parcimoniosa e pequena angra. Um lugar radiante, generoso. Onde teria sido?

Ela passa da "Marcha turca" para uma tentativa de tocar "Eine Kleine Nachtmusik". Roberta, escutando o piano ao mesmo tempo que escuta Valerie falando com bom humor e desespero sobre seu medo de Kimberly, sua aversão a intrusos, sua indefensável relutância em desistir das filhas, pensa: Não, não foi um erro. O que ela quer dizer com isso? Quer dizer que não foi um erro deixar o marido. Aconteça o que acontecer, não foi um erro. Foi necessário. De outro modo não teria como saber.

"Esse é um momento ruim para você", diz Valerie, judiciosamente. "Simplesmente uma quantidade absurda de pressão."

"Isso é o que eu digo para mim mesma", diz Roberta. "Mas às vezes acho que não. Não é a casa, não são as meninas. É só uma coisa negra que toma conta."

"Ah, sempre tem alguma coisa negra", diz Valerie, resmungando.

"Eu penso no Andrew — o que eu estava fazendo com ele? Preparando o terreno para encontrar o defeito nele, criticando, depois perdendo a coragem e fazendo as pazes. Devagar a necessidade de ficar livre dele aumentava outra vez, mas eu sempre tinha certeza de que a culpa era dele — se pelo menos tivesse feito isso ou aquilo eu poderia amá-lo. Ficou tão horrível pra ele que ele virou — lembra o que você disse que ele era? Um careta."

"Ele *era* um careta", diz Valerie. "Sempre foi. Você não é responsável por tudo."

"Penso nisso porque fico me perguntando se é isso que o George está fazendo comigo. Ele quer se livrar de mim, depois não quer, depois quer, depois não consegue admitir, nem pra si mesmo; precisa procurar defeitos. Sinto que entendo o que o Andrew passou. Não que eu voltaria atrás. Nunca. Mas entendo."

"Duvido que as coisas aconteçam de forma tão simétrica."

"Também acho que não, pra falar a verdade. Não acho que a pessoa seja punida de um jeito tão simples. Não é engraçado como a gente pode ficar atraída — eu fico — por um padrão como esse? Quer dizer, a ideia é atraente, de existir esse equilíbrio. Mas não a experiência. Essas eu preferia evitar."

"A gente esquece quanto é feliz quando está feliz."

"E vice-versa. É como parir."

George terminou com a gadanha e está limpando a lâmina. Consegue escutar o piano pelas janelas abertas da casa de Valerie, e correntes erráticas de um ar agradável, fresco, sobem do rio. Está se sentindo bem melhor agora, seja devido ao mero exercício, seja pelo alívio de não se sentir observado; talvez seja apenas bom ficar longe das enormes exigências de sua própria casa. Imagina se é Roberta tocando. A música é um pano de fundo perfeito para o que ele está fazendo: primeiro a animada e prosaica "Marcha turca", acompanhando a gadanha; agora, enquanto está limpando a lâmina e sentindo o cheiro da relva cortada, as sutis felicitações — ainda que um pouco hesitantes — de "Eine Kleine Nachtmusik". Como sempre, quando seu estado de espírito está realmente para cima, quando raia o dia, ele quer ir atrás de Roberta e abraçá-la, assegurá-la — assegurar a si mesmo — de que nenhum dano de verdade foi feito. Esperava ter sido capaz de fazer isso na noite anterior, quando saíram para beber, mas não conseguiu; alguma coisa ainda o deteve.

Lembra da primeira vez que Roberta esteve em sua casa. Isso foi no fim de agosto ou início de setembro, cerca de um ano antes. Organizaram uma indecorosa espécie de piquenique, preparando verdadeiros banquetes e ouvindo discos, levando um colchão para o quintal. Noites límpidas, com Roberta comentando com ele os modos improváveis como as estrelas estão ligadas em suas constelações, e todo dia ouro puro. Roberta dizendo que é bom ele ficar logo por dentro de tudo: ela está com quarenta e três, o que é seis anos velha demais para ele; separou do marido porque tudo entre os dois parecia artificial; mas odeia dizer isso, porque pode ser apenas hipocrisia, não tem certeza do que está querendo dizer, e acima de tudo, não sabe do que é capaz. Ela lhe pareceu corajosa, sincera, sem vaidade. Como disso podia advir uma pessoa tão suscetível, chorosa, cansativa, tal ameaça de colapso, ele não consegue imaginar.

Mas a primeira impressão é digna de respeito, pensa.

Eva e Ruth estão decorando a mesa do jantar na varanda. Ruth veste uma camiseta branca que pertence a seu irmão, a calça do pijama listrado dele e um monumental turbante preto. Parece um sikh orgulhoso mas afável.

"Acho que a gente devia espalhar as coisas de qualquer jeito pela mesa", diz Ruth. "Sutileza já era, Eva."

A intervalos fazem arranjos de dálias laranja e douradas e de abóboras-morangas lindamente rajadas, abobrinhas italianas, cabaças amarelas, milho colorido.

Sob a proteção da música, Eva diz: "Angela tem mais problemas para viver aqui do que eu. Ela acha que sempre que eles brigam é por causa dela".

"Eles brigam?", diz Ruth, baixinho. Depois: "Não é da minha conta". Estava apaixonada por George quando tinha treze ou catorze anos. Foi quando sua mãe e ele ficaram amigos. Odiava a mulher dele, e ficou feliz quando se separaram. Lembra que a mulher era filha de um ginecologista, e que isso foi mencionado por sua mãe como um motivo para George e sua esposa nunca terem se dado bem. Provavelmente era da prosperidade do pai que sua mãe estava falando, ou do modo como a filha fora criada. Mas para Ruth a palavra *ginecologista* parecia afiada e chocante, e ela via a filha do ginecologista vestida com um traje de metal frio, denteado.

"Eles têm brigas silenciosas. Dá pra perceber. Angela é tão autocentrada que acha que tudo gira em torno dela. É isso que acontece quando você vira adolescente. Não quero que aconteça comigo."

Angela para de tocar por um momento e Eva diz abruptamente: "Ai, não quero ir embora! Odeio ir embora".

"Sério?"

"Odeio ter que deixar a Diana. Não sei o que vai acontecer com ela. Não sei se vou vê-la outra vez. Acho que nunca mais vou ver o cervo outra vez. Odeio ter que me separar das coisas."

Agora que o piano ficou em silêncio, Eva pode ser ouvida do lado de fora, onde Valerie e Roberta estão sentadas. Roberta escuta o que Eva diz, e espera, na expectativa de escutá-la dizer algo sobre o verão seguinte. Ela se prepara para as lamentações.

Em vez disso, Eva diz: "Sabe, eu entendo o George. Não me incomodo com ele do mesmo jeito que a Angela. Também sei fazer palhaçada. Eu entendo ele".

Roberta e Valerie se entreolham e Roberta sorri, abana a cabeça e estremece. Às vezes sente medo de que George possa machucar as meninas, não fisicamente, mas com alguma reviravolta brusca, alguma revelação ou aversão, que elas jamais conseguiriam esquecer. Parece-lhe que ela as instruiu, por exemplo, no sentido de que devem fazer suas vontades, respeitar seus silêncios, corresponder a suas brincadeiras. E se ele mudar, dentro dessa segurança, e fizer com que sofram um golpe que nunca mais venham a esquecer? Se isso acontecesse, seria ela a traidora que as levara a essa situação. E ela consegue sentir o perigo. Por exemplo, quando George podava as macieiras, escutou Angela dizer: "Meu pai tem uma macieira e uma cerejeira agora".

(Isso era uma informação. Ele veria como competição?)

"Imagino que ele tenha subordinados pra podar as árvores para ele?", disse George.

"Tem centenas", disse Angela, animada. "Anões. Obriga eles a usar uns uniformezinhos de marinheiro."

Angela estava pisando em gelo fino nesse momento. Mas Roberta agora acredita que o verdadeiro perigo não é Angela, que encontraria um modo de acolher o insulto, estaria preparada para obter alguma vantagem. (Roberta leu partes do diário.) É Eva, com suas pretensões de compreensão, suas esperanças de uma reconciliação geral, que corre o risco de ficar arrasada, ilhada.

Quando tomavam sopa de maçã com agrião, Eva retrocedeu a seu estilo *enfant terrible* para anunciar à mesa: "Eles saíram e encheram a cara ontem à noite. Tomaram um pileque".

David diz que não escuta essa expressão há muito tempo.

Valerie diz: "Que horrível para vocês, pequenas".

"Pensamos em ligar para o serviço de amparo à criança", diz Angela, não parecendo nada pueril à luz das velas — parecendo uma rainha, na verdade —, e ciente de que está sendo observada por David, embora com David seja difícil dizer se está observando com aprovação ou com reservas. Pelo jeito pode ser aprovação. Suas reservas foram assumidas por Kimberly.

"Passaram momentos dissolutos?", disse Valerie. "Roberta, você não me contou. Onde foram?"

"Foi absolutamente respeitável", diz Roberta. "Fomos ao Queen's Hotel, em Logan. No Lounge — é assim que eles chamam. O lugar chique pra beber."

"George não ia levar você numa cervejaria velha qualquer", diz Ruth. "George é um conservador enrustido."

"É verdade", diz Valerie. "George acha que as mulheres devem ser levadas só a lugares agradáveis."

"E as crianças devem ser vistas, não ouvidas", diz Angela.

"Nem vistas", diz George.

"O que deixa todo mundo confuso, porque ele parece um radical rematado", diz Ruth.

"Mas que surpresa agradável", diz George, "ganhar uma análise de graça. Na verdade, foi bem dissoluto, e Roberta provavelmente não lembra de nada, depois de ficar no maior pileque, como Eva diz. Ela encantou um sujeito que fez truques com palitos."

Roberta diz que era um jogo em que você fazia uma palavra com palitos de dente, depois tirava um palito e refazia o arranjo todo para formar outra palavra, e assim por diante.

"Não palavras sujas, espero?", diz Eva.

"Nunca falei desse jeito quando tinha a idade dela", diz Angela. "Fui sua filha pré-permissividade."

"E depois que a gente cansou da brincadeira, ou depois que ele cansou, porque eu já tinha cansado fazia um tempo, ele me mostrou fotos dele com a esposa, num cruzeiro pelo Mediterrâneo. Ele estava com outra mulher ontem à noite, porque a esposa morreu, e quando ele esquecia onde a foto tinha sido tirada, a mulher lembrava. Ela disse que achava que ele nunca ia superar."

"O cruzeiro ou a esposa?", diz Ruth, enquanto George está dizendo que teve uma conversa com um casal de fazendeiros holandeses que queriam levá-lo para uma volta no avião deles.

"Acho que eu não fui", completa George.

"Eu dissuadi você", diz Roberta, sem olhar para ele.

"'Dissuadi' é ótimo", diz Ruth. "Que palavra mais macia. Acho que estou pensando em camurça."

Eva pergunta o que a palavra significa.

"Convencer a não fazer alguma coisa", diz Roberta. "Eu convenci o George a não dar uma volta de avião à uma da manhã com o casal de fazendeiros holandeses ricos. Em vez disso foi a maior aventura pra todo mundo enfiar o homem do cruzeiro no Mediterrâneo dentro do carro dele, pra namorada levar ele pra casa."

Ruth e Kimberly se levantam para recolher as tigelas de sopa e David vai pôr um disco com a sinfonia "Novo Mundo" de Dvořák. A pedido de sua mãe. David diz que é açucarada.

Estão em silêncio, à espera de que a música comece. Eva diz: "Mas como foi que vocês dois se apaixonaram? Foi atração física?".

Ruth bate delicadamente com uma tigela de sopa em sua cabeça. "Alguém devia amarrar sua boca com arame", diz. "Não esquece que estou aprendendo a lidar com crianças problemáticas."

"Você não se incomodou com a mamãe ser bem mais velha?"

"Estão vendo o que eu quero dizer sobre ela?", diz Angela.

"O que você sabe sobre amor?", diz George, todo importante.

"O amor é padecimento e bondade. Parece comigo, nesse aspecto. O amor não se envaidece..."

"Acho que esse é um tipo especial de amor", diz Kimberly, servindo as verduras. "Se está mesmo citando."

Protegida por uma conversa sobre tradução e significado de palavras (assunto que George não domina, mas sobre o qual num piscar de olhos está fazendo comentários generalizantes, provocativos, fiel a sua técnica em sala de aula), Roberta diz para Valerie: "A namorada do homem disse que a coisa maravilhosa foi que a esposa dele tinha feito o cruzeiro mediterrânico inteiro com uma escavadeira".

"Uma o quê?"

"Escavadeira. Eu também fiquei com cara de ponto de interrogação, daí ela disse: 'Você sabe, a esposa tinha feito uma dessas operações e ela tinha que usar uma dessas bolsas'."

"Ai, Deus me livre."

"Ela tinha braços gordos, grandes, e o cabelo loiro num penteado feito com spray. A esposa tinha, nas fotos. A namorada era mais ou menos a mesma coisa, só que mais magra. A esposa estava com uma expressão tão obscena, feliz. De quem estava aproveitando a vida."

"E uma escavadeira."

Assim você percebe contra que probabilidades, e com as pessoas que menos se espera, o amor cria raízes e floresce, e eu mesma sem nada de escavadeira, só algumas rugas, desleixo, palidez e um sutil definhamento. Isso é o que Roberta está dizendo para si. Não é minha culpa, fala para si mesma, como já fez tantas vezes antes. Em geral quando diz isso é um gemido, uma súplica, uma lamúria. Agora ela o diz com casualidade em sua cabeça; o tom em que afirma isso é entediado e cansado. Ao que parece pode ser verdade.

Na hora da sobremesa a conversa passou para arquitetura. A única luz na varanda é das velas sobre a mesa. Ruth tirou as velas grandes e pôs na frente de cada lugar uma vela pequena num castiçal preto de metal, com uma alça para segurar, como na rima infantil. Valerie e Roberta recitam juntas: "*Here comes a candle to light you to bed. Here comes a chopper to chop off your head!*".*

Nenhuma das duas ensinou a rima para os filhos, e os filhos nunca escutaram isso antes.

"Eu já", disse Kimberly.

"O arco ogival, por exemplo — foi só uma onda", está dizendo George. "Foi uma moda arquitetônica, bem parecida com as modas de hoje em dia."

"Bom, não era só isso", diz David, contemporizando. "Era mais do que uma moda. As pessoas que construíram as catedrais não pareciam muito com a gente."

"Eram bem diferentes da gente", diz Kimberly.

"Tenho certeza de que sempre me ensinaram, se é que ensinavam alguma coisa naquele passado remoto", diz Valerie, "que o arco ogival foi um desdobramento do arco românico. De repente passou pela cabeça deles espichar um pouco. E parecia mais religioso."

"Negativo", diz George, animado. "Desculpe, mas não é verdade. Sei que é o que eles costumavam dizer, mas o arco ogival é o mais primitivo. É o arco mais fácil; não é um desdobramento do arco redondo coisa nenhuma — como poderia? Eles tinham arcos ogivais no Egito. O arco redondo, o arco da pedra angular, é o arco mais sofisticado que dá para construir. A história toda foi contada ao contrário pra favorecer o cristianismo."

* Uma *nursery rhyme* ("Oranges and Lemons"): "Aqui está uma vela para iluminar o caminho até a cama. Aqui está um machado para cortar sua cabeça!". (N. T.)

"Bom, pode ser sofisticado, mas pra mim é deprimente", diz Ruth. "Acho bem deprimentes esses arcos redondos. São monótonos; simplesmente acompanham blá-blá-blá — não elevam o espírito, exatamente."

"Devia expressar alguma coisa que as pessoas queriam muito", diz Kimberly. "Não dá bem pra chamar de onda. Eles construíam essas catedrais, as pessoas faziam isso; o projeto não era ditado por algum arquiteto."

"Uma ideia equivocada. Tinham arquitetos, sim. Em alguns casos, até sabemos quem eram."

"Mesmo assim, acho que Kimberly tem razão", diz Valerie. "Nessas catedrais a gente sente bastante as aspirações daquelas pessoas; dá pra sentir a emoção cristã na arquitetura..."

"O que a gente sente não tem importância. O fato é que os cruzados trouxeram de volta o arco ogival do mundo árabe. Assim como trouxeram um gosto por comida condimentada. Não foi sonhado pelo inconsciente coletivo para celebrar Jesus. Era o estilo mais recente. Os primeiros exemplos que você pode ver estão na Itália, e depois avançaram para o norte."

Kimberly está com o rosto muito corado mas sorri de forma benigna, impassível. Valerie, só porque antipatiza tanto com Kimberly, sente necessidade de dizer qualquer coisa para correr em seu socorro. Valerie não se importa de parecer tola; ela mergulha de cabeça em qualquer conversa para mudar seu rumo contencioso, para fazer as pessoas rirem e se acalmarem. Ruth também tem inclinação por aliviar as coisas, embora em seu caso isso pareça ser feito não tão deliberadamente, mas de forma serena e quase inadvertida, como resultado de seguir fielmente sua própria linha de raciocínio. E quanto a David? Nesse ponto David está absorvido em Angela e não presta tanta atenção quanto poderia. Angela exercita seus poderes; faz isso até com um primo que conhece desde pequena. Kimberly corre perigo nos dois flancos, pensa Roberta. Mas vai dar um jeito. É forte o bastante para conservar David perante qualquer quantidade de Angelas, e forte o bastante para conservar seu sorriso diante do ataque de George contra sua fé. Será que seu sorriso prevê como ele vai explodir? Não é provável. Ela prevê, em vez disso, como todos eles vão cambalear, vagar a esmo e se enredar; que diferença faz quem ganha a discussão? Para Kimberly todas as discussões já foram ganhas.

Pensando isso, compreendendo todos eles dessa forma, Roberta sente-se competente, aliviada. A indiferença veio em seu socorro. O principal é se manter indiferente a George — eis a grande bênção. Mas sua indiferença passa além dele; ela é generosa, toca todo mundo. Roberta está suficientemente embriagada para sentir vontade de comunicar descobertas. "Renúncia sexual não basta", poderia dizer para Valerie. Está suficientemente sóbria para ficar calada.

Valerie fez George falar sobre a Itália. Ruth, David, Kimberly e Angela começaram a falar sobre alguma outra coisa. Roberta escuta a voz de Angela falando com impaciência e autoridade, e com uma ansiedade, uma timidez, que só ela consegue detectar.

"Chuva ácida...", está dizendo Angela.

Eva encosta os dedos no braço de Roberta. "No que você tá pensando?", ela diz.

"Não sei."

"Não sei não pode. No que você tá pensando?"

"Na vida."

"O que tem a vida?"

"Nas pessoas."

"O que tem as pessoas?"

"Na sobremesa."

Eva cutuca com mais força, rindo. "O que tem a sobremesa?"

"Achei que estava boa."

Um pouco mais tarde Valerie teve oportunidade de dizer que não nasceu no século XIX, a despeito do que David possa pensar. David diz que todo mundo nascido nesse país antes da Segunda Guerra Mundial foi, para todos os propósitos, criado no século XIX, e que o modo de pensar deles é arcaico.

"Somos mais do que o produto da nossa criação", diz Valerie. "Como você mesmo deve esperar, David." Ela diz que tem escutado toda essa conversa sobre superpopulação, desastre ecológico, desastre nuclear, desastre isso e aquilo, destruição da camada de ozônio — vem sendo assim faz muitos anos, sem trégua, a conversa sobre desastre —, mas aí estão, sentados, saudáveis, relativamente sãos, com um delicioso jantar e um delicioso vinho na pança, no lindo e indestrutível campo.

"Os incas comendo em pratos de ouro enquanto Pizarro desembarcava no litoral", diz David.

"Não fale como se não existisse solução", diz Kimberly.

"Acho que talvez já estejamos destruídos", diz Ruth, sonhadoramente. "Talvez sejamos anacronismos. Não, não foi isso que eu quis dizer. Quis dizer relíquias. Em certo sentido já somos. Relíquias."

Eva ergue a cabeça dos braços cruzados sobre a mesa. Seu véu de cortina está caído sobre um olho; sua maquiagem transbordou para além dos limites, de modo que seu rosto todo é uma flor borrada. Ela diz em voz alta, contrariada: "Eu não sou relíquia", e todos riem.

"Claro que não!", diz Valerie, e então começam os bocejos, as cadeiras puxadas, os sorrisos encabulados e formais, velas sopradas: hora de ir para casa.

"Olha o cheiro do rio!", diz Valerie para eles. Sua voz soa desconsolada e terna, na escuridão.

"Uma lua gibosa."

Foi Roberta quem contou para George o que era uma lua gibosa, e assim o fato de ele dizer isso é sempre uma oferenda. É uma oferenda agora, rodando entre os milharais escuros.

"Olha ela aí."

Roberta não rejeita a oferenda com silêncio, mas não a acolhe, tampouco. É educada. Ela boceja, e há um som privado em seu bocejo. Não se trata de tática, embora ela saiba que a indiferença é atraente. A coisa real é. Ele consegue reconhecer uma imitação, sempre consegue se opor a uma tática. Ela tem de ir até o fim, até o ponto em que não se importa. Então ele percebe como ela está leve e distante e seu amor renasce. Ela tem poder. Mas no minuto em que começa a dar valor a isso, seu poder começa a deixá-la. Assim está pensando, conforme boceja e oscila na beirada de se importar e não se importar. Ficaria nessa beirada se pudesse.

A picape de meia tonelada levando George e Roberta, com Eva e Angela na traseira, segue pela terceira estrada de concessão da municipalidade de Weymouth, conhecida regionalmente como Telephone Road. É uma estrada de cascalho, razoavelmente ampla e movimentada. Eles a tomaram após sair da River Road, uma estrada bem mais estreita, que passa atrás da casa de Valerie. Da junção da River Road até o portão de George é uma distância de aproximadamente três quilômetros e meio. Duas estradas vicinais cortam esse trecho da Telephone Road em ângulos retos. Ambas as estradas têm placas de pare; a Telephone Road é a preferencial. Já passaram pelo primeiro cruzamento. Pelo segundo cruzamento, vindo do oeste, um Dodge 1969 verde-escuro avança a cento e quarenta, cento e cinquenta quilômetros por hora. Dois rapazes estão voltando de uma festa em Logan. Um deles apagou. O outro dirige. Não se lembrou de acender os faróis. Ele vê a estrada à luz da lua.

Não há tempo de dizer uma palavra. Roberta não grita. George não encosta no freio. O carrão passa voando na frente deles, um lampejo imenso, escuro, aparentemente sem som. Ele surge do milharal escuro e enche o ar bem diante deles do modo como um grande peixe achatado desliza diante dos olhos em um aquário. Não parece estar a mais de um metro de seus faróis. Então se foi — desapareceu no milharal do outro lado da estrada. Eles seguem em frente. Seguem pela Telephone Road, pegam a rua da entrada, param e estão sentados na picape, no quintal, ante a silhueta negra da casa semirreformada. O que sentem não é terror ou gratidão — ainda não. O que sentem é estranheza. Sentem-se tão estranhos, tão achatados e pairando no ar, tão desconectados de eventos prévios e futuros quanto o carro fantasma, o peixe negro. Os ramos felpudos dos pinheiros estão se mexendo no alto e sob esses ramos o luar desce iluminando o hesitante verdor de seu novo gramado.

"Vocês morreram?", diz Eva, despertando-os. "A gente chegou?"

# A SRA. CROSS E A SRA. KIDD

A SRA. CROSS E A SRA. KIDD se conhecem há oitenta anos, desde o jardim da infância, que na época não era chamado assim, mas de primário. A primeira foto que a sra. Cross tem da sra. Kidd é ela de pé na frente da classe, recitando algum poema, as mãos às costas e o rosto miúdo de olhinhos negros erguido para projetar a voz autoconfiante. Ao longo dos dez anos seguintes, se você fosse a algum concerto, algum encontro que envolvesse um entretenimento, encontraria a sra. Kidd (que não era chamada de sra. Kidd nessa época, mas de Marian Botherton), com sua franja reta e seu vestido sem mangas de ombros engomados e pontudos, recitando um poema com a maior competência e sem nenhum lapso da memória. Mesmo hoje em dia, quase sem precisar de pretexto, sentada em sua cadeira de rodas, a sra. Kidd ergue a voz.

*Today we French stormed Ratisbom*,*

Dirá ela, ou:

* "Hoje nós franceses atacamos Ratisbom": Robert Browning, "Incident of the French Camp". (N. T.)

*Where are the ships I used to know*
*That came to port on the Fundy tide?*

Ela para não porque não se lembra de como prosseguir, mas a fim de deixar alguém dizer "Qual é esse?" ou "Esse aí não estava no *Third Reader*?", que toma como um pedido para seguir em frente.

*Half a century ago*
*In a beauty and stately pride.**

A primeira lembrança que a sra. Kidd tem da sra. Cross (Dolly Grainger) é de um rosto vermelho e amplo, o vestido com bainha frouxa, grossas tranças loiras e uma voz poderosa, no parquinho em um dia chuvoso, quando se espremiam todos sob a marquise. As meninas disputavam um jogo que era na verdade uma dança, que a sra. Kidd não sabia como jogar. Era uma *reel* da Virgínia e a letra que cantavam era:

*Jolting up and down in the old Brass Wagon*
*Jolting up and down in the old Brass Wagon*
*Jolting up and down in the old Brass Wagon*
*You're the One my Darling!***

Ninguém rodopiava, batia os pés e cantava com mais entusiasmo do que a sra. Cross, que era a mais nova e a menor com permissão de participar. Ela conhecia aquilo graças a suas irmãs mais velhas. A sra. Kidd era filha única.

* "Onde estão os navios que eu conhecia/ Que chegaram ao porto na maré de Fundy?/ Meio século atrás/ Com orgulho belo e majestoso": Bliss Carman, "The Ships of Saint John". (N. T.)
** "Sacolejando pra cima e pra baixo na velha Carroça de Latão [3x]/ É você que eu amo, minha (meu) Querida(o)!": canção folclórica. (N. T.)

Gente mais jovem, sabendo que essas duas se conheciam havia mais de três quartos de século, parece imaginar que isso faz com que tenham tudo em comum. Elas próprias são as únicas capazes de lembrar o que as distinguia, e até certo ponto ainda distingue: o apartamento sobre a agência de correio e a alfândega, onde a sra. Kidd viveu com sua mãe e seu pai, que era o gerente da agência; a casinha geminada na Newgate Street, onde a sra. Cross morou com sua mãe, seu pai, duas irmãs e quatro irmãos; o fato de que a sra. Kidd foi para a Igreja Anglicana e a sra. Cross para a Metodista Livre; de que a sra. Kidd se casou, com a idade de vinte e três anos, com um professor de ciências do colegial, e a sra. Cross se casou, aos dezessete, com um homem que trabalhava nos barcos do lago e nunca chegou a capitão. A sra. Cross tinha seis filhos, a sra. Kidd, três. O marido da sra. Cross morreu subitamente aos quarenta e dois anos, sem seguro de vida; o marido da sra. Kidd se retirou para Goderich, vivendo de aposentadoria após anos como diretor de escola em uma cidade próxima. Só recentemente a disparidade diminuiu. Os filhos equipararam as coisas; os filhos da sra. Cross, na média, ganham tanto dinheiro quanto os filhos da sra. Kidd, embora não tenham tanta formação. Os netos da sra. Cross ganham mais dinheiro.

A sra. Cross está na Hilltop Home há três anos e dois meses, a sra. Kidd, dois anos e onze meses. Ambas têm o coração ruim e se deslocam em cadeira de rodas, para poupar energia. Durante a primeira conversa delas, a sra. Kidd disse: "Não vi cume nenhum".*

"Dá para ver a estrada", disse a sra. Cross. "Acho que é isso que querem dizer. Onde puseram você?", perguntou.

"Nem sei se consigo achar o caminho de volta. Mas é um quarto bom. De solteira."

* *Hilltop*. (N. T.)

"O meu também, o meu é de solteira. É do lado oposto à sala de jantar ou deste lado?"

"Ah. Lado oposto."

"Muito bom. É o melhor lado. Todo mundo razoavelmente em forma por lá. Só que é mais caro. Quanto melhor a pessoa está, mais caro custa. O lado oposto da sala de jantar é de quem perdeu o juízo."

"Senil?"

"Senil. Deste lado ficam os mais novos com algum parafuso solto. Por exemplo." Apontou o queixo para um mongoloide de cerca de cinquenta anos que tentava tocar uma gaita. "Lá na nossa parte também tem gente nova, mas sem parafuso solto", disse, com uma batidinha na cabeça. "Só com alguma doença. Quando chega a um ponto que não conseguem mais se virar sozinhos — lá pra cima. É lá que ficam os casos muito avançados. Depois, os dementes, é outra história. Trancados na ala dos fundos. Quero dizer os dementes de verdade. Além disso, acho que tem um lugar onde deixam os que andam por aí mas se sujam o tempo todo."

"Bom, somos a nata", disse a sra. Kidd com um sorriso contido. "Eu sabia que teria um monte de senis, mas não estava preparada para os outros. Esses." Acenou discretamente para o mongoloide, que fazia um sapateado na frente da janela. Ao contrário da maioria dos mongoloides, era magro e ágil, embora muito pálido e de aspecto frágil.

"Mais feliz que a maioria", disse a sra. Cross, observando o homem. "Esse é o único lugar no condado, todo mundo é despejado aqui. Depois de um tempo você nem fica incomodada mais."

"Eu não fico *incomodada*."

O quarto da sra. Kidd é cheio de pedras e conchas, em caixas e vidros. Ela tem um mostruário de frágeis borboletas e outro de pássaros canoros empalhados. Suas prateleiras contêm *Ferns and Mosses of North America*, *Peterson's Guide to the Birds of Eastern North America*, *How to Know the Rocks and Minerals** e um livro de Cartas Celestes. O mostruário de borboletas e o de pássaros costumavam ficar na sala de aula de seu marido, o professor de ciências. Os pássaros foram comprados, mas ele e a sra. Kidd coletaram pessoalmente as borboletas. A sra. Kidd foi uma boa aluna de botânica e zoologia. Se não tivesse o que na época era visto como uma saúde delicada, teria estudado botânica na universidade, embora poucas jovens fizessem tal escolha na época. Seus filhos, que moram todos longe, enviam-lhe lindos livros sobre assuntos que certamente vão interessá-la, mas esses livros na maior parte são grandes e pesados e ela não consegue encontrar uma maneira de ler confortavelmente, assim logo os relega à prateleira de baixo. Seria incapaz de admitir para os filhos, mas seu interesse diminuiu, seu interesse diminuiu consideravelmente. Eles dizem em suas cartas que se lembram de como ela os ensinou sobre cogumelos; lembra de quando vimos o anjo-destruidor em Petrie's Bush, na época em que morávamos em Logan? As cartas são cheias de lembranças. Querem que fique onde estava quarenta ou cinquenta anos antes, esses filhos que por sua vez também estão envelhecendo. A ideia que fazem dela é tão carinhosa e indispensável quanto a ideia que qualquer pai ou mãe já tenha feito de um filho. Louvam o que numa criança seria chamado de precocidade: seu brilhantismo, seu cabedal de conhecimento, seu ateísmo (um segredo por todos aqueles anos em que seu marido era incumbido das mentes tenras), todos os modos pelos quais difere do padrão, ou do que se espera, em uma velhinha.

* "Fetos e musgos da América do Norte", "Guia Peterson das aves do leste da América do Norte", "Como conhecer rochas e minerais". (N. T.)

Sente que é um dever esconder deles os muitos indícios de que não é tão diferente quanto pensam.

A sra. Cross também ganha presentes de seus filhos, mas não livros. Pela cabeça deles passa enfeites, retratos, almofadas. A sra. Cross tem um buquê de rosas artificiais com tubos de luz permanentemente piscando e borbulhando como uma fonte. Tem uma Southern Belle* cujas saias de cetim servem como uma enorme alfineteira. Tem um retrato da Última Ceia em que a luz acende para formar um halo em torno da cabeça de Jesus. (A sra. Kidd, após sua primeira visita, escreveu uma carta para um de seus filhos em que descrevia esse quadro e disse que tentara imaginar o que o Senhor e seus Discípulos estavam comendo, e parecia ser hambúrguer. É o tipo de coisa que seus filhos adoram ouvi-la dizer.) Há também, perto da porta, uma estátua de gesso em tamanho natural de um collie, parecido com uma cadela que a família Cross tinha quando as crianças eram pequenas: a velha Bonnie. A sra. Cross descobre com seus filhos quanto essas coisas custam e conta para as pessoas. Diz que fica chocada.

Pouco depois da chegada da sra. Kidd, a sra. Cross levou-a numa visita ao andar de cima. A sra. Cross tem subido lá a cada duas semanas, para visitar uma prima sua, a velha Lily Barbour.

"Lily não anda batendo muito bem dos pinos", avisou a sra. Kidd, suas cadeiras avançando rumo ao elevador. "Outra coisa, não espere cheiro de Sweet Violets, apesar de viverem borrifando. Fazem o melhor que podem."

A primeira coisa que a sra. Kidd viu ao saírem do elevador foi uma mulherzinha encarquilhada com cabelos brancos e desgrenhados, o vestido amarfanhado erguido nas pernas nuas (a sra. Kidd desviou os olhos disso) e uma língua que ela parecia incapaz

* "Beldade Sulista", um arquétipo. (N. T.)

de enfiar de volta na boca. O cheiro era de urina quente — dava a impressão de que a guardavam dentro do forno —, além dos sprays florais. Mas ali havia uma pessoa de rosto sereno e expressão sensata, o cabelo num coque, usando avental sobre o vestido cor-de-rosa limpo.

"Então, trouxeram os documentos?", perguntou a mulher com familiaridade para a sra. Cross e a sra. Kidd.

"Ah, eles só chegam às cinco horas", disse a sra. Kidd educadamente, pensando que se referia aos jornais.*

"Não ligue pra ela", disse a sra. Cross.

"Preciso assinar hoje", disse a mulher. "Senão vai ser uma catástrofe. Pode me trazer problemas. Olha, eu nunca soube que era ilegal." Falava tão bem, de forma tão plausível e confidencial, que a sra. Kidd ficou convencida de que só podia estar dizendo algo razoável, mas a sra. Cross se afastou vigorosamente em sua cadeira de rodas. A sra. Kidd a seguiu.

"Não perca seu tempo com aquela matraca solta", disse a sra. Cross quando a sra. Kidd a alcançou. Uma mulher com um bócio horrível, de um jeito que a sra. Kidd não via em anos, sorriu amistosamente para elas. Ali em cima ninguém tinha dentes.

"Achava que não existia mais esse negócio de bócio", disse a sra. Kidd. "Depois do iodo."

Iam na direção de uma voz aos gritos.

"George!", dizia a voz. "George! Jessie! Estou aqui! Venham me empurrar! George!"

Outra voz se entremeava animadamente com esses gritos. "Bad-bad-bad", dizia. "Bad. Bad-bad. Bad-bad-bad. Bad-*bad*."

Os donos de ambas as vozes sentavam em torno de uma mesa comprida junto a uma fileira de janelas na metade do corredor.

* *Papers*: "documentos" ou "jornais". (N. T.)

Havia também nove ou dez mulheres ali. Algumas murmuravam ou cantavam suavemente para si mesmas. Uma rasgava uma pequena almofada bordada que alguém fizera. Outra tomava um sorvete de palito com cobertura de chocolate. Pedaços de chocolate grudaram em seu buço, sorvete derretido escorria por seu queixo. Ninguém olhava pelas janelas, nem entre si. Ninguém prestava a menor atenção em George-e-Jessie, ou em Bad-bad-bad, que continuava sem trégua.

A sra. Kidd estacou.

"Onde está essa Lily?"

"Lá no fundo. Não tiram ela da cama."

"Bom, você vai lá ver ela", disse a sra. Kidd. "Eu vou voltar."

"Não tem nada com que se preocupar", disse a sra. Cross. "Estão todas longe, em seu pequeno mundo próprio. Felizes como crianças."

"Elas podem estar, mas eu não estou", disse a sra. Kidd. "A gente se vê na Sala de Recreação." Deu meia-volta com a cadeira e avançou pelo corredor em direção ao elevador, onde a mulher de rosa continuava perguntando insistentemente sobre seus documentos. Nunca mais voltou.

A sra. Cross e a sra. Kidd costumavam jogar baralho na Sala de Recreação toda tarde. Punham brincos, meia-calça, vestidos leves. Revezavam-se oferecendo chá. No geral, essas tardes eram agradáveis. As duas eram um páreo equilibrado nas cartas. Às vezes jogavam palavras cruzadas, mas a sra. Cross não levava o jogo a sério, como fazia com as cartas. Ficava frívola e briguenta, defendendo palavras que inventava. De modo que voltavam a seu baralho; jogavam *rummy* na maior parte do tempo. Era como estar na escola ali. As pessoas formavam duplas, tinham melhores amigas. As mesmas pessoas sempre sentavam juntas na sala de jantar. Algumas não tinham ninguém.

* * *

A primeira vez que a sra. Cross notou Jack, ele estava na Sala de Recreação, quando ela e a sra. Kidd jogavam cartas. Ele chegara havia cerca de uma semana apenas. A sra. Kidd sabia a seu respeito.

"Está vendo aquele homem de cabelo ruivo perto da janela?", disse a sra. Kidd. "Veio pra cá por causa de um derrame. Só tem cinquenta e nove anos. Fiquei sabendo na sala de jantar antes de você descer."

"Pobrezinho. Tão moço."

"Tem sorte de estar vivo. Os pais ainda estão vivos, os dois, ainda moram numa fazenda. Ele tinha ido visitar os dois, sofreu um derrame e ficou caído no chão do celeiro, de bruços, até que encontraram ele. Não morava por aqui, é do oeste."

"Pobrezinho", disse a sra. Cross. "No que ele trabalhava?"

"Trabalhava em um jornal."

"Ele era casado?"

"Isso não fiquei sabendo. Pelo que disseram era alcoólatra, daí entrou para os Alcoólicos Anônimos e largou a bebida. Não dá pra confiar em tudo que a gente escuta neste lugar."

(Isso era verdade. Em geral havia uma avalanche de histórias sobre qualquer recém-chegado; histórias sobre quanto dinheiro as pessoas tinham, os lugares onde haviam estado, quantas cirurgias haviam feito, os consertos ou dispositivos que portavam no corpo. Dias depois a sra. Cross estava dizendo que Jack fora editor de um jornal. Primeiro ouviu dizer que era em Sudbury, depois ouviu Winnipeg. Ela estava dizendo que ele tivera um colapso nervoso devido ao excesso de trabalho; essa era a verdade, nunca fora alcoólatra. Dizia que ele vinha de boa família. Seu nome era Jack MacNeil.)

No momento a sra. Cross notava como sua aparência era limpa e bem cuidada, com sua calça cinza e camisa leve. Era antinatural, ao menos para ele; parecia algo que amolecera após ficar tempo demais na água. Era um homem grande, mas não conseguia permanecer ereto, nem mesmo na cadeira de rodas. Todo o lado esquerdo de seu corpo estava frouxo, esvaziado, impotente. O cabelo e o bigode ainda nem haviam ficado grisalhos, eram castanho-amarelados. O sujeito era branco como se tivesse acabado de tirar bandagens.

Algo as distraiu. O pregador evangélico que vinha toda semana para conduzir um serviço de oração, com hinos (os pregadores mais estabelecidos vinham, um após o outro, aos domingos), andava pela Sala de Recreação com sua esposa a reboque, ambos distribuindo sorrisos e cumprimentos sempre que conseguiam captar um olhar. A sra. Kidd ergueu o rosto quando passaram e disse, suave mas distintamente: "Joy to the World".*

Nisso, Jack, que rodava pela sala de um modo desajeitado — ele tendia a andar em círculos —, sorriu. O sorriso era inteligente, irônico, e não combinava com seu aspecto desamparado. A sra. Cross acenou que se aproximasse e avançou parte do caminho para ir ao seu encontro. Ela se apresentou, e apresentou a sra. Kidd. Ele abriu a boca e disse: "Anh-anh-anh".

"Pois não", disse a sra. Cross, encorajadora. "Pois não?"

"Anh-anh-*anh*", disse Jack. Agitou a mão direita. Lágrimas brotaram em seus olhos.

"Vamos jogar ou não?", disse a sra. Kidd.

"Preciso continuar com o jogo", disse a sra. Cross. "É bem-vindo para ficar e assistir. Costumava jogar baralho?"

Sua mão direita apareceu e segurou a cadeira dela, e ele inclinou a cabeça, chorando. Tentou fazer a mão esquerda limpar o rosto. Conseguiu erguê-la alguns centímetros, depois ela tornou a cair em seu colo.

* "Alegria para o mundo": título de um hino evangélico. (N. T.)

"Puxa vida", disse a sra. Cross baixinho. Então se lembrou o que fazer quando uma criança chora; como gracejar para que pare. "Como posso saber o que está dizendo se está chorando? Precisa ser paciente. Conheci gente que sofreu mais de um derrame e recuperou a fala. Conheci, sim. Não devia chorar, não vai conseguir nada desse jeito. É só ir com calma. Ai-ai-ai", disse, curvando-se em sua direção. "Ai-ai-ai. Vai fazer a sra. Kidd e eu chorar, daqui a pouco."

E foi assim que a sra. Cross começou a se apropriar de Jack. Fez com que ficasse ali, assistisse ao jogo e parasse de chorar, mais ou menos, e fizesse um ruído que era um substituto para a conversa (an-anh), mais do que uma tentativa desesperada de conversa (anh-anh-*anh*). A sra. Cross sentiu algo se alongando dentro dela. Era sua antiga capacidade de gerenciar, de observar, seu talento para a estratégia, que se exercidos do jeito certo podiam passar sem ser percebidos por aqueles em quem os usava.

A sra. Kidd pôde perceber, porém.

"Eu não chamaria isso de jogar baralho", disse.

A sra. Cross logo descobriu que Jack não tinha como se interessar pelas cartas e que de nada adiantava tentar fazê-lo jogar; era de conversa que ele estava atrás. Mas tentar conversar o levava ao pranto.

"O choro não me incomoda", disse para ele. "Já vi muita lágrima nesta vida. Mas com um monte de gente não vai ajudar em nada ficar com fama de bebê chorão."

Começou a lhe fazer perguntas para as quais ele podia responder sim e não. Isso o animou um pouco e permitiu a ela testar sua informação.

Sim, trabalhara em um jornal. Não, não era casado. Não, o jornal não ficava em Sudbury. A sra. Cross começou a desfiar o nome de todas as cidades em que conseguia pensar, mas foi incapaz de achar a certa. Ele ficou agitado, tentou falar, e dessa vez as sílabas se aproximaram de uma palavra, mas ela não conseguiu captar o que era. Ela se culpou por não conhecer lugares suficientes. Então, inspirada, ordenou que ficasse bem ali onde estava, não se movesse, já voltaria, e rodou a cadeira pelo corredor até a biblioteca. Ali procurou um livro com mapas. Para seu pesar, não havia um livro assim, apenas histórias românticas e religião. Mas não desistiu. Pegou o corredor e foi para o quarto da sra. Kidd. Desde que suas partidas de baralho foram interrompidas (ainda jogavam alguns dias, mas não todo dia), a sra. Kidd passava muitas tardes em seu quarto. Estava ali agora, deitada na cama, vestindo um elegante penhoar roxo com gola bordada. Estava com dor de cabeça.

"Você tem um desses, como um livro de geografia?", disse a sra. Cross. "Um livro com mapas." Explicou que queria para Jack.

"Um atlas, você quer dizer", corrigiu a sra. Kidd. "Acho que talvez tenha. Não lembro. Pode olhar na prateleira de baixo. Não consigo lembrar o que tem lá."

A sra. Cross estacionou junto à estante e começou a pôr os pesados livros em seu colo, um a um, aproximando os olhos para ler os títulos. Estava sem fôlego pela velocidade de sua corrida.

"Está ficando exausta", disse a sra. Kidd. "Vai ficar agitada e vai deixar ele agitado, e tudo isso pra quê?"

"Não estou agitada. É só que parece um crime pra mim."

"O quê?"

"Um homem tão inteligente, o que ele está fazendo aqui? Deviam tê-lo levado para um desses lugares em que ensinam coisas, ensinam como voltar a falar. Como chama mesmo? Você sabe. Por que simplesmente o enfiaram aqui? Quero ajudar e não sei o que fazer. Bom, pelo menos vou tentar. Se fosse um dos meus meninos desse jeito e num lugar onde ninguém o conhecesse, o mínimo que eu esperaria era que alguma mulher mostrasse o mesmo interesse por ele."

"Reabilitação", disse a sra. Kidd. "O motivo para ele estar aqui muito provavelmente é que o derrame foi feio demais para fazerem alguma coisa por ele."

"Tudo debaixo do sol, menos um livro de mapas", disse a sra. Cross, preferindo nem responder. "Ele deve estar pensando que não vou voltar." Saiu do quarto da sra. Kidd sem dizer obrigado nem até logo. Estava com medo de que Jack pudesse pensar que não tinha intenção de voltar, que só o que pretendera fazer era se livrar dele. E de fato, quando voltou à Sala de Recreação, ele sumira. Ficou sem saber o que fazer. Foi sua vez de ficar à beira das lágrimas. Não sabia onde era o quarto dele. Pensou em ir ao escritório e perguntar; então viu que eram quatro e cinco e que o escritório estaria fechado. Umas preguiçosas, aquelas moças. Quatro horas, passavam a mão em seus casacos e se mandavam para casa, nada tinha importância para elas. Rodou vagarosamente pelo corredor, perguntando-se o que fazer. Então, em um dos corredores laterais sem saída, viu Jack.

"Aí está você, que alívio! Não sabia onde procurar. Achou que eu não fosse mais voltar? Vou lhe dizer o que fui procurar. Era para ser uma surpresa. Fui procurar um desses livros com mapas, como chama mesmo, para você me mostrar onde morava. Atlas!"

Ele estava de frente para a parede cor-de-rosa, olhando para ela como se fosse uma janela. Junto à parede havia uma pequena prateleira com um vaso de narcisos, e algumas estatuetas, de anões e cães; na parede havia três ilustrações de espaços numerados, coloridas na Sala de Artesanato.

"Minha amiga, a sra. Kidd, tem mais livros que a Biblioteca. Ela tem um livro só sobre insetos. Outro só sobre a lua, quando estiveram lá, bem perto. Mas um negócio simples como um mapa, não."

Jack estava apontando uma das ilustrações.

"Para qual desenho você está apontando?", disse a sra. Cross. "O da igreja com a cruz? Não? O de cima? Os pinheiros? É? O que tem ele? Os pinheiros e o veado-vermelho?" Ele estava sorrindo, acenando com a mão. Ela esperava que não ficasse excitado demais nem desapontado, dessa vez. "O que tem ele? É como uma daquelas coisas na televisão. Árvores? Verde? Pinheiros? É o veado? Três veados? Não? É. Três veados-vermelhos?" Ele agitou o braço para cima e para baixo e ela disse: "Não entendo, na verdade. Três — veados — vermelhos. Espera aí um minuto. Tem um lugar. Ouvi falar no noticiário. Red Deer. Red Deer! Esse é o lugar! Esse é o lugar onde você morava! Esse é o lugar onde você trabalhava no jornal! *Red Deer*".*

Ambos ficaram em júbilo. Ele gesticulou com o braço, comemorando, como se fosse um maestro diante da orquestra, e ela se curvou para a frente, rindo, batendo as mãos nos joelhos.

"Ai, se tudo fosse em desenhos desse jeito, a gente podia se divertir à beça! Você e eu, a gente ia se divertir muito, não é?"

A sra. Cross marcou uma hora para conversar com o médico.

"Ouvi falar de pessoas que tiveram um derrame muito feio e a fala voltou, não é assim?"

"Pode acontecer. Depende. A senhora está muito preocupada com esse homem?"

"Deve ser uma sensação horrível. Não admira que ele chore."

"Quantos filhos a senhora tem?"

"Seis."

"Eu diria que já teve sua cota de preocupação."

Ela percebeu que ele não pretendia lhe dizer nada. Ou não se lembrava muito bem do caso de Jack, ou estava fingindo que não.

"Estou aqui para cuidar das pessoas", disse o médico. "Esse é meu papel aqui, é o papel das enfermeiras aqui. Então a senhora

* "Veado-Vermelho". (N. T.)

pode deixar toda a preocupação com a gente. É para isso que somos pagos. Certo?"

E até que ponto você está mesmo preocupado?, ela ficou com vontade de perguntar.

Teria gostado de falar com a sra. Kidd sobre essa visita porque sabia que a sra. Kidd achava o médico um tolo, mas assim que a sra. Kidd ficasse sabendo que Jack era o motivo da consulta, faria algum comentário impaciente. A sra. Cross nunca mais falou com ela sobre Jack. Falava com outras pessoas, mas percebia que se entediavam. Ninguém se incomoda com a desgraça alheia por aqui, pensou. Mesmo quando alguém morre, não ligam, é só *eu, eu continuo vivo, o que tem pra jantar?* O egoísmo. Estavam tão mal quanto os do andar de cima, só que ainda não aparentavam.

Não subira ao andar de cima, não visitara Lily Barbour, desde que conhecera Jack.

Gostavam de ficar sentados no canto com a ilustração do veado-vermelho, palco de seu primeiro sucesso. Ali ficou estabelecido como o lugar deles, onde podiam ficar a sós. A sra. Cross trouxe lápis e papel, fixou a bandeja na cadeira dele, experimentou ver como Jack se saía com a escrita. Foi mais ou menos o mesmo que a conversa. Ele rabiscava um pouco, empurrava o lápis até quebrar a ponta, começava a chorar. Não faziam progresso, fosse escrevendo ou falando, era inútil. Mas ela estava aprendendo a falar com ele pelo método do sim e não, e às vezes parecia conseguir adivinhar o que passava por sua cabeça.

"Se eu fosse mais inteligente seria de mais préstimo pra você", disse. "Não é o cúmulo? Eu consigo saber tudo que passa na minha cabeça, mas nunca teve muita coisa aqui dentro, e você tem a cabeça entupida de coisas, mas não consegue tirar. Deixa pra lá. Vamos tomar um café? Uma xícara de café, você gosta disso. Minha amiga, a sra. Kidd, e eu, a gente costumava tomar chá sempre, mas agora eu tomo café. Eu também prefiro."

"Quer dizer que nunca se casou? Nunca?"

Nunca.

"Teve alguém de quem gostava?"

Teve.

"Teve mesmo? Teve? Faz muito tempo? Faz muito tempo ou é recente?"

Isso.

"Muito tempo ou recente? Os dois. Muito tempo e recente. Garotas diferentes. A mesma? A mesma. A mesma mulher. Você ficou apaixonado pela mesma mulher por muitos anos mas não se casou com ela. Oh, Jack. Por que não? Ela não podia casar com você? Não podia. Por que não? Já era casada? Era? Era. Era. Minha nossa."

Ela perscrutou seu rosto para ver se o assunto era doloroso demais ou se ele queria prosseguir. Achou que queria. Estava ansiosa para perguntar onde estava essa mulher agora, mas algo lhe disse que era melhor não fazer isso. Então adotou um tom despreocupado.

"Será que consigo descobrir o nome? Lembra de Red Deer? Não foi divertido? Estou pensando. Posso começar com A e seguir pelo alfabeto. Anne. Audrey? Annabelle? Não. Acho que vou seguir minha intuição. Jane? Mary? Louise?"

O nome era Pat, Patricia, que acertou na décima terceira tentativa.

"Bom, na minha cabeça, Pat é sempre uma mulher clara. Não morena. Sabe como é quando você tem uma imagem na cabeça para um nome? Ela era loira? Era? E alta, na minha cabeça uma Pat é sempre alta. Era? Bom! Adivinhei certo. Alta e loira. Uma mulher bonita. Uma mulher muito bonita."

Sim.

Sentiu vergonha de si mesma, porque desejara por um momento que tivesse alguém para contar isso.

"Então é segredo. Fica entre nós dois. Olha. Se você algum dia quiser escrever uma carta para Pat, me fala. Me fala que eu descubro o que você quer dizer para ela e escrevo."

Não. Nada de carta. Nunca.

"Bom. Eu também tenho um segredo. Teve esse rapaz que eu gostava, ele morreu na Primeira Guerra Mundial. Um monte de gente da escola foi esquiar e na volta ele me acompanhou até em casa. Era o último ano do ginásio. Eu tinha catorze anos. Isso foi antes da guerra. Eu gostava dele e sempre pensava nele, sabe, e quando fiquei sabendo que tinha morrido, isso foi depois de estar casada, eu casei com dezessete anos, bom, quando fiquei sabendo que tinha morrido, pensei: agora tenho alguma coisa pra sonhar, eu podia sonhar em encontrar com ele no Céu. Isso é verdade. Pra você ver como eu era criança.

"A Marian também tinha ido esquiar. Sabe de quem estou falando quando digo Marian. A sra. Kidd. Ela estava lá, com a roupa mais linda. Era azul-celeste, enfeitada com pelo branco, e capuz. E também tinha um regalo. Um regalo de pelo branco. Nunca vi nada que eu quisesse tanto ter como aquele regalo."

Deitada no escuro à noite, antes de dormir, a sra. Cross repassava tudo que acontecera com Jack durante o dia: como estava sua aparência; sua cor; se havia chorado e por quanto tempo e quantas vezes; se estivera de mau humor na sala de jantar, irritado com tanta gente em volta ou talvez não gostando da comida; se lhe dissera boa-noite de um jeito emburrado ou agradecido.

Entrementes a sra. Kidd também fizera uma nova amizade. No seu caso Charlotte, que costumava se alojar perto da sala de jantar, mas recentemente se mudara para o outro lado do corredor. Charlotte era uma mulher alta, magra e respeitosa de quarenta e poucos anos. Sofria de esclerose múltipla. Às vezes a doença estava em remissão, como no momento; poderia ter ido para casa, se quisesse, e teria havido um lugar para ela. Mas estava feliz ali. Os anos de internação a deixaram infantilizada, afetuosa, bem-humorada. Ajudava no cabeleireiro, adorava fazer isso, adorava escovar e prender o cabelo da sra. Kidd, admirando-se da quantidade de fios pretos que ainda havia. Aplicava tintura loiro-acinzentada em seu próprio cabelo e o usava num penteado bufante, endurecido de spray. A sra. Kidd sentiu o cheiro do spray para cabelos de seu quarto e exclamou: "Charlotte! Mudaram você pra cá tentando asfixiar a gente?".

Charlotte riu. Trouxe um presente para a sra. Kidd. Era uma bolsa de feltro vermelho, com um aplique de folhas verdes e de flores azuis e amarelas; fizera aquilo na Sala de Artesanato. A sra. Kidd pensou como se parecia com os porta-receitas que seus filhos costumavam trazer da escola; um prato de papelão para torta, inteiro, e meio prato, costurados um no outro com um fio brilhante. Não se prendiam com firmeza suficiente para ser realmente úteis. Produziam laboriosas frivolidades, como os pegadores de panela, de crochê, por cujos furos a pessoa podia se queimar; ou a silhueta de uma cabeça de cavalo, de madeira, com cabide pequeno demais para segurar um chapéu.

Charlotte fazia bolsas para as filhas, que eram casadas, e para sua netinha, e para a mulher que vivia com seu marido e usava o nome dele. O marido e essa mulher apareciam regularmente para visitar Charlotte; eram todos bons amigos. Havia sido um bom arranjo para o marido, para os filhos e talvez para a própria Charlotte. Nada fora feito pelas costas de Charlotte. Muito provavelmente aceitara tudo sem a menor queixa. Feliz com a chance.

"Qual a surpresa?", disse a sra. Cross. "Charlotte é muito boazinha."

A sra. Cross e a sra. Kidd não romperam, nem esfriaram a amizade. Ainda conversavam e jogavam de vez em quando. Mas era difícil. Não sentavam mais na mesma mesa na sala de jantar porque a sra. Cross tinha de ficar de olho, caso Jack precisasse de ajuda para cortar a carne. Ele não deixava ninguém mais fazer isso; simplesmente fingia que não queria mais e ficava sem sua proteína. Então Charlotte se mudou para o lugar deixado vago pela sra. Cross. Charlotte não tinha dificuldade para cortar a carne. Na verdade, cortava sua carne, torrada, ovo, legumes, bolo, o que quer que estivesse comendo que precisasse ser cortado, em pedaços regulares, minúsculos, antes de começar a comer. A sra. Kidd lhe contou que isso não eram bons modos. Charlotte ficou abatida, mas teimou em continuar fazendo.

"Você e eu não teríamos entregado os pontos tão fácil", disse a sra. Kidd, ainda falando sobre Charlotte para a sra. Cross. "Não teríamos tido escolha."

"Isso é verdade. Não existiam lugares como esse. Não lugares agradáveis. Não teriam conseguido nos manter vivas, do modo como é com ela. Os remédios e tudo mais. E também podem ser os remédios que deixam ela abobada."

A sra. Kidd ficou em silêncio, fechando a cara por escutar Charlotte ser chamada de abobada, embora fosse apenas um jeito direto de exprimir o que ela própria estivera tentando dizer. Após um momento, falou sem convicção.

"Acho que tem mais miolos do que aparenta."

A sra. Cross disse, sem se alterar: "Eu não saberia dizer".

A sra. Kidd sentava com a cabeça curvada, pensativa. Podia ficar sentada nessa posição por meia hora facilmente, deixando que Charlotte escovasse e cuidasse de seu cabelo. Estaria se tornando uma dessas idosas que adoram atenções? Essas idosas também necessitavam de alguém em quem mandar. Eram do tipo que viajavam pelo mundo em cruzeiros, havia lido sobre elas em romances. Viajavam pelo mundo e se hospedavam em hotéis, ou moravam em mansões decadentes com seus companheiros. Era muito fácil dar ordens para Charlotte, fazê-la jogar palavras cruzadas e lhe dizer que tinha maus modos. Charlotte estava louca para ser a escrava de alguém. Então por que a sra. Kidd gostaria de conseguir se conter? Não desejava ser esse tipo tão reconhecível de idosa. Além disso, o preço de ter escravos não compensa. No fim, a devoção das pessoas é como uma pedra pendurada em seu pescoço. Expectativas. Queria flutuar para longe disso. Às vezes conseguia, deitando em sua cama e dizendo em sua cabeça todos os poemas que conhecia, ou os fatos, que eram cada vez mais difíceis de manter no lugar. Outras vezes imaginava uma casa na orla de alguma floresta escura ou pântano, os campos ensolarados adiante esparramando-se até o mar. Imaginava que morava sozinha ali, como uma senhora de idade numa história.

A sra. Cross queria levar Jack para fazer visitas. Achou que chegara a hora de aprender a conviver com as pessoas. Já não chorava com tanta frequência, quando estavam a sós. Mas às vezes, nas refeições, ela ficava com vergonha dele e tinha de lhe dizer isso. Ele se sentia contrariado com alguma coisa, muitas vezes não sabia o quê, e por vezes seu amuo continuava até o ponto em que derrubava o açucareiro ou empurrava os talheres para o chão. Ela achava que se ao menos conseguisse se acostumar com mais pessoas, como estava acostumado com ela, ficaria mais calmo e se comportaria de forma decente.

Da primeira vez que o levou ao quarto da sra. Kidd, a sra. Kidd disse que ela e Charlotte estavam de saída, a caminho da Sala de Recreação. Não os convidou para ir junto. Da segunda vez, a sra.

Kidd e Charlotte estavam ali sentadas, jogando palavras cruzadas, então não tiveram como fugir.

"Não se importa se ficarmos aqui vendo vocês jogarem por algum tempo", disse a sra. Cross.

"Ah, não. Mas não me culpe se ficarem entediados. Charlotte leva uma eternidade para se decidir."

"Não temos a menor pressa. Não estamos sendo esperados em lugar nenhum. Estamos, Jack?"

Ela imaginava se conseguiria fazer Jack jogar palavras cruzadas. Não sabia a extensão de seu problema quando tentava escrever. Não conseguia formar as letras, seria só isso? Ou ele não conseguia entender como fazer as palavras? Aquilo podia ser perfeito para ele.

Em todo caso, o jogo despertou seu interesse. Ele aproximou sua cadeira de Charlotte, que pegou algumas letras, colocou-as de volta, pegou-as de novo, fitou-as em sua mão e finalmente escreveu *wind*, aproveitando o *w* na palavra *elbow* da sra. Kidd. Jack pareceu compreender. Estava tão contente que deu um tapinha no joelho de Charlotte, parabenizando-a. A sra. Cross torceu para Charlotte perceber que era apenas um gesto de afabilidade, e que não ficasse contrariada.

Não precisava ter se preocupado. Charlotte não sabia ficar contrariada.

"Hum, bom para você", disse a sra. Kidd, franzindo o rosto, e na mesma hora fez *demon* com o *d*. "Palavra tripla!", disse, anotando a pontuação. "Pegue suas letras, Charlotte."

Charlotte mostrou suas novas letras para Jack, uma por uma, e ele fez um ruído de apreciação. A sra. Cross ficou de olho nele, esperando que nada acontecesse para deixá-lo de mau humor e estragar sua mostra de afabilidade. Nada aconteceu. Mas ele não estava sendo uma boa influência na concentração de Charlotte.

"Quer ajudar?", disse Charlotte, e moveu o pequeno suporte de madeira com as letras de modo a ficar diante dos dois. Ele se curvou até quase encostar a cabeça no ombro dela.

"Anh-anh-anh", disse Jack, mas soou alegre.

"Ahh-anh-anh?", disse Charlotte, provocando-o. "Que tipo de palavra é essa, *anh-anh-anh*?"

A sra. Cross se preparou para o pior, mas só o que Jack fez foi rir, e Charlotte riu, de modo que houve uma espécie de disputa de risadinhas entre os dois.

"Mas se não são os maiores amigos", disse a sra. Kidd.

A sra. Cross achou que seria bom também não irritar a sra. Kidd, se pretendiam fazer dessas visitas um hábito.

"Certo, Jack, não distraia a Charlotte", disse, afavelmente. "Deixa ela jogar."

Nem bem terminara de dizer isso, viu a mão de Jack descer desajeitadamente sobre o tabuleiro de palavras cruzadas. As letras voaram. Ele virou e exibiu seu olhar temível, pior do que ela jamais vira. Ficou muito surpresa e até assustada, mas não quis deixar transparecer.

"Mas o que foi que você fez?", disse. "Muito bonito!"

Ele emitiu um som de desgosto e empurrou o tabuleiro de palavras cruzadas e todas as letras para o chão, o tempo todo olhando para a sra. Cross, de modo a não deixar dúvida de que o desgosto e a fúria haviam sido provocados por ela. Ela sabia que era importante nesse momento falar com frieza e firmeza. Isso é o que se deve fazer com uma criança ou um bicho; mostrar que você continua no comando e que não está magoado nem alarmado com tais exibições. Mas ela não foi capaz de dizer uma palavra, tamanha a sensação de dor, choque e desamparo que dominou seu coração. Seus olhos se encheram de lágrimas, e à visão de suas lágrimas a expressão dele tornou-se ainda mais odiosa e ameaçadora, como se os sentimentos que nutria contra ela estivessem em ebulição, prestes a transbordar.

Charlotte sorria, fosse porque não conseguia desligar seu modo risonho de um instante antes, fosse porque não sabia como fazer outra coisa além de sorrir, acontecesse o que acontecesse. Ficou corada, contrita, excitada.

Jack conseguiu virar a cadeira com um movimento violento, desajeitado. Charlotte se levantou. A sra. Cross encontrou forças para falar.

"Isso, acho bom levar ele embora para o quarto dele agora. Acho bom ele ir embora, esfriar a cabeça e se arrepender de seus maus modos. Acho bom."

Jack fez um som de provocação, parecendo dar a entender que a sra. Cross estava apenas dizendo para Charlotte fazer o que Charlotte já estava fazendo de um modo ou de outro; a sra. Cross apenas fingia estar no comando das coisas. Charlotte segurou a cadeira de rodas e a empurrou na direção da porta, seus lábios sorridentes unidos em concentração enquanto evitava as prateleiras e o mostruário de borboletas apoiado na parede. Talvez fosse difícil para ela manobrar, talvez os reflexos e equilíbrios ordinários de seu corpo não fossem muito confiáveis. Mas parecia feliz; ergueu a mão para elas e liberou o sorriso, então saiu para o corredor. Era exatamente como uma daquelas bonecas antigas, não do tipo que a sra. Cross e a sra. Kidd costumavam ter, mas do tipo que suas mães tinham, com os corpos compridos e flácidos, o rosto rosado e branco, o cabelo de porcelana enrugada, um sorriso distinto de senhora. Jack continuou com o rosto virado; o pedaço que a sra. Cross conseguiu ver estava muito vermelho.

"Seria fácil para qualquer homem tirar vantagem de Charlotte", disse a sra. Kidd quando saíram.

"Acho que ele não oferece muito perigo", disse a sra. Cross. Falou num tom seco, mas sua voz tremia.

A sra. Kidd olhou para o tabuleiro de palavras cruzadas e para as letras espalhadas pelo chão.

"Não tem muita coisa que a gente possa fazer para recolher isso", disse. "Se uma de nós se abaixar pra pegar, a gente apaga." Isso era verdade.

"Umas velhotas inúteis, nós duas, não é?", disse a sra. Cross. Sua voz estava mais controlada, agora.

"Nem vamos tentar. Quando a mocinha chegar com o suco eu peço para ela fazer isso. Não precisamos dizer como aconteceu. É isso que vamos fazer. Nada de abaixar e acabar quebrando o nariz."

A sra. Cross sentiu seu coração desabar. Seu coração parecia um velho corvo mutilado, debatendo-se em seu peito. Ela cruzou as mãos ali, para segurá-lo.

"Bom, nunca contei isso para você, acho que não", disse a sra. Kidd, com os olhos pousados sobre o rosto da sra. Cross. "Nunca contei para você o que aconteceu daquela vez que saí da cama rápido demais no meu apartamento e caí de bruços. Apaguei. Felizmente a mulher estava em casa, no apartamento de baixo, e ela escutou o barulho e chamou o, como é mesmo o nome, o homem com as chaves, o zelador. Vieram e me encontraram gelada e me levaram numa ambulância. Não lembro de nada. Não consigo lembrar de coisa nenhuma do que aconteceu durante as três semanas seguintes. Não estava inconsciente. Quem dera. Fiquei consciente e dizendo um monte de bobagens. Sabe a primeira coisa que eu me lembro? O psiquiatra vindo me ver! Arrumaram um psiquiatra para determinar se eu estava maluca. Mas ninguém me disse que era um psiquiatra. É parte da coisa, eles não falam pra você. Ele vestia um negócio parecido com uma jaqueta do Exército. Era bem jovem. Então achei que fosse só um homem que estava passando na rua.

"'Qual é o nome do primeiro-ministro?', ele me perguntou. Bom! Achei que *ele* fosse maluco. Daí eu falei: 'Quem se importa?'. E virei de costas pra ele, como se fosse dormir, e desse momento em diante lembro de tudo."

*"Quem se importa!"*

Para falar a verdade, a sra. Cross escutara a sra. Kidd contar essa história antes, mas fazia muito tempo, e ela riu agora não apenas por educação; riu de alívio. A voz firme da sra. Kidd foi como um bálsamo friccionado em seu sofrimento.

Em meio à risada combinada das duas, a sra. Kidd rapidamente fez uma pergunta séria.

"Tudo bem com você?"

A sra. Cross tirou as mãos do peito, esperou.

"Acho que sim. Tudo bem. Mas acho que vou deitar um pouco."

Nesse diálogo ficou subentendido que a sra. Kidd também dizia: "Seu coração é fraco, não devia deixá-lo à mercê dessas emoções", e a sra. Cross respondia: "Não sei ser de outro jeito, mas talvez você tenha certa razão".

"Não está com a sua cadeira", disse a sra. Kidd. A sra. Cross sentava em uma cadeira comum. Viera caminhando devagar, atrás da cadeira de Jack, para ajudá-lo a manobrar.

"Volto andando", disse ela. "Consigo andar, se não tiver pressa."

"Não. Melhor ir sentada. Usa minha cadeira que eu empurro você."

"Não pode fazer isso."

"Posso, sim. Se não gastar minha energia vou ficar brava com o jogo de palavras cruzadas."

A sra. Cross ergueu o corpo e passou para a cadeira da sra. Kidd. Quando fazia isso, sentiu tal fraqueza nas pernas que percebeu que a sra. Kidd tinha razão. Não teria conseguido dar dez passos.

"Assim, pronto", disse a sra. Kidd, e manobrou pelo quarto até sair no corredor.

"Não se esforce. Não tente ir rápido demais."

"Não."

Avançaram pelo corredor, dobraram à esquerda, transpuseram com sucesso uma rampa suave. A sra. Cross conseguia escutar a respiração da sra. Kidd.

"Quem sabe eu consigo terminar sozinha."

"Não, não consegue."

Viraram outra vez à esquerda no alto da rampa. Agora dava para ver o quarto da sra. Cross. Era três portas adiante de onde estavam.

"O que vou fazer agora", disse a sra. Kidd, com ênfase e fazendo pausas para disfarçar a falta de fôlego, "é dar um empurrão em você. Consigo dar um empurrão que vai deixar você bem na sua porta."

"Consegue?", disse a sra. Cross, duvidando.

"Claro. Daí você pode entrar sozinha, deitar na cama e esperar com calma até ficar acomodada, depois chamar a mocinha e pedir para ela levar a cadeira de volta para mim."

"Não vai me fazer trombar com nada?"

"Olha só."

Com isso, a sra. Kidd deu um empurrão calculado, delicadamente balanceado na cadeira de rodas. A cadeira deslizou com suavidade e parou bem onde ela previra, exatamente diante da porta do quarto da sra. Cross. A sra. Cross erguera apressadamente os pés e as mãos para esse último trecho. Agora voltava a baixá-los. Fez um único aceno satisfeito de reconhecimento, virou e entrou em segurança no seu quarto.

A sra. Kidd, assim que a sra. Cross sumiu de vista, afundou e sentou de costas contra a parede, as pernas esticadas diante do corpo, em contato com o linóleo fresco. Rezou para que nenhuma intrometida aparecesse até ter recobrado suas forças e começado o caminho de volta.

# HISTÓRIAS DE AZAR NO AMOR

Julie está usando um vestido camisão listrado de rosa e branco e um chapéu de palha bege, rendilhada, com uma rosa cor-de-rosa sob a aba. Notei o chapéu primeiro, quando ela veio caminhando pela rua. Por um momento não me dei conta de que era Julie. Nos dois últimos anos tenho vivenciado momentos de descrença quando encontro minhas amigas em público. Parecem-me mais velhas do que deveriam. Julie não parecia mais velha, mas chamou minha atenção de um jeito que nunca fizera antes. Era o chapéu. Achei que havia qualquer coisa de galante e absurdo nele, usado por aquela mulher alta, com ares de menino. Então percebi que era Julie e fui rapidamente cumprimentá-la, e conseguimos uma mesa sob um guarda-sol neste restaurante de calçada onde estamos almoçando.

Não nos víamos fazia dois meses, desde a conferência, em maio. Vim passar o dia em Toronto. Julie mora aqui.

Logo me conta o que está acontecendo. Ao sentar, parece bonita, com os ângulos de seu rosto suavizados e sombreados pelo chapéu, e os olhos escuros brilhando.

"Me faz pensar numa história", diz Julie. "É ou não é como esse tipo de histórias com uma reviravolta irônica no fim, que costumavam ser tão populares? Eu realmente achei que estava me pedindo pra ir junto para proteger você. Não, não exatamente proteger, isso é vulgar demais, mas achei que você sentiu alguma coisa e estava sendo prudente, e foi por isso que me chamou. Não dava uma boa história? Por que essas histórias foram sair de moda?"

"Começaram a parecer previsíveis demais", falei. "Ou as pessoas pensaram: não é assim que as coisas acontecem. Ou pensaram: quem liga pro modo como as coisas acontecem?"

"Não pra mim! Pra mim não teve nada de previsível!", diz Julie. Uma ou duas pessoas olham para nós. As mesas aqui ficam próximas demais.

Ela faz uma careta e puxa a aba do chapéu sobre as bochechas, esmagando a rosa contra a têmpora.

"Posso estar me gabando", ela diz. "Tenho uma tendência hoje em dia a ficar meio grogue. É só que me parece tão inacreditável. Esse chapéu é bobo? Não, sério, lembra quando a gente estava no carro e você contou sobre uma visita que fez, a visita que aquele homem levou você pra fazer, um pessoal de grana? A mulher rica? Aquela ordinária? Lembra que você falou então sobre existir dois tipos de amor, e o tipo que ninguém quer pensar que deixou escapar? Bom, eu fiquei pensando, então, será que deixei escapar dos dois tipos? Ainda nem sei dizer qual é um e qual é o outro."

Estou prestes a dizer "Leslie", que é o nome do marido de Julie.

"Não diga 'Leslie'", diz Julie. "Você sabe que isso não conta. Não posso evitar. Não conta. Então eu estava pensando, eu já ia fazendo uma piada sobre isso, mas eu estava pensando, como ia achar bom, nem que fosse só umas migalhas!"

"Douglas é melhor do que migalhas", eu digo.

"É, ele é."

Quando a conferência em maio último havia se encerrado e os ônibus estavam estacionados na porta do hotel de verão, esperando para levar as pessoas de volta para Toronto ou para o aeroporto, fui ao quarto de Julie e encontrei-a fazendo sua mochila.

"Arrumei uma carona pra gente", falei. "Se você achar que é melhor que o ônibus. Lembra do homem que eu apresentei ontem à noite? Douglas Reider?"

"Tudo bem", disse Julie. "Já estou meio cheia de toda essa gente. Precisa conversar?"

"Quase nada. Ele fala por todo mundo."

Ajudei-a a pôr a mochila nas costas. Muito provavelmente não tem uma bolsa de viajar. Estava com suas botas de trilha e uma jaqueta de denim. Não era pose. Podia ter caminhado até Toronto. Todo verão, ela, o marido e alguns filhos fazem a Bruce Trail. Outras coisas também dão uma ideia. Ela faz o próprio iogurte, e o pão integral, e a granola. Seria de imaginar que eu teria ficado preocupada de apresentá-la a Douglas, que se sente compelido, à menor exibição de virtude, a fazer as provocações mais extraordinárias. Já o escutei dizer que iogurte causa câncer, que fumar é bom para o coração, que baleias são abomináveis. Ele faz isso com um ar despreocupado, mas de absoluta segurança, e acrescenta um enfeite chocante, desdenhoso, de falsas estatísticas e detalhes inventados. As pessoas que pega para Cristo ficam furiosas, confusas ou magoadas — às vezes tudo isso junto. Não lembro de pensar como Julie teria lidado com ele, mas imagino que, se realmente pensei a respeito, devo ter concluído que saberia se virar. Julie não é boba. Conhece os próprios esquemas, suas tentativas, suas dúvidas. Não dava para criticá-la por conta de suas motivações.

Julie e eu somos amigas há anos. Ela é bibliotecária infantil, em Toronto. Me ajudou a conseguir o emprego que tenho hoje, ou, pelo menos, me falou sobre ele. Dirijo uma biblioteca móvel no vale do Ottawa. Sou divorciada há um longo tempo e desse modo é natural que Julie converse comigo sobre um problema que ela diz que não pode discutir com muita gente. É uma questão, mais do que um problema. A questão é: Julie deve tentar viver sozinha? Ela diz que seu marido, Leslie, é insensível, superficial, teimoso, emocionalmente mesquinho, leal, honesto, nobre e vulnerável. Diz que nunca o deseja de verdade. Diz acreditar que talvez possa sentir sua falta mais do que poderia suportar, ou que talvez apenas ficar sozinha seria mais do que poderia suportar. Diz que não se ilude sobre ser capaz de atrair outro homem. Mas às vezes sente que suas emoções, sua vida, isso ou aquilo — está tudo sendo desperdiçado.

Escuto e penso que soa como as queixas que muitas mulheres fazem, e na verdade soa muito como as queixas que eu costumava fazer, quando era casada. Quanto disso é dito para valer, até que ponto vai fundo? Quanto isso é um exercício para equilibrar o casamento e mantê-lo à tona? Perguntei se já esteve apaixonada, apaixonada por alguma outra pessoa. Ela diz que certa vez acreditou estar, por um rapaz que conheceu na praia, mas não passou de bobagem, tudo evaporou. E certa vez em anos recentes um homem achou que estava apaixonado por ela, mas isso também foi bobagem, não deu em nada. Digo-lhe que ficar sozinha tem seu lado ruim, sem dúvida; digo a ela para pensar duas vezes. Acho que em certo sentido sou uma pessoa mais corajosa que Julie, porque corri o risco. Corri mais do que um único risco.

Julie, Douglas Reider e eu almoçamos em um restaurante num antigo prédio branco de madeira com vista para uma lagoa. A lagoa pertence a uma cadeia de lagos e havia um cais onde os barcos costumavam chegar antes de a estrada ser construída; os barcos traziam as pessoas na época, e os suprimentos. As árvores desciam até a margem, dos dois lados do prédio. Na maioria bétulas e choupos. As folhas ainda não haviam caído completamente, embora fosse maio. Dava para ver os galhos todos apenas com uma impressão de verde, como se fosse a cor do ar. Sob as árvores havia centenas de trílios brancos. O dia estava nublado, embora o sol quisesse sair. A água brilhava e parecia fria.

Sentamos em antigas cadeiras de cozinha, de modelos diferentes, pintadas em cores fortes, na comprida varanda envidraçada. Éramos os únicos ali. Estava um pouco tarde para o almoço. Comemos frango assado.

"Jantar de domingo, na verdade", falei. "Jantar de domingo depois da igreja."

"O lugar é lindo", disse Julie. Perguntou como Douglas ficara sabendo de sua existência.

Douglas disse que acabava descobrindo onde ficava tudo, passava muito tempo viajando pela província. Ele é o encarregado do acervo, comprando para os Arquivos Provinciais todo tipo de antigos diários, cartas, documentos, que de outro modo se perderiam, ou seriam vendidos para colecionadores fora da província ou do país. Vai atrás de várias dicas e palpites, e quando encontra um tesouro, nem sempre é seu imediatamente. Muitas vezes tem de convencer donos reticentes, desconfiados ou gananciosos, e passar para trás negociantes privados.

"É meio que um pirata, na verdade", comentei com Julie.

Ele estava falando sobre os negociantes privados, contando histórias sobre seus rivais. Às vezes eles punham as mãos em um material valioso e depois, com a maior cara de pau, tentavam revender para ele. Ou tentariam vender para fora do país pela melhor oferta, desastre que jurou impedir.

Douglas é alto, e a maioria pensaria nele como magro, desconsiderando a pequena protuberância sobre seu cinto, que pode ser encarada como um acontecimento recente, inconveniente, talvez temporário. Seu cabelo é grisalho, e mantido curto, talvez para ganhar a confiança de idosos e conservadores donos de diários. Para mim é um homem de aspecto juvenil. Não pretendo sugerir com isso um homem de rosto franco, corado e tímido. Estou pensando na juventude árdua, nas expressões confiantes e austeras que costumamos ver nas fotos de soldados na Segunda Guerra Mundial. Douglas foi um desses, e está conservado, não amadurecido. Ah, a modéstia e a satisfação daqueles rostos, reprimindo seus segredos! Com esse tipo de homens a descida ao amor é célere, particular, espantosa — assim como a recuperação. Observei-o enquanto contava a Julie sobre as pessoas que negociam livros e documentos antigos, como não são antiquadas ou cheias de segredos, como na imaginação popular, nem velhos ajuntadores misteriosos, mas uns velhacos atrevidos com instinto de jogadores e vigaristas. Nisso, assim como em qualquer empreitada onde haja a promessa de dinheiro, intrigas e mentiras, e onde abundam o embuste e a intimidação.

"As pessoas têm essa ideia sobre qualquer coisa relacionada a livros", disse Julie. "O mesmo sobre bibliotecárias. Pensa quantas vezes você já escutou alguém dizendo que tal ou tal pessoa é a típica bibliotecária. Você mesma já não teve vontade de dizer isso?"

Julie estava afogueada, bebendo seu vinho. Achei que era porque se saíra bem na conferência. Ela tem talento para conferências, e nenhuma objeção a se fazer útil. Consegue falar em assembleias gerais sem a boca ficar seca e sem os joelhos tremerem. Sabe o que é uma questão de ordem. Diz que tem de admitir que na verdade gosta de reuniões, comitês, boletins informativos. Trabalhou para a PTA, o NDP, a Igreja Unitária e para Tenants' Associations e Great Books Clubs;* dedicou grande parte de sua vida a organizações. Talvez seja um vício, diz, mas quando observa reuniões não consegue deixar de pensar que reuniões são boas

* Associação de Pais e Mestres (PTA); Novo Partido Democrático (NDP); Associações de Inquilinos; Clubes de Grandes Livros. (N. T.)

para as pessoas. Fazem as pessoas sentirem que nem tudo é esse tremendo caos.

Agora, nessa conferência, Julie disse, quem, quem eram as típicas bibliotecárias? Onde você podia encontrá-las? De fato, disse, você poderia pensar que houvera um esforço excessivo para acabar com essa imagem de uma vez por todas.

"Mas não é uma estratégia calculada", continuou. "Na verdade, é uma dessas profissões-refúgio." O que não significava, disse, que todas as pessoas ali eram assustadas e desanimadas. Longe disso. Estava cheio de estranhezas genuínas e muitas personalidades extravagantes e expansivas.

"Velhas excêntricas", disse Douglas.

"Mesmo assim, a imagem vigora em algum lugar", disse Julie. "O diretor do Centro de Conferência veio e perguntou para a presidente hoje de manhã se ela queria uma lista das pessoas que ficaram fora de seus quartos durante a noite. Dá pra imaginar eles pensando que a gente ia querer saber disso?"

"E não?", falei.

"Eu quero dizer, oficialmente. Como conseguem esse tipo de informação sobre as pessoas, de qualquer modo?"

"Espiões", disse Douglas. "G-A-M-P. Guardiães Amadores da Moralidade Pública. Eu mesmo faço parte. É como ser da brigada de incêndio."

Julie o ignorou. Em vez de morder a isca, disse morosamente: "São as mais jovens, acho".

"Com inveja da Revolução Sexual", disse Douglas, abanando a cabeça. "Enfim, achei que tivesse acabado. Não acabou?", disse ele, olhando para mim.

"Eu achava que sim", falei.

"Bom, isso não é justo", disse Julie. "Pra mim, nunca rolou. Não de verdade. Queria ter nascido mais jovem. Quer dizer, mais tarde. Por que não ser honesta a respeito?" Às vezes ela se predispunha a ser absurdamente franca. Havia qualquer coisa de volitivo e coquete — infantilmente coquete — nisso; e contudo não parecia deboche. Parecia, no momento, necessário. Me deixou preocupada com ela. Estávamos esvaziando nossa segunda garrafa de vinho e ela bebera mais do que Douglas ou eu.

"Bom, então tudo bem", falou. "Sei que é gozado. Duas vezes na minha vida teve possibilidades, e as duas acabaram sendo bem gozadas. Quer dizer, bem estranhas. Então acho que não era pra ser. Não. Não era a vontade divina."

"Ai, Julie", falei.

"Você não sabe a história toda", ela disse.

Achei que estava ficando de fogo de verdade e que eu devia fazer o que pudesse para manter a leveza do tom, então disse: "Sei, sei sim. Você conheceu um aluno de psicologia quando estava jogando um bolo no mar".

Fiquei feliz por Douglas ter dado risada.

"Sério?", ele disse. "Você costumava jogar seus bolos no mar sempre? Eram tão ruins assim?"

"Muito bons", disse Julie, falando num estilo artificial, austeramente brincalhão. "Muito bons e muito elaborados. Gâteau Saint-Honoré. Uma monstruosidade. Leva creme, manjar-branco e açúcar caramelizado. Não. O motivo pra eu estar jogando-o no mar — e já contei isso pra você", disse para mim, "foi que eu tinha um problema secreto na época. Tinha um problema com comida. Eu era recém-casada e a gente estava morando em Vancouver, perto de Kitsilano Beach. Eu era dessas que se entucham depois põem pra fora. Gostava de fazer carolina com creme e comer uma atrás da outra, ou fazer uma panela de *fudge* e comer tudo, depois tomar mostarda e água pra vomitar, ou então umas doses enormes de sal de Epsom pra fazer lavagem. Horrível. A culpa. Tinha compulsão. Devia ter alguma coisa a ver com sexo. Hoje em dia dizem que tem, não é?

"Bom, eu fiz esse bolo horroroso e fingi que estava fazendo pro Leslie, mas assim que terminei sabia que estava fazendo pra mim mesma, que ia acabar comendo tudo sozinha, e decidi jogar no lixo, mas sabia que podia voltar lá e pegar de novo. Não é nojento? Então embrulhei aquela meleca toda num saco de papel pardo, fui até as pedras na ponta da praia e joguei no mar. Mas... teve um rapaz que me viu. Me olhou daquele jeito, daí eu percebi o que ele ficou pensando. Qual é naturalmente a primeira coisa que a gente pensa quando vê uma garota jogando um saco de papel pardo no mar? Precisei explicar pra ele que era só um bolo. Falei que me confundi com os ingredientes e que estava com vergonha da minha trapalhada. Daí, quinze minutos depois da gente conversando, contei a verdade, coisa que eu nunca tinha sonhado em contar pra ninguém. Ele me contou que era aluno de psicologia na UBC, mas que tinha largado porque todo mundo lá era behaviorista. Eu não sabia — eu não sabia o que behaviorista queria *dizer*.

"Daí", disse Julie, agora com ar resignado, e admirado. "Daí, ele virou meu namorado. Durante umas seis semanas. Ele queria que eu lesse Jung. Tinha um cabelo cacheado bem firme, cor de pelo de rato. A gente deitava atrás das pedras e ficava no maior amasso. Era fevereiro ou março, ainda bem frio. Ele só podia me encontrar um dia da semana, sempre no mesmo dia. A gente não foi muito longe. No fim aconteceu que — bom, no fim aconteceu que, na verdade, eu descobri que ele estava num hospício. Esse era o dia dele sair. Não sei se eu descobri isso primeiro ou se foram as cicatrizes no pescoço. Já falei que ele usava barba? Barba era pouco comum na época. Leslie odiava. Hoje ele também usa. Ele tinha tentado cortar a garganta. Não o Leslie."

"Ai, Julie", falei, mesmo já tendo ouvido tudo isso antes. Mencionar suicídio é como vísceras saindo por um corte; você precisa empurrar de volta e pôr logo um chumaço para tampar.

"Não foi tão ruim. Ele estava se recuperando. Tenho certeza que se recuperou. Era só um rapaz muito intenso que tinha tido uma crise. Mas fiquei com tanto medo. Fiquei com medo porque senti que eu mesma não estava muito longe de ser maluca. Com o negócio de me entupir de comida e vomitar e tudo mais. E ao mesmo tempo ele confessou que na verdade tinha só dezessete anos. Tinha mentido pra mim sobre a idade. Isso foi a gota. Pensar que andei me engraçando com um menino três anos mais novo. Que vergonha. Contei pra ele umas mentiras sobre como eu compreendia e que não me importava e que ia me encontrar com ele na outra semana, voltei pra casa e falei pro Leslie que não aguentava mais viver num apartamento abaixo do rés do chão, que a gente tinha que se mudar. Chorei. Encontrei um lugar pra gente na North Shore, uma semana depois. Pra Kits Beach eu não queria ir de jeito nenhum. Quando as crianças eram pequenas e a gente levava elas pra praia, eu sempre insistia em Spanish Banks ou Ambleside. Fico pensando o que pode ter acontecido com ele."

"Provavelmente está bem", falei. "Provavelmente virou um junguiano famoso."

"Ou um behaviorista famoso", disse Douglas. "Ou locutor esportivo. Você não parece muito viciada em carolina agora."

"Superei. Acho que foi quando engravidei. A vida é tão estranha."

Douglas serviu cerimoniosamente o resto do vinho.

"Você disse duas vezes", ele disse para Julie. "Vai deixar a gente no suspense?"

Tudo bem, pensei, não está entediado ou desinteressado, ele gosta dela. Enquanto ela falava, eu ficava observando, me perguntando. Por que sempre tem esse nervosismo, quando você apresenta um homem para uma amiga, de ver se o homem vai ficar entediado ou desinteressado?

"O outro foi mais esquisito ainda", disse Julie. "Pelo menos entendo menos a história. Nem devia me incomodar em contar um negócio tão estúpido, mas agora que já quase comecei, melhor contar. Bom. Eu fico perdida. Esse lance me deixa desnorteada. Isso também foi em Vancouver, só que alguns anos depois. Entrei para o que chamavam de Grupo de Encontro. Era só uma espécie de terapia em grupo pra pessoas mais ou menos funcionais, infelizes e confusas. Esse tipo de coisa era a maior onda na época e ali era a Costa Oeste. Tinha muita conversa sobre se livrar da máscara e se sentir próximo do outro, o que é fácil de tirar sarro, mas que eu acho que fazia mais bem do que mal. E era tudo meio que uma novidade. Falando assim parece que estou tentando me justificar. Tipo dizendo: eu fazia macramê quinze anos atrás, antes de virar moda. Quando provavelmente o melhor é nunca ter feito macramê."

Douglas disse: "Nem sei o que é macramê".

"Melhor ainda", falei.

"Um homem da Califórnia, chamado Stanley, estava dirigindo vários desses grupos. Ele não teria dito isso, que estava dirigindo. Era bem na dele. Mas recebia. A gente pagava pra ele. Ele era psicólogo. Tinha um cabelo escuro cacheado e comprido, lindo, e claro que barba também, mas na época ter barba era a coisa mais comum. Ele meio que ficava correndo de lá pra cá, de um jeito atrapalhado, inocente. Falava: 'Bom, isso vai parecer meio doido, mas será que...'. Ele tinha uma técnica de fazer todo mundo se sentir mais inteligente do que ele. O cara era bem sincero. Falava: 'Você — não — percebe — como é *fácil gostar de você*'. Não. Falando assim ele parece o maior falso. Devia ser mais complicado que isso. Enfim, logo ele me escreveu uma carta. O Stanley. Era em consideração por minhas qualidades mentais, físicas e espirituais, e dizia que tinha se apaixonado por mim.

"Fui bem madura. Respondi com uma carta dizendo que ele mal me conhecia. Ele escreveu: ah, não, conheço sim. Telefonou pra se desculpar por ficar me importunando. Disse que não conseguia evitar. Perguntou se a gente podia tomar um café. Mal nenhum.

A gente tomou café várias vezes. Eu tentando conversar animada e ele vem e interrompe e fala que minhas sobrancelhas são lindas. E ele pega e fala que queria saber como eram meus mamilos. Minhas sobrancelhas não têm nada demais. Parei de sair com ele pra tomar café e ele começou a espreitar perto da minha casa naquela perua velha lá dele. Sério. Eu fazendo compra no supermercado e lá aparece ele do meu lado, olhando pros laticínios, com aquela cara de coitado. Às vezes eu recebia três cartas num dia só, umas coisas exaltadas sobre mim e quanto eu significava pra ele, e confissões de insegurança, e como ele não queria ser um guru, e como eu fazia bem pra ele, porque era tão reservada e sensata. Quanta asneira. Eu sabia que era tudo ridículo, mas não vou negar que criei uma dependência daquilo, de certa forma. Eu sabia a hora exata do dia que o carteiro chegava. Decidi que não estava velha demais pra usar cabelo comprido.

"E mais ou menos um ano depois que isso começou, outra mulher do nosso grupo me telefonou, um dia. Ela me contou que a situação estava caótica. Uma mulher num dos grupos tinha confessado pro marido que estava dormindo com o Stanley. O marido ficou louco da vida, ele não se amarrava nem um pouco nessa coisa de grupo, e a história se espalhou, e daí outra mulher, depois outra e mais outra, revelou a mesma coisa, elas confessaram que estavam dormindo com o Stanley, e logo ninguém mais se sentia culpada, era como ser vítima de bruxaria. Conforme a gente descobriu, ele era bem sistemático, escolhia uma de cada grupo, e já tinha uma no grupo em que eu estava, então presume-se que não fosse eu. Sempre uma mulher casada, não alguma solteira, que pudesse arrumar dor de cabeça. Nove. Sério. Nove mulheres."

Douglas disse: "Sujeitinho ocupado".

"Todos os homens tiveram essa mesma reação sua", disse Julie. "Todos eles acharam graça. A não ser é claro os maridos. Teve essa espécie de grande reunião oficial dos grupos na casa de uma das mulheres. Uma cozinha linda, com uma tora de cortar lenha imensa no meio, e eu lembro de pensar: será que fizeram aí? Todo mundo era pra frente demais pra dizer que ficava chocado com adultério ou qualquer coisa do tipo, então a gente só podia dizer que a raiva era porque Stanley tinha traído nossa confiança. Na verdade eu acho que algumas mulheres estavam com raiva porque não tinham sido escolhidas. Falei isso, meio que por piada. Não disse uma palavra sobre como ele vinha agindo comigo. Se tinha mais alguma nessa mesma situação que eu, a mulher também não abriu a boca. Algumas das escolhidas choraram. Daí ficaram se consolando e comparando experiências. Que cena, vendo hoje! E eu fiquei completamente atordoada. Aquilo não entrava na minha cabeça. Como uma coisa dessas vai entrar? Pensei na mulher do Stanley. Era uma garota bonita, um pouquinho nervosa, com belas pernas. Quando encontrava com ela às vezes eu costumava pensar: mal faz ideia você do que o seu marido anda dizendo pra mim. E tinha todas aquelas outras mulheres olhando pra ela e pensando: mal faz ideia você et cetera e tal. Vai ver ela sabia sobre todas elas, todas nós, vai ver ficava pensando: mal fazem ideia vocês de quantas são. Será possível? Eu tinha dito pra ele uma vez: você sabe que isso tudo é só uma farsa, e ele disse: não fala isso, não fala isso pra mim! Achei que fosse chorar. Então o que a gente vai pensar? A energia. Não quero dizer só a parte física do negócio. De certa maneira, é o menos importante."

"Os maridos pegaram o cara?", perguntou Douglas.

"Uma delegação foi atrás dele. Ele não negou nada. Disse que agiu de boa-fé e por bons motivos, e que o problema era a possessividade e o ciúme deles. Mas precisou cair fora da cidade, os grupos se desmancharam, ele, a esposa e os filhos entraram na perua e se mandaram da cidade. Mas ele mandou a conta. Todo mundo recebeu uma conta. As mulheres com quem ele tinha transado receberam uma, assim como todo o resto. Eu recebi a minha. Nada de cartas, só a conta. Paguei. Acho que a maioria pagou. Você tinha que pensar na esposa e nas crianças.

"Então é isso aí. Só atraio bizarrices. E uma boa coisa, porque estou casada esse tempo todo e no fundo continuo virtuosa, apesar de tudo que possa ter dito. A gente devia tomar um café."

Rodamos pelas estradas vicinais na arenosa região rural, depauperada, ao sul do lago Simcoe. Capim soprado nas dunas. Mal cruzamos com outros carros. Pegamos o mapa rodoviário para ver onde estávamos e Douglas tomou um desvio para irmos a um vilarejo onde certa vez ele quase pusera as mãos em um valioso diário. Ele nos mostrou a casa onde isso aconteceu. Uma senhora idosa o queimara, no fim — ou assim lhe disse —, porque havia partes escandalosas.

"Abominam revelações", disse Douglas. "Até a terceira e quarta gerações."

"Não eu", disse Julie. "Desnudando meus ridículos quase casos. Não ligo."

"*Back and side lay bare, lay bare*", cantarolou Douglas. "*Both foot and hand go cold* —"*

"Posso desnudar", falei. "Talvez não seja muito divertido."

"Vamos arriscar?", disse Douglas.

"Mas é interessante", falei. "Estava pensando, lá no restaurante, sobre uma visita em que eu acompanhava um homem por quem estava apaixonada na época. Isso foi antes de você vir pra Toronto, Julie. A gente foi visitar uns amigos dele que moravam nas montanhas, no lado de Quebec do rio Ottawa. Nunca tinha visto uma casa como aquela. Pareciam uns cubos de vidro, com rampas e deques ligando uma coisa na outra. Esses amigos eram Keith e Caroline. Eram casados, tinham filhos, mas os filhos não estavam

* "Atrás e dos lados, desnudando/ Pé e mão gelados": "Jolly Good Ale and Old", canção inglesa anônima do século XVI. *Lay bare*: "desnudar", "expor um segredo". (N. T.)

lá. O homem com quem eu estava não era casado, fazia tempo que tinha se separado. Perguntei pra ele, enquanto a gente subia, como eram Keith e Caroline, e ele disse: ricos. Falei que isso não era grande coisa, em termos de descrição. Ele disse que a grana vinha da Caroline, o pai dela tinha uma fábrica de cerveja. Ele me falou qual. Tinha alguma coisa no modo como falou 'o pai dela' que me fez ver o dinheiro na mulher, do modo como ele via, tipo cílios longos ou peitos — tipo uma coisa física exuberante. Dinheiro herdado pode fazer a mulher parecer um tesouro. Não é a mesma coisa que o dinheiro que a própria mulher ganhou, esse é só vulgaridade e ostentação. Mas daí ele disse: ela é bem neurótica, é uma perfeita vaca, e o Keith é só um coitado honesto que trabalha pro governo. Ele é um ADM, disse. Eu não sabia o que isso queria dizer."

"Assistant Deputy Minister",* disse Julie.

"Até os gatos e as crianças sabem disso", comentou Douglas.

"Obrigada", disse Julie.

Eu estava sentada no meio. Virava mais para Julie, conforme falava.

"Ele me disse que eles gostavam de ter alguns amigos que não fossem ricos nem membros do governo, pessoas em quem podiam pensar como excêntricas, independentes ou artísticas, às vezes algum artista miserável que Caroline pudesse controlar e atormentar, se exibindo e mostrando como era generosa."

"Pelo jeito ele não gostava muito desses amigos", disse Julie.

"Não sei se era assim que ele pensava. Gostar ou desgostar. Fiquei esperando pessoas intimidantes, fisicamente, pelo menos imaginava que ela fosse assim, mas eram miudinhos. Keith era muito inquieto e hospitaleiro. Tinha mãos pequenas e sardentas. Penso nas mãos dele porque ficava o tempo todo passando alguma

* Vice-ministro canadense. (N. T.)

coisa pra você beber ou comer, ou uma almofada para as costas. Caroline era um fiapo de gente. Tinha cabelo comprido, liso, testa alta e branca, e estava usando um vestido de algodão cinza com capuz. Nada de maquiagem. Me senti grande e espalhafatosa. Ela ficava com a cabeça curvada e as mãos enfiadas nas mangas do vestido, enquanto os homens conversavam sobre a casa. Era nova. Então ela falou naquele seu fio de voz como adorava quando chegava o inverno, com a neve funda lá fora e os tapetes brancos e a mobília branca. Keith pareceu um pouco constrangido com ela e disse que a casa era como uma quadra de squash, sem percepção de profundidade. Fiquei com certa pena, porque ela parecia prestes a fazer algum tipo de papelão. Era como se estivesse implorando por algum conforto e no entanto dar esse conforto parecia envolver você numa falsidade de algum tipo. Ela era assim. Ficava bem tenso perto dela. Qualquer assunto parecia enredado nessa extravagância e falsidade emocionais. O homem que estava comigo tratou ela de um jeito bem brusco e achei horrível. Pensei: mesmo se ela estiver sendo falsa, isso mostra que quer sentir alguma coisa, não é, uma pessoa decente não devia ajudá-la? Ela apenas parecia não saber como.

"Ficamos num deque, bebendo. O hóspede da casa apareceu. Chamava Martin, devia ter vinte e poucos anos. Talvez um pouco mais velho. Tinha um estilo bem metido. Caroline perguntou, de um jeito bem submisso, se ele podia ir buscar umas mantas — estava frio ali no deque — e quando ele saiu ela disse que ele era dramaturgo. Falou que era um dramaturgo maravilhoso, mas que suas peças eram europeias demais para fazer sucesso aqui, eram sóbrias e rigorosas demais. Sóbrias e rigorosas demais. Então ela disse: ai, a situação do teatro, a situação da literatura neste país, é uma vergonha, não é? O triunfo da mediocridade. Pensei: melhor ela não saber que contribuo para essa situação miserável. Porque na época eu era editora assistente de uma revista pequena, sabem, a *Thousand Islands*, e tinha publicado uns dois poemas. Mas logo depois ela perguntou se eu podia pôr Martin em contato com algumas pessoas que eu conhecia por meio da revista. Direto do insulto para o pedido de favores, naquela voz sensível e sofredora. Comecei a achar que era mesmo uma vaca. Quando Martin voltou com as mantas, ela teve um acesso de tremedeira que foi praticamente um balé, e agradeceu como se fosse chorar. Ele simplesmente largou a manta em cima dela e assim eu percebi que os dois tinham uma transa. O homem que estava comigo tinha me contado sobre os amantes dela. O que ele disse foi: Caroline é um monstro sexual. Perguntei se tinha dormido com ela e ele disse: ah, sim, faz tempo. Quis perguntar alguma coisa sobre aquela antipatia sua, se isso não tinha sido algum tipo de impedimento, mas sabia que seria uma pergunta bem estúpida.

"Martin me chamou pra dar uma volta. A gente desceu uma escada enorme e sentou num banco perto da água, e aí o lado sinistro dele aflorou. Meteu a boca numas pessoas que afirmou conhecer, no teatro em Montreal. Disse que Caroline era gorda antes e que depois de ter perdido peso precisou tirar as pregas da barriga, porque a pele ficou frouxa demais. Ele tinha um cheiro de mofo. Fumava essas cigarrilhas. Comecei a sentir pena de Caroline, tudo de novo. É isso que você tem que aguentar se quer alimentar as próprias fantasias. Se precisa ter um amante gênio literário, a tendência é acabar desse jeito. Se você é falso, aparece um falso pior e põe você no bolso. Era isso que eu estava pensando.

"Bom. O jantar. Teve muito vinho, e brandy depois, e Keith continuava pra lá e pra cá, mas ninguém estava à vontade. Martin destilava veneno de um jeito óbvio, sarcástico, tentando levar a melhor em cima de todo mundo, mas o veneno de Caroline tinha requintes morais, ela pegava qualquer assunto e distorcia, fazendo a pessoa parecer um cavalo. Martin e o homem que me levou finalmente começaram a discutir feio, uma discussão bem desagradável, e Caroline ficou arrulhando e choramingando. O homem que me levou levantou e disse que ia pra cama, e Martin fechou a cara, e Caroline de uma hora pra outra começou a ficar toda doce com Keith, tomando brandy com ele e ignorando o Martin.

"Fui pro meu quarto e o homem que estava comigo estava lá, na cama, mesmo a gente tendo cada um seu quarto. Caroline era muito decorosa, apesar de tudo. Ele passou a noite. Estava puto. Antes, durante e depois de fazer amor, ficou repisando a questão do Martin, que fraude mais fingida ele era, e eu concordei. Mas é problema deles, falei. Daí ele disse: ele é bem-vindo aqui, o bostinha cheio de pose, e finalmente foi dormir, e daí eu também fui, mas no meio da noite eu acordei. Acordei com uma revelação. De vez em quanto acontece isso com a gente. Me ajeitei na cama e fiquei escutando ele respirar, e pensei — ele está apaixonado pela Caroline. Eu percebi isso. Eu percebi isso. Estava tentando não perceber, não só porque não era nada animador, mas também porque não parecia decente eu saber disso. Mas assim que você se toca de uma coisa como essa, não dá mais pra parar. Tudo pareceu claro pra mim. Por exemplo, Martin. Aquilo era um plano. Ela tinha planejado pôr o amante antigo e o amante novo juntos ali, só pra sacudir as coisas. Tinha qualquer coisa de muito vulgar nisso, mas não significava que não fosse funcionar. Tinha qualquer coisa de vulgar *nela*. Todo aquele negócio poético, a sensibilidade e tudo mais, era feito de um jeito vulgar; faltava talento na falsidade dela, mas isso não tinha importância. O que importa é querer suficientemente fazer isso. Ter a vontade de tumultuar. Pra ser uma *femme fatale* você não precisa ser provocante, sensual, linda de morrer, só precisa ter vontade de tumultuar.

"E eu pensei, por que a surpresa? Não é exatamente o que a gente sempre escuta? Como o amor não é racional, ou vai contra o interesse da própria pessoa, não tem nada a ver com preferências normais?"

"Onde você sempre escuta isso?", disse Douglas.

"É de praxe. Tem esse tipo de amor inteligente que faz uma escolha inteligente. É com esse tipo que a pessoa deve se casar. Depois tem esse tipo de amor que é tudo, menos inteligente, que é como ficar possuído. E é esse, é esse, que todo mundo valoriza de verdade. É esse que ninguém quer ter deixado escapar."

"Praxe", disse Douglas.

"Você sabe o que estou querendo dizer. Sabe que é verdade. Todo chavão é verdade."

"*Chavão*", repetiu ele. "Taí uma palavra que você não escuta todo dia."

"É uma história triste", disse Julie.

"As suas também eram tristes", falei.

"As minhas estavam mais pra ridículas. Você perguntou se ele estava apaixonado por ela?"

"Perguntar não ia ajudar em nada", falei. "Ele tinha me levado lá pra me usar contra ela. Fui a escolha sensata. Era a mulher que ele gostava. Não aguentei isso. Não aguentei. Achei tão humilhante. Fiquei muito ofendida e deprimida. Falei que ele não me amava de verdade. Isso bastava. Ele não teria aguentado alguém falando coisas sobre ele na sua orelha."

Paramos numa igreja rural a pouca distância da estrada.

"Algo para sossegar o espírito, depois de todas essas histórias de azar no amor, e antes do trânsito de domingo", disse Douglas.

Contornamos o cemitério primeiro, procurando as lápides mais antigas, lendo nomes e datas em voz alta.

Li um verso que encontrei.

*Afflictions sore long time she bore.*
*Physicians were in vain.*

*Till God did please to giver her ease,*
*And waft her from her Pain.**

"*Waft*", falei. "Soa bem."

Então senti alguma coisa passando sobre mim — uma sombra, uma punição. Escutei o som tolo de minha voz contra a verdade das vidas depositadas ali. Vidas comprimidas, como camadas de tecido podre, folhas negras em desintegração. A velha dor e privação. Como nos julgariam estranhos, mimados, censuráveis — três pessoas de meia-idade ainda inquietas por causa do amor, ou do sexo.

A igreja estava destrancada. Julie disse que era muita credulidade da parte deles, até as igrejas anglicanas, que deveriam ficar abertas o tempo todo, em geral eram trancadas nos dias de hoje, por causa do vandalismo. Disse que estava surpresa de a diocese permitir mantê-la aberta.

"O que você entende de diocese?", quis saber Douglas.

"Meu pai era pároco. Dá pra imaginar?"

Estava mais frio dentro da igreja do que fora. Julie foi na frente, olhando para o Rol de Honra** e para as placas memoriais nas paredes. Olhei atrás do último banco e vi uma fileira de escabelos, onde as pessoas podiam se ajoelhar para orar. Cada escabelo era coberto por um bordado com um padrão diferente.

Douglas pôs a mão na minha escápula, não sobre meus ombros. Se Julie virasse não notaria. Roçou a mão nas minhas costas e parou na minha cintura, aplicando leve pressão nas costelas antes de passar por trás de mim e seguir pela nave, pronto para explicar alguma coisa para Julie. Ela estava tentando ler o latim de um vitral.

* "Ela suportou por muito tempo suas sofridas aflições,/ Os médicos foram em vão,/ Até Deus lhe conceder alívio,/ E com um sopro [*waft*] tirá-la de sua Dor." (N. T.)
** *Roll of Honour*: lista de pessoas que morreram bravamente. (N. T.)

Em um escabelo havia a Cruz de São Jorge, em outro, a Cruz de Santo André.

Eu não esperara que houvesse qualquer anúncio da parte dele, seja enquanto eu contava a história, seja depois que a terminara. Não achei que fosse me dizer que eu tinha razão, ou que estava errada. Escutei-o traduzindo, Julie rindo, mas não consegui prestar atenção. Eu me sentia subjugada — desnorteada com uma verdade a meu próprio respeito, ou ao menos um fato, sobre o qual nada podia fazer. Uma pressão da mão, sem envolver qualquer promessa, podia me advertir e consolar. Algo não resolvido podia se tornar permanente. Eu podia estar sempre determinada a saber, e sempre no escuro, sobre o que era e o que não era importante para ele.

Em outro escabelo havia uma pomba com um fundo azul, o ramo de oliveira em sua boca; em outro uma lamparina, com linhas de pespontos dourados e retos para representar seus raios munificentes; em outro um lírio-branco. Não — um trílio. Quando fiz essa descoberta, chamei Douglas e Julie para ver. Fiquei feliz com o emblema despretensioso entre as demais coisas antigas e exóticas. Acho que fiquei um tanto ruidosa a partir de então. Na verdade, nós três ficamos, como se cada um tivesse, secretamente, se deparado com uma fonte inadmitida de esperança. Quando paramos para abastecer, Julie e eu soltamos uma exclamação ao ver os cartões de crédito de Douglas, e afirmamos que não queríamos voltar para Toronto. Conversamos sobre como iríamos seguir até a Nova Escócia, e viver dos cartões de crédito. Depois de estourar um por um, procuraríamos um esconderijo, mudaríamos de nome, arrumaríamos um trabalho humilde. Julie e eu serviríamos bebidas em um bar. Douglas poderia montar armadilhas para lagostas. Então seríamos todos felizes.

# VISITAS

Mildred acabara de entrar na cozinha e estava olhando para o relógio, que dizia cinco para as duas. Havia pensado que devia ser no mínimo duas e meia. Wilfred entrou pela área de serviço e disse: "Você não devia estar lá fora fazendo sala?".

A esposa de seu irmão Albert, Grace, e a irmã dela, Vera, sentavam à sombra do telheiro do carro, fazendo toalhas de mesa, de renda. Albert estava nos fundos da casa, sentado junto ao retalho de horta onde Wilfred cultivava feijões, tomates e pepinos. De meia em meia hora Wilfred ia ver quais tomates estavam maduros o bastante para colher. Ele os colhia antes de amadurecerem e os deixava no peitoril da janela da cozinha, para os insetos ficarem longe.

"Eu estava", disse Mildred. Encheu um copo d'água na torneira da pia. "Acho que vou levar eles pra dar uma volta de carro", disse, quando terminou de beber.

"Ótima ideia."

"Como está o Albert?"

Albert passara a maior parte do dia anterior, o primeiro dia completo da visita, deitado.

"Vai saber."

"Bom, claro que se ele estivesse mal, ele falava."

"É exatamente isso", disse Wilfred. "É exatamente isso que ele não ia fazer."

Essa foi a primeira vez que Wilfred vira seu irmão em mais de trinta anos.

Wilfred e Mildred eram aposentados. A casa deles era pequena e eles, não, mas viravam-se bem no ambiente. Tinham uma cozinha não muito maior que um corredor, um banheiro mais ou menos normal, dois quartos que ficavam bem apertados quando você punha uma cama de casal e uma cômoda dentro, sala de estar com um sofá largo a um metro e meio da TV de tela grande, com uma mesinha baixa mais ou menos do tamanho de um caixão entre uma coisa e outra, e uma pequena varanda envidraçada.

Mildred pusera uma mesa na varanda para servir as refeições. Em geral, ela e Wilfred comiam na mesa sob a janela da cozinha. Se um deles estava de pé e fazendo alguma coisa, o outro sempre permanecia sentado. Não havia como cinco pessoas se ajeitarem ali dentro, mesmo quando três delas eram tão magras quanto aquelas visitas.

Felizmente, havia um sofá-cama na varanda, e Vera, a cunhada, dormia ali. A cunhada fora uma surpresa para Mildred e Wilfred. Fora Wilfred que conversara ao telefone (ninguém em sua família, disse, jamais escrevera uma carta); segundo ele, nenhuma cunhada fora mencionada, só Albert e a esposa. Mildred achou que Wilfred talvez não tivesse escutado, porque ficou tão empolgado. Falando com Albert ao telefone, de Logan, Ontário, para Elder, Saskatchewan, recebendo a notícia de que seu irmão tinha intenção de visitá-lo, Wilfred entrara num êxtase de hospitalidade, tranquilizações, perplexidade.

"Vem agora mesmo", ele berrou no telefone, falando com Saskatchewan. "A gente hospeda você pelo tempo que quiser ficar. Temos espaço de sobra. Vai ser um prazer. Esquece as passagens de volta. Vem pra cá e aproveita o verão." Talvez tivesse sido quando falava essas coisas que Albert explicara sobre a cunhada.

"Como você sabe quem é quem?", perguntou Wilfred, logo que conheceu Grace e Vera. "Ou você fica confuso toda vez?" Falou isso por brincadeira.

"Elas não são gêmeas", disse Albert, sem sequer relancear nenhuma das duas. Albert era um homem baixo e magro, de roupas escuras, com um aspecto pesado, como madeira densa. Usava *string tie* e chapéu de caubói, mas isso não o deixava com uma aparência garbosa. Suas maçãs pálidas eram flácidas, de ambos os lados do queixo.

"Mas vocês parecem mesmo irmãs", disse Mildred afavelmente para as duas mulheres ressequidas, manchadas de idade, grisalhas. Olha só o que a pradaria faz com a pele de uma mulher, estava pensando. Mildred era vaidosa de sua pele; era sua compensação por ser gorda. Além disso, usava uma tintura dourado-acinzentada no cabelo e combinava blusas e calças em tons pastéis. Grace e Vera usavam vestidos com plissados frouxos sobre os bustos achatados, e cardigãs no verão. "Parecem bem mais duas irmãs do que esses dois."

Era verdade. Wilfred tinha cabeça grande, além da barriga grande, e um rosto ansioso, impaciente, inquieto. Parecia um homem que dava grande valor a gracejar e papear, e assim era.

"É uma sorte que nenhuma das duas é cheia demais", disse Wilfred. "Cabe todo mundo numa cama só. Claro que o Albert fica no meio."

"Não liguem pra ele", disse Mildred. "Tem um sofá-cama gostoso, se não se importam em dormir na varanda", disse para Vera. "Tem venezianas nas janelas e recebe a melhor brisa da casa."

Só Deus sabe se as mulheres entenderam alguma coisa do que Wilfred estava insinuando.

"Está ótimo", disse Albert.

Com Albert e Grace dormindo no quarto extra, que era onde Mildred geralmente dormia, Mildred e Wilfred tinham de dividir uma cama de casal. Não estavam acostumados a isso. À noite, Wilfred teve um de seus sonhos turbulentos, que era o motivo para Mildred ter mudado para o quarto extra, antes de mais nada.

"Segura minha mão!", berrou Wilfred, aterrorizado. Estaria em um barco no lago, tentando tirar alguém da água?

"Wilfred, acorda! Para de gritar, vai matar todo mundo de medo."

"Estou acordado", disse Wilfred. "Eu não estava gritando."

"Então sou Sua Majestade, a rainha."

Estavam deitados de costas. Ambos arfavam, e viraram para o lado de fora da cama. Ambos mantinham uma preensão educada mas firme no lençol de cobrir.

"São as baleias que não conseguem virar quando ficam presas na praia?", disse Mildred.

"Ainda consigo virar", disse Wilfred. Alinharam as costas. "Vai ver você acha que é a única coisa que consigo fazer."

"Fica quieto agora, todo mundo vai escutar."

De manhã, ela disse: "Wilfred acordou vocês? Ele dá uns gritos horríveis quando está dormindo".

"Eu não conseguia dormir de qualquer jeito", disse Albert.

Ela saiu e pôs as duas senhoras no carro. "Vamos dar uma voltinha e pegar uma brisa pra refrescar", disse. Sentaram atrás, porque na verdade não sobrara espaço na frente, nem para duas magrelas.

"Sou o chofer!", disse Mildred, animada. "Para onde, excelências?"

"Onde você estiver com vontade", disse uma. Quando não estava olhando para elas, Mildred não conseguia ter certeza de quem estava falando.

Passeou com elas por Winter Court e Chelsea Drive para olhar as casas novas com seu paisagismo e suas piscinas. Depois as levou para o Clube de Pesca e Caça, onde viram as aves ornamentais, a família do cervo, os racuns e o lince na jaula. Sentiu-se tão cansada quanto se tivesse ido até Toronto, e precisando se refrescar, então foi para um lugar na rodovia onde poderiam comprar sorvete de casquinha. As duas pediram um pequeno, de baunilha. Mildred pediu um duplo de dois sabores: passas ao rum e creme de pralina. Sentaram em uma mesa de piquenique, tomando seus sorvetes e observando um milharal.

"Cultivam bastante milho por aqui", disse Mildred. Albert fora gerente de um elevador de grãos antes de se aposentar, então ela presumiu que talvez se interessassem por colheitas. "Plantam muito milho lá no oeste?"

Elas refletiram um pouco. Grace disse: "Bom. Um pouco".

Vera disse: "Queria saber".

"Saber o quê?", disse Mildred, animada.

"Vocês não teriam uma igreja pentecostal aqui em Logan?"

Voltaram a entrar no carro e, após errar um pouco, Mildred encontrou a igreja pentecostal. Não era das igrejas mais bonitas da cidade. Um prédio sem graça, de blocos de cimento, com as portas e a esquadria da janela pintadas de laranja. Uma placa informava o nome do pastor e os horários do serviço. Não havia árvore de sombra por perto, nem arbustos ou flores, apenas um pátio seco. Talvez aquilo as lembrasse Saskatchewan.

"Igreja pentecostal", disse Mildred, lendo a placa. "É a igreja que seu pessoal frequenta?"

"É."

"Wilfred e eu não costumamos ir à igreja. Se a gente fosse, acho que seria a Unida. Querem descer e ver se está destrancada?"

"Ah, não."

"Se estiver trancada a gente pode tentar achar o pastor. Não conheço ele, mas tem um monte de gente em Logan que ainda não conheço. Conheço o pessoal do boliche e o que joga euchre na Legião. De resto, não conheço mais quase ninguém. Querem ir lá bater na porta?"

Elas disseram que não. Mildred estava pensando sobre a Igreja Pentecostal e lhe pareceu que fosse aquela onde falavam línguas desconhecidas. Achou que podia muito bem extrair algum proveito da tarde, então foi em frente e lhes perguntou: era verdade?

"Sim, é verdade."

"Mas o que são as línguas?"

Pausa. Uma delas disse, com dificuldade: "É a voz de Deus".

"Céus", disse Mildred. Queria perguntar mais coisas — elas também falavam línguas? —, mas as línguas as punham nervosas. Estava claro que ela também as punha nervosas. Deixou que olhassem por mais alguns minutos, então perguntou se já tinham visto o suficiente. Disseram que sim, e agradeceram.

Se tivesse se casado com Wilfred quando eram jovens, pensava Mildred, teria sabido alguma coisa sobre sua família e o que esperar deles. Mildred e Wilfred haviam se casado no fim da meia-idade, após um namoro de apenas seis semanas. Nenhum dos dois fora casado antes. Wilfred se mudara demais, ou assim dizia. Trabalhara nos barcos do lago e em acampamentos de lenhadores, ajudara a construir casas, trabalhara em um posto de gasolina e podara árvores; trabalhara da Califórnia ao Yukon e da Costa Leste à Oeste. Mildred passara a maior parte da vida na cidade de McGaw, a cerca de trinta quilômetros de Logan, onde agora morava. Fora filha única, recebera aulas de sapateado e depois a mandaram para a escola de negócios. Da escola de negócios ela foi trabalhar no escritório da fábrica de sapatos Toll, em McGaw, e em pouco tempo se tornou a queridinha do sr. Toll, o dono. E continuou por lá.

Foi durante os últimos dias de vida do sr. Toll que conheceu Wilfred. O sr. Toll estava no hospital psiquiátrico com vista para o lago Huron. Wilfred trabalhava ali, como jardineiro e vigia. O sr. Toll estava com oitenta e dois anos de idade e não sabia quem era Mildred, mas ela o visitava de todo modo. Ele a chamava de Sadie, sendo esse o nome de sua esposa. Sua esposa estava morta agora, mas estivera viva durante todo o tempo que o sr. Toll e Mildred faziam seus pequenos passeios juntos, hospedando-se juntos em hotéis, ficando no chalé que o sr. Toll comprara para Mildred em Amberley Beach. Durante todo esse tempo que o conhecera, Mildred nunca o escutara falar sobre a esposa a não ser de um jeito seco, impaciente. Agora tinha de escutá-lo dizendo a Sadie como a amava, pedindo perdão a Sadie. Fingindo ser Sadie, Mildred dizia que o perdoava. Receava alguma confissão relativa a uma vagabunda de cabelos acobreados chamada Mildred. Mesmo assim, continuou com as visitas. Não teve coragem de privá-lo disso. Essa fora sua dificuldade o tempo todo. Mas quando os filhos ou filhas ou as irmãs de Sadie apareceram, teve de se afastar. Certa vez, pega de surpresa, teve de pedir para Wilfred deixá-la sair por uma entrada dos fundos. Ela sentou num muro de concreto junto à porta dos fundos e fumou um cigarro, e Wilfred lhe perguntou se estava com algum problema. Aflita, e sem ninguém em McGaw para conversar, contou a ele o que estava acontecendo, até mesmo sobre a carta que recebera de um advogado dizendo-lhe que tinha de deixar o chalé de Amberley. Sempre achara que estava em seu nome, mas não estava.

Wilfred tomou suas dores. Entrou e foi espionar a família, e informou-a que estavam sentados, olhando para o pobre velho como corvos numa cerca. Não comentou com Mildred o que ela já sabia: que aquilo tudo era previsível. Ela mesma o disse.

"Devia ter pulado fora enquanto ainda tinha alguma coisa pra mim."

"Vai ver você gostava dele", disse Wilfred, sendo razoável.

"Nunca foi amor", disse Mildred, com tristeza. Wilfred franziu o rosto, profundamente constrangido. Mildred teve o bom senso de não prosseguir, e não teria sido capaz de explicar, em todo caso, como ficara fascinada com o sr. Toll quando era um homem mais vigoroso, quando a necessidade que sentia dela era tão desesperada que achava que ele fosse explodir.

O sr. Toll morreu no meio da noite. Wilfred ligou para Mildred às sete da manhã.

"Não quis acordar você", disse. "Mas queria ter certeza de que soubesse antes de escutar por aí."

Então ele a convidou para jantar em um restaurante. Estando acostumada com o sr. Toll, ficou surpresa com os modos à mesa de Wilfred. Estava nervoso, concluiu. Ele se aborreceu porque a garçonete não trouxera seus copos d'água. Mildred lhe disse que ia largar o emprego, queria sumir de McGaw, talvez fosse para o oeste.

"Por que não fica em Logan?", disse Wilfred. "Tenho casa lá. Não é uma casa grande, mas dá pra dois."

Então ela caiu em si. O nervosismo dele, o mau humor com a garçonete, seu sentimentalismo, tudo isso devia estar relacionado com ela. Perguntou se já fora casado antes, e se não, por que não?

Ele disse que vivia entre um lugar e outro e, além do mais, não era todo dia que você conhecia uma mulher de bom coração. Estava prestes a deixar as coisas bem claras para ele, comentando que não esperava nada do testamento do sr. Toll (nada foi o que obteve), mas percebeu numa fração de segundo que Wilfred era o tipo de homem que ficaria insultado.

Em vez disso, falou: "Você sabe que eu sou artigo de segunda mão?".

"Nada disso", respondeu ele. "Não quero nem ouvir esse tipo de conversa pela casa. Está combinado?"

Mildred disse que sim. Ficou feliz em ver uma melhoria imediata em seu comportamento com a garçonete. Na verdade, ele extrapolou um pouco, desculpando-se por sua impaciência de antes, dizendo-lhe que também trabalhara em um restaurante. Contou para ela onde ficava o restaurante, para os lados do norte, na Alaska Highway. A garota teve dificuldade em se afastar para servir as outras mesas.

Os modos de Wilfred à mesa não conheceram nenhuma melhoria do tipo. Ela imaginou que era um de seus costumes de solteiro com que teria de aprender a conviver.

"Melhor me contar um pouco sobre onde você nasceu e essas coisas", disse Mildred.

Ele lhe contou que nascera em uma fazenda em Hullett Township, mas fora embora com apenas três dias de idade.

"Já nasci inquieto", disse, e riu. Então ficou sério e lhe contou que sua mãe morrera poucas horas após ele ter nascido, e que sua tia ficara com ele. Sua tia era casada com um homem que trabalhava na ferrovia. Viviam mudando, e quando ele estava com doze anos a tia morreu. Então o homem com quem era casada olhou para Wilfred e disse: "Você já está bem crescidinho. Que número calça?".

"Quarenta e um", disse Wilfred.

"Então tem tamanho suficiente pra se sustentar."

"Ele e minha tia tinham oito filhos", disse Wilfred. "Assim, não o culpo."

"Você tinha irmãos e irmãs de sua família de verdade?" Mildred pensou com afeto em sua própria vida no passado remoto: sua mãe arrumando seus cachos pela manhã, a gatinha, chamada Pansy, que ela costumava vestir com roupas de boneca e levar para passear pelo quarteirão em um carrinho de bebê de brinquedo.

"Tinha duas irmãs mais velhas, casadas. As duas já morreram. E um irmão. Ele se mudou pra Saskatchewan. Trabalha de gerente num elevador de grãos. Não sei quanto ganha, mas imagino que seja bastante. Fez escola de negócios, como você. É uma pessoa diferente de mim, bem diferente."

No dia em que Albert ficara acamado, quis as cortinas fechadas. Não queria médico. Wilfred não conseguiu fazê-lo falar qual era o problema. Albert disse que era só cansaço.

"Então quem sabe ele está cansado", disse Mildred. "Deixa ele descansar."

Mas Wilfred ficou entrando e saindo do quarto extra o dia todo. Estava conversando, fumando, perguntando para Albert como ele se sentia. Contou para Albert como havia se curado de enxaquecas comendo alho-poró colhido na primavera. Albert disse que não estava com enxaqueca, ainda que preferisse as cortinas fechadas. Disse que nunca tivera uma dor de cabeça para valer na vida. Wilfred explicou que a pessoa podia sofrer de enxaqueca sem saber — ou seja, sem sentir dor de cabeça alguma —, então era possível que Albert tivesse. Albert disse que não via como isso era possível.

No começo dessa tarde, Mildred escutou Wilfred revirando o closet. Ele saiu dali chamando seu nome.

"Mildred! Mildred! Onde está o Texas Mickey?"

"No aparador", disse Mildred, e tirou para ele, assim não começaria a vasculhar ali dentro, entre a porcelana de sua mãe. Era uma caixa alta, com relevos dourados, com o timbre da Legion. Wilfred levou para o quarto e pôs em cima da cômoda para Albert ver.

"O que você acha que é e como acha que consegui?"

Era uma garrafa de uísque, uma garrafa de um galão de uísque, 70%, que Wilfred ganhara jogando dardos no torneio em Owen Sound. O torneio tivera lugar em fevereiro, três anos antes. Wilfred descreveu a terrível viagem de Logan a Owen Sound, com ele dirigindo, os demais membros do time de dardo insistindo que parasse em cada cidade que chegavam, e que não tentasse prosseguir. Uma nevasca soprou do lago Huron, foram engolidos pela brancura, caminhões e ônibus assomavam diante de seus olhos surgidos da muralha de neve, não havia espaço para manobrar porque paredões de neve acumulada com três metros de altura ladeavam a estrada; Wilfred continuou em frente; dirigindo às cegas, dirigindo por trechos escorregadios de gelo e por acúmulos de neve na estrada. Finalmente, na Highway nº 6, uma luz azul apareceu adiante, uma luz azul girando, um sinal, uma luz de resgate. Era a escavadeira, andando na frente deles. A estrada desaparecia quase tão rápido quanto a máquina a limpava, mas permanecendo logo atrás dela, foram conduzidos em segurança até Owen Sound. Chegando ali, disputaram o torneio e saíram vitoriosos.

"Você joga dardos?", Mildred escutou Wilfred perguntar para seu irmão.

"Normalmente jogam dardos em lugares que servem bebida", disse Albert. "Normalmente não vou a lugares assim."

"Bom, essa bebida aqui é uma que nunca me passaria pela cabeça tomar. Eu guardo só pela glória."

Os momentos de sentar adquiriram um padrão regular. À tarde, Grace e Vera sentavam na entrada da garagem, fazendo suas toalhas de mesa de crochê. Mildred de vez em quando as acompanhava. Albert e Wilfred sentavam nos fundos da casa, perto dos legumes. Depois do jantar todos sentavam juntos, levando as cadeiras para o gramado diante dos canteiros floridos, onde fazia sombra, nessa época. Grace e Vera continuavam com seu crochê enquanto ainda desse para enxergar.

Wilfred admirava o trabalho.

"Quanto vocês conseguiriam por uma dessas coisas?"

"Centenas de dólares", disse Albert.

"Estão vendidas pra igreja", disse Grace.

"Blanche Black", disse Wilfred, "foi o maior talento no crochê, no tricô, na costura, esse tipo de coisa, e na cozinha do que qualquer garota que eu já conheci."

“Que nome”, disse Mildred.

“Ela morava no estado de Michigan. Foi quando me enchi de cuidar dos barcos e arrumei um emprego por lá trabalhando numa fazenda. Ela conseguia fazer colchas com qualquer coisa. E assava pão, bolo chique, tudo. Mas não era muito bonita. Na verdade, era tão bonita quanto um nabo, e mais ou menos com a mesma forma.”

Agora vinha uma história que Mildred já escutara antes. Era contada quando surgia o tema de garotas bonitas e garotas sem graça, ou de cozinha, *box socials* ou orgulho. Wilfred contou como ele e um amigo foram a um *box social* onde no intervalo da dança você dava um lance por uma caixa, e a caixa continha um lanche, e você comia o lanche com a garota cuja caixa comprara. Blanche Black levou uma caixa, assim como uma garota bonita, uma certa srta. Buchanan, e Wilfred e seu amigo entraram no quarto dos fundos e trocaram o papel que embrulhava as duas caixas. Assim, quando chegou a hora do leilão, um sujeito chamado Jack Fleck, que tinha uma opinião muito elevada a seu próprio respeito e uma queda pela srta. Buchanan, deu um lance pela caixa que pensou ser dela, e Wilfred e seu amigo deram um lance pela caixa que todo mundo achava ser de Blanche Black. As caixas foram entregues e, para sua consternação, Jack Fleck foi obrigado a sentar com Blanche Black. Wilfred e seu amigo ficaram na companhia da srta. Buchanan. Então Wilfred olhou dentro da caixa e viu que ali só havia sanduíches com uma espécie de patê cor-de-rosa.

“Daí eu vou até o Jack Fleck e falo: ‘Troco o lanche e a garota’. Não fiz isso só por causa da comida, mas porque vi como ele ia tratar a pobre criatura. Ele concordou na mesma hora e a gente sentou. Comemos frango frito. Presunto curado em casa e pãezinhos. Torta de tâmara. Nunca comi melhor na minha vida. E enfiada no fundo da caixa ela tinha uma garrafinha de uísque. Então fiquei ali sentado comendo e bebendo e olhando pra ele, com seus sanduíches de patê.”

Wilfred devia ter começado essa história como um tributo para mulheres cujas habilidades no crochê, em assar coisas ou fosse lá o que fosse as deixava muito à frente de mulheres com melhor aparência para oferecer, mas, para Mildred, nem Grace e Vera ficariam felizes em ser colocadas na categoria de Blanche Black, que se parecia com um nabo. E mencionar o uísque foi um erro. Foi um erro também no que lhe dizia respeito. Pensou em quanto gostaria de tomar uma bebida nesse momento. Pensou em Old Fashioneds, Brown Cowns, Pink Ladies, todo coquetel chique imaginável.

"Melhor eu ir ver se consigo arrumar o ar-condicionado", disse Wilfred. "A gente vai morrer assado aqui esta noite se eu não fizer isso." Mildred continuou sentada. Além da quadra seguinte havia uma luz azul que chiava audivelmente, pegando insetos.

"Acho que essas coisas fazem uma diferença com as moscas", disse.

"Frita elas", disse Albert.

"Mas não gosto do barulho."

Ela pensou que ele não fosse responder, mas ele finalmente disse: "Se não fizer barulho não consegue matar os insetos".

Quando entrou em casa para preparar um café (uma boa coisa que os pentecostais não proibissem isso), Mildred conseguiu escutar o zumbido do ar-condicionado. Olhou no quarto e viu Wilfred deitado, dormindo. Esgotado.

"Wilfred?"

Ele pulou. "Eu não estava dormindo."

"Eles continuam sentados lá na frente. Pensei em fazer um café pra gente." Então não conseguiu resistir e acrescentou: "Fico feliz por não ter nenhum problema muito sério com o ar-condicionado".

Quando chegou o penúltimo dia da visita, decidiram viajar os setenta quilômetros para Hullett Township e conhecer o lugar onde Wilfred e Albert nasceram. Ideia de Mildred. Achara que Albert talvez sugerisse, e ficou esperando por isso, pois não queria forçar Albert a fazer nada que estivesse muito cansado para fazer. Mas no fim ela comentou. Disse que havia muito tempo que tentava fazer Wilfred levá-la, mas ele dizia que não saberia aonde ir, uma vez que nunca voltara depois de ter sido levado, ainda bebê. Todas as construções haviam sumido, as fazendas haviam sumido; toda essa parte da cidade se tornara uma área de conservação.

Grace e Vera levaram suas toalhas de mesa. Mildred cismava em como não ficavam enjoadas, trabalhando daquele jeito, com as cabeças curvadas em um carro em movimento. Ia sentada entre as duas no banco traseiro, sentindo-se esmagada, embora soubesse que era ela quem estava esmagando. Wilfred dirigia e Albert ia a seu lado.

Wilfred sempre entrava num estado de espírito argumentativo quando dirigia.

"Mas o que tem de errado em fazer uma aposta?", disse. "Não quero dizer jogar. Não estou dizendo pra ir até Las Vegas e jogar todo seu dinheiro fora naquelas mesas e máquinas. Numa aposta às vezes você pode dar sorte. Ganhei uma viagem de graça com o Soo numa aposta."

"Sault Sainte Marie", disse Albert.

"A gente sempre chamou de Soo. Eu estava de licença do *Kamloops*, era o inverno. O velho *Kamloops*, que barco terrível. Uma noite, no bar, estavam escutando o jogo de hóquei no rádio. Antes da televisão. Contra Sudbury. Sudbury, quatro, Soo, zero.

"Estamos chegando aonde é pra sair da estrada", disse Albert.

Mildred disse: "Fica de olho na saída, Wilfred".

"Estou de olho."

Albert disse: "Não essa, a próxima".

"Eu ajudando eles por lá, trabalhando de bartender em troca de gorjeta, porque não tinha cartão do sindicato, e esse sujeito metendo a boca no Soo. Eles ainda podem sair dessa, falei, o Soo ainda pode ganhar."

"Aqui", disse Albert.

Wilfred fez uma curva abrupta. "Quer valer quanto? Quer valer quanto? Foi isso que ele disse pra mim. Dez pra um. Eu não tinha a grana, mas o cara que era dono do hotel era um cara legal, e eu estava ajudando ele, daí ele fala: aceita a aposta, Wilfred! Ele fala: vai em frente, aceita a aposta!"

"Área de Conservação Hullett", Mildred leu numa placa. Seguiram pela beira de um pântano escuro.

"Benza Deus, como é melancólico ali!", ela disse. "E água parada, nessa época do ano."

"Pântano Hullett", disse Albert. "Continua por milhas."

Saíram do pântano e de ambos os lados via-se uma paisagem deserta, terra preta remexida, valas, árvores arrancadas. A estrada era bem acidentada.

"Eu banco você, ele fala. Então eu vou e aceito a aposta."

Mildred leu as placas no cruzamento: "Sem saída. Sem manutenção de inverno além deste ponto".

Albert disse: "Agora a gente vira pro sul".

"Sul?", disse Wilfred. "Sul. Aceitei e sabe o que aconteceu? O Soo virou e ganhou de Sudbury, sete a quatro!"

Havia um grande lago e uma plataforma de vigilância, além de uma placa dizendo: "Aves silvestres! Ponto de observação".

"Aves silvestres", disse Mildred. "Queria saber o que tem pra ver."

Wilfred não estava com disposição de parar. "Você não ia saber diferenciar um corvo de um falcão, Mildred! O Soo ganhou de Sudbury de sete a quatro e eu ganhei a aposta. O sujeito saiu de fininho enquanto eu estava ocupado, mas o gerente sabia onde ele morava e no dia seguinte recebi meus cem dólares.

Quando fui chamado de volta pro *Kamloops*, estava exatamente com a mesma quantia de dinheiro que tinha quando desembarquei, antes do Natal. Passei um inverno de graça no Soo."

"Parece ser aqui", disse Albert.

"Onde?", perguntou Wilfred.

"Aqui."

"Aqui? Passei o inverno de graça, tudo com uma apostinha mixuruca."

Saíram da estrada e pegaram uma trilha acidentada, onde havia setas de madeira em um poste. "Hawthorn Trail. Sugar Bush Trail. Tamarack Trail. Proibido veículos motorizados além deste ponto." Wilfred parou o carro e ele e Albert desceram. Grace desceu para deixar Mildred sair e depois voltou a entrar. As setas apontavam todas para a mesma direção. Mildred pensou que crianças provavelmente tinham mexido naquilo. Não via trilha alguma. Haviam subido, afastando-se do terreno pantanoso, e viam-se entre pequenas colinas acidentadas.

"Era aqui que ficava a fazenda de vocês?", perguntou para Albert.

"A casa era ali em cima", disse Albert, apontando o alto da colina. "A estradinha passava por aqui. O celeiro ficava lá atrás."

Havia uma caixa de madeira marrom no poste sob as setas. Ela a abriu e tirou um punhado de panfletos com cores brilhantes. Olhou um por um.

"Isso aqui conta sobre as várias trilhas."

"Talvez gostem de alguma coisa pra ler se não forem descer", disse Wilfred, apontando o queixo para as mulheres no carro. "Acho que você podia ir lá e perguntar pra elas."

"Estão ocupadas", disse Mildred. Pensou que devia ir até lá e dizer a Grace e Vera para abaixar os vidros, assim não iriam sufocar, mas decidiu deixar que percebessem isso por si mesmas. Albert começou a subir o morro e ela e Wilfred foram atrás, abrindo caminho entre os solidagos, que, para sua surpresa, eram mais fáceis de atravessar do que o capim. Não prendiam tanto, e a sensação era sedosa. Ela sabia distinguir os solidagos, e as flores de cenoura silvestre, mas o que eram aquelas pequenas flores brancas em um arbusto baixo, e aquela azul, com pétalas ásperas, e aquela roxa, plumosa? Você sempre ouvia falar das flores de primavera, ranúnculos, trílios e botões-de-ouro, mas ali estava uma profusão igual, nomes desconhecidos, ao final do verão. Havia também pequenas rãs pulando junto a seus pés, e delicadas borboletas brancas, e centenas de insetos que ela não conseguia ver, mordendo e picando seus braços nus.

Albert andava para cima e para baixo pelo capim. A certa altura virava, parava, olhava em torno e recomeçava. Estava tentando visualizar o contorno da casa. Wilfred franziu o rosto para o capim e disse: "Não deixam muita coisa".

"Quem?", disse Mildred, debilmente. Abanava-se com um solidago.

"O pessoal da conservação. Não deixam uma pedra da fundação, ou a abertura do porão, ou um tijolo ou viga. Escavam, retiram tudo, enchem com terra e levam tudo embora."

"Bom, acho que não podiam deixar uma pilha de entulho pras pessoas tropeçarem."

"Tem certeza de que é aqui onde devia estar?", perguntou Wilfred.

"Por aqui", disse Albert, "face sul. Aqui seria a porta da frente."

"Você podia estar pisando nos degraus da entrada, Albert", disse Mildred, mostrando interesse até onde sua energia permitia.

Mas Albert disse: "A gente nunca teve degraus na entrada. Só abrimos uma vez, ao que eu me lembre, e foi pro caixão da mãe. Pusemos uns pedaços de madeira aqui embaixo, pra fazer um degrau improvisado".

"Aquilo é um lilás", disse Mildred, notando um arbusto perto de onde ele estava. "Já estava ali na época? Devia estar ali."

"Acho que estava."

"Dá flor branca ou roxa?"

"Não sei dizer."

Essa era a diferença entre ele e Wilfred, ela pensou. Wilfred teria dito. Lembrasse ou não, teria dito, e depois acreditado em si mesmo. Irmãos e irmãs eram um mistério para ela. Lá estavam Grace e Vera, falando como duas bocas saídas da mesma cabeça, e Wilfred e Albert, sem um pingo de ligação entre si.

Almoçaram em um café na estrada. O lugar não tinha licença para vender bebida, ou Mildred teria pedido uma cerveja, por mais que Grace e Vera viessem a se chocar ou que Wilfred pudesse fuzilá-la. Estava com bastante calor. O rosto de Albert estava rosa brilhante e seus olhos tinham uma expressão feroz de concentração. Wilfred parecia irritadiço.

"Antes o pântano era bem maior", disse Albert. "Drenaram."

"Assim as pessoas podem entrar e caminhar e ver coisas diferentes", disse Mildred. Continuava com os folhetos vermelhos, verdes e amarelos na mão e os alisou e olhou para eles.

"Grasnidos, cantos, guinchos e pios ecoam por essa mata", leu. "Reconhece algum deles? A maioria é produzida por aves." Pelo que mais seriam produzidos?, perguntou-se.

"Um homem entrou no pântano de Hullett e ficou por lá", disse Albert.

Wilfred misturou seu ketchup com o molho da carne, depois passou as batatas fritas ali, usando os dedos.

"Por quanto tempo?", perguntou ele.

"Pra sempre."

"Não vai comer?", perguntou Wilfred, indicando as batatas fritas de Mildred.

"Para sempre?", disse Mildred, dividindo sua porção e empurrando metade no prato de Wilfred. "Você conhecia ele, Albert?"

"Não. Isso foi há muito tempo."

"Sabe como ele chamava?"

"Lloyd Sallows."

"Como?", disse Wilfred.

"Lloyd Sallows", disse Albert. "Ele trabalhava numa fazenda."

"Nunca ouvi falar", disse Wilfred.

"Como assim, entrou no pântano?", perguntou Mildred.

"Encontraram a roupa dele no trilho do trem e foi o que disseram, que ele entrou no pântano."

"Por que ele entraria lá sem as roupas?"

Albert pensou por alguns minutos e disse: "Vai ver ele queria levar uma vida selvagem".

"Ele deixou os sapatos também?"

"Imagino que sim."

"Ele pode ter cometido suicídio", disse Mildred, bruscamente. "Procuraram o corpo?"

"Procuraram."

"Ou ter sido assassinado. Ele tinha inimigos? Estava encrencado? Vai ver tinha dívidas ou se metera em apuros com uma garota."

"Não", disse Albert.

"Quer dizer que nunca acharam nem o rastro dele?"

"Não."

"Tinha algum tipo de pessoa suspeita na época?"

"Não."

"Bom, deve ter alguma explicação", disse Mildred. "Uma pessoa, se não está morta, foi morar em algum lugar."

Albert tirou o hambúrguer do pão com o garfo e pôs no prato, em seguida começou a cortar pequenos pedaços. Ainda não comera nada.

"Acharam que ficou morando no pântano."

"Então deviam ter procurado no pântano", disse Wilfred.

"Entraram pelos dois lados e disseram que se encontrariam no meio, mas não fizeram isso."

"Por que não?", disse Mildred.

"Não dá pra simplesmente ir andando através do pântano. Não dava, nessa época."

"Então acharam que ele estava lá dentro?", insistiu Wilfred. "Foi o que acharam?"

"A maioria", disse Albert, um pouco a contragosto. Wilfred bufou com desprezo.

"Do que ele vivia?"

Albert pousou a faca e o garfo e disse com ar sombrio: "Carne".

De repente, depois de sentir tanto calor, Mildred ficou com os braços arrepiados.

"Alguém chegou a encontrar ele?", perguntou, numa voz mais controlada e pensativa do que antes.

"Duas pessoas disseram que sim."

"Quem eram?"

"Uma era uma mulher que, quando eu conheci, tinha cinquenta e poucos. Ela era uma menina pequena, na época. Viu o sujeito quando mandaram ela voltar pra buscar as vacas. Ela viu alguém alto, branco, correndo atrás das árvores."

"Perto o suficiente pra dizer se era menino ou menina?", perguntou Wilfred.

Albert levou a pergunta a sério.

"Não sei se estava perto."

"Essa foi uma", disse Mildred. "Quem foi a outra?"

"Um menino, pescando. Isso foi alguns anos depois. Ele levantou a cabeça e viu um sujeito branco olhando pra ele da outra margem. Achou que tivesse visto um fantasma."

"Só isso?", disse Wilfred. "Nunca descobriram o que aconteceu?"

"Não."

"Acho que a essa altura já deve ter morrido, de qualquer jeito", disse Mildred.

“Já morreu faz tempo”, disse Albert.

Se fosse Wilfred contando essa história, pensou Mildred, teria chegado a algum lugar, haveria algum tipo de fim. Lloyd Sallows podia reaparecer nuzinho em pelo para cobrar uma dívida de aposta, ou voltaria vestido como um milionário, talvez após tapear alguns bandidos que o haviam roubado. Nas histórias de Wilfred você sempre podia ter certeza de que as partes sombrias dariam lugar a algo melhor, e se alguém se comportasse de um modo peculiar, havia uma explicação para isso. Se Wilfred figurava em suas próprias histórias, como geralmente era o caso, sempre havia um golpe de sorte a seu favor em algum ponto, uma boa refeição, uma garrafa de uísque ou dinheiro. Sorte e dinheiro não desempenhavam nenhum papel nessa história. Ela ficou pensando por que Albert a contara, o que significava para ele.

“Como aconteceu de você lembrar dessa história, Albert?”

Assim que disse isso, percebeu que não deveria ter aberto a boca. Não era da sua conta.

“Vi que eles têm torta de maçã e de passas”, disse ela.

“Nada de torta de maçã ou de passas no pântano de Hullett!”, disse Wilfred, com estridência. “Vou querer de maçã.”

Albert pegou um pedaço de hambúrguer frio, pôs de volta e disse: “Não é uma história. É uma coisa que aconteceu”.

Mildred desfizera a cama em que as visitas haviam dormido, e não voltara a arrumá-la, então deitou ao lado de Wilfred, na primeira noite deles a sós.

Antes de ir dormir, disse para Wilfred: “Ninguém em seu perfeito juízo iria viver num pântano”.

“Se a pessoa quisesse viver num lugar desses”, disse Wilfred, “o lugar pra se viver seria o mato, onde você não teria tanta dificuldade pra fazer fogo, se quisesse.”

Parecia ter recuperado o bom humor. Mas à noite ela foi despertada por seu choro. Não ficou muito assustada, porque já o pegara chorando antes, em geral à noite. Era difícil dizer como podia saber. Ele não fazia barulho algum e não estava se mexendo. Talvez isso em si fosse o elemento incomum. Ela sabia que estava deitado a seu lado, de costas, com as lágrimas brotando nos olhos e escorrendo pelo rosto.

"Wilfred?"

Em qualquer ocasião anterior, quando ele consentira em lhe dizer por que estava chorando, o motivo parecera a ela muito esquisito, algo pensado no calor do momento, ou apenas remotamente ligado ao real motivo. Mas talvez fosse o mais próximo que conseguisse chegar.

"Wilfred."

"Albert e eu, é provável que a gente nunca mais se veja", disse Wilfred numa voz audível, sem vestígio de choro, nem qualquer indício claro de satisfação ou pesar.

"A menos que a gente vá até Saskatchewan", disse Mildred. Um convite fora feito e ela pensara na hora que seria tão provável quanto visitar a Sibéria.

"Um dia", acrescentou.

"Um dia, quem sabe", disse Wilfred. Deu uma fungada prolongada, ruidosa, que pareceu indicar contentamento. "Não na semana que vem."

# AS LUAS DE JÚPITER

Encontrei meu pai na ala do coração, no oitavo andar do Toronto General Hospital. Estava em um quarto semiprivativo. O outro leito estava vazio. Ele disse que seu seguro hospitalar cobria apenas um leito na enfermaria, e estava preocupado com alguma cobrança extra.

"Nunca pedi um semiprivativo", disse.

Falei que as enfermarias provavelmente estavam lotadas.

"Não. Vi uns leitos vazios quando estavam me trazendo."

"Então foi porque precisavam ligar você nesse negócio aí", falei. "Não se preocupa. Se forem cobrar alguma coisa extra, eles avisam."

"Provavelmente é isso mesmo", disse. "Não iam querer esses troços atravancando a enfermaria. Acho que tenho cobertura para esse tipo de coisa."

Falei que sem dúvida tinha.

Estava com fios presos ao peito. Havia uma pequena tela acima de sua cabeça. Na tela uma linha brilhante e irregular era constantemente traçada. Isso se fazia acompanhar de um nervoso bipe eletrônico. O comportamento de seu coração estava sendo mostrado. Tentei ignorar. Parecia-me que prestar muita atenção — na verdade, dramatizando o que devia ser uma atividade das mais sigilosas — seria pedir por problemas. Qualquer coisa exposta dessa maneira era capaz de perder o controle e enlouquecer.

Meu pai não parecia se importar. Disse que lhe deram sedativos. Sabe como é, ele falou, pílulas da felicidade. Parecia de fato calmo e otimista.

Na noite anterior a história tinha sido outra. Quando o trouxe ao hospital, para o pronto-socorro, estava pálido e calado. Ele abrira a porta do carro, descera e dissera, calmamente: "Acho que é melhor você me trazer uma daquelas cadeiras de rodas". Era a voz que sempre usava numa crise. Certa vez, nossa chaminé pegou fogo; foi num domingo à tarde e eu estava na sala de jantar, pondo alfinetes num vestido que estava fazendo. Ele entrou e disse, nessa voz trivial, admonitória: "Janet. Sabe onde tem um pouco de fermento em pó?". Queria jogar no fogo. Depois, ele disse: "Acho que foi sua culpa — costurar num domingo".

Tive de aguardar mais de uma hora na sala de espera do pronto-socorro. Mandaram chamar um cardiologista que estava no hospital, um homem jovem. Ele me chamou no corredor e explicou que uma das válvulas do coração do meu pai estava tão deteriorada que precisariam fazer uma cirurgia imediatamente.

Perguntei o que aconteceria, caso contrário.

"Ele não pode mais sair da cama", disse o médico.

"Quanto tempo?"

"Três meses, talvez."

"Quis dizer, quanto tempo ele teria de vida?"

"Foi isso que eu quis dizer também", disse o médico.

Fui ver meu pai. Estava sentado no leito, num canto fechado por cortinas. "É grave, não é?", ele perguntou. "Ele contou sobre a válvula?"

"Podia ser bem pior", falei. Então repeti, até exagerando, qualquer coisa esperançosa que o médico dissera. "Você não corre perigo imediato. Sua condição física é boa, de resto."

"De resto", disse meu pai, sombriamente.

Eu estava cansada da viagem — até Dalgleish, para pegá-lo, e de volta a Toronto desde o meio-dia — e preocupada em devolver o carro alugado a tempo, e irritada com um artigo que estivera lendo numa revista na sala de espera. Era sobre outra escritora, uma mulher mais jovem, mais bonita, provavelmente mais talentosa do que eu. Eu ficara dois meses na Inglaterra e assim não tinha visto o artigo antes, mas me ocorreu, quando lia, que meu pai devia ter lido. Dava para ouvi-lo dizer: Bom, não vi nada sobre você na *Maclean's*. E se tivesse lido algo sobre mim, ele diria: Bom, não achei grande coisa aquela crítica. Seu tom seria bem-humorado e indulgente, mas produziria em mim uma familiar prostração de espírito. A mensagem que ele me transmitia era simples: Fama é algo pelo qual você precisa lutar, depois se justificar. Obtendo ou não obtendo, a culpa recai sobre você.

Não fiquei surpresa com a notícia do médico. Já estava preparada para escutar algo do tipo e fiquei satisfeita comigo mesma por recebê-la calmamente, assim como teria ficado satisfeita comigo por fazer curativo em um ferimento ou olhar para baixo do balcão frágil de um prédio alto. Pensei: É, chegou a hora; alguma coisa tinha que ser, aí está. Não senti nada do protesto que teria sentido vinte, até dez anos antes. Quando vi no rosto do meu pai que ele sentia — essa recusa veio à tona nele tão prontamente quanto se fosse trinta ou quarenta anos mais novo —, meu coração endureceu, e falei com uma espécie de animação importuna. "De resto é bastante coisa", falei.

No dia seguinte, voltara ao seu normal.

Era assim que eu teria me expressado. Ele disse que lhe parecia agora que o rapaz, o médico, talvez estivesse um pouco ansioso demais para operar. "Louco pra pegar na faca", disse. Estava tanto zombando como orgulhoso de usar a gíria hospitalar. Disse que fora examinado por outro médico, um homem mais velho, e que na opinião deste, repouso e medicação talvez dessem conta do recado.

Não perguntei que recado.

"Ele diz que tenho uma válvula com defeito, sem dúvida. Com certeza algum estrago ocorreu. Queriam saber se tive febre reumática quando era criança. Falei que achava que não. Mas era raro na época diagnosticarem o que você tinha. Meu pai por exemplo não era muito chegado em médicos."

O pensamento da infância do meu pai, que sempre imaginei como desolada e perigosa — a fazenda pobre, as irmãs assustadas, o pai severo —, me deixou menos resignada com o fato de estar morrendo. Pensei nele correndo para trabalhar nos barcos do lago, correndo pelos trilhos do trem, para Goderich, à luz crepuscular. Ele costumava me contar sobre essa viagem. Em algum ponto ao longo do trilho encontrou um pé de marmelo. Marmeleiros são raros em nossa parte do país; na verdade, nunca vi um. Nem sequer esse, encontrado por meu pai, embora certa vez tivesse nos levado num passeio para procurar a árvore. Ele acreditava saber que o cruzamento era perto, mas não conseguiu encontrar. Não tivera oportunidade de comer a fruta, claro, mas ficara impressionado com sua existência. Fazia-o pensar que chegara a uma nova parte do mundo.

A criança fugida, o sobrevivente, um homem velho aprisionado ali pelo coração com vazamento. Não me prendi a esses pensamentos. Não apreciava pensar em seus eus mais jovens. Mesmo seu torso despido, grosso e branco — tinha o corpo de um trabalhador de sua geração, raramente exposto ao sol — era um perigo para mim; parecia tão forte e jovem. O pescoço enrugado, mãos e braços com pintas da idade, a cabeça estreita, educada, com seu cabelo e bigode finos e grisalhos, eram mais ao que eu estava acostumada.

"Mas por que eu ia querer fazer uma cirurgia?", disse meu pai, com sensatez. "Pensa só no risco, na minha idade, e pra quê? Alguns anos lá fora. Acho que a melhor coisa que posso fazer é ir pra casa e pegar leve. Jogar a toalha com elegância. É só o que a pessoa pode fazer, na minha idade. Sua atitude muda, viu? A gente passa por umas mudanças na cabeça. Parece mais natural."

"O que parece?", disse eu.

"Bom, a morte parece. Mais natural que isso não dá pra ser. Não, o que pretendo, especificamente, é não fazer a cirurgia."

"Isso parece mais natural?"

"Parece."

"Você decide", falei, mas na verdade aprovando. Era isso que eu teria esperado dele. Sempre que falava com alguém sobre meu pai, eu enfatizava sua independência, sua autossuficiência, sua paciência. Ele trabalhava numa fábrica, trabalhava em sua horta, lia livros de história. Podia falar com você sobre os imperadores romanos ou as Guerras dos Bálcãs. Nunca incomodava.

Judith, minha filha mais nova, viera me encontrar no aeroporto de Toronto dois dias antes. Trouxe o rapaz com quem estava morando, cujo nome era Don. Iriam para o México de carro pela manhã e enquanto eu estivesse em Toronto ficaria no apartamento deles. No momento, moro em Vancouver. Às vezes digo que tenho meu quartel-general em Vancouver.

"Cadê a Nichola?", perguntei, pensando na hora em um acidente ou uma overdose. Nichola é minha filha mais velha. Tinha estudado no Conservatório, depois trabalhado como garçonete, depois ficou desempregada. Se tivesse vindo ao aeroporto eu provavelmente teria dito alguma coisa errada. Teria perguntado quais eram seus planos e ela teria jogado o cabelo para trás com elegância e dito: "Planos?" — como se essa fosse uma palavra que eu houvesse inventado.

"Eu sabia que a primeira coisa que você ia fazer seria perguntar da Nichola", disse Judith.

"Não foi. Eu disse oi e..."

"A gente pega sua bagagem", disse Don, em tom neutro.

"Ela está bem?"

"Tenho certeza que sim", disse Judith, com um ar fingido de quem estava achando graça. "Você não ia fazer essa cara se fosse eu que não estivesse aqui."

"Claro que ia."

"Ia nada. Nichola é o bebê da família. Ela é quatro anos mais velha do que eu, viu?"

"Devo saber."

Judith disse que não sabia exatamente onde estava Nichola. Disse que Nichola se mudara de seu apartamento (aquele lixo!) e até telefonara (o que é um milagre, pode-se dizer, Nichola ligar) para informar que queria ficar incomunicável por um tempo, mas que estava bem.

"Falei pra ela que você ia ficar preocupada", disse Judith, mais complacente, a caminho da van deles. Don ia na frente, carregando minha mala. "Mas não é pra ficar. Ela está bem, acredite."

A presença de Don me deixou pouco à vontade. Eu não gostava que escutasse essas coisas. Pensei nas conversas que deviam ter tido, Don e Judith. Ou Don, Judith e Nichola, pois Nichola e Judith às vezes ficavam em bons termos. Ou Don, Judith, Nichola e outros cujo nome eu nem sabia. Teriam conversado a meu respeito. Judith e Nichola trocando figurinhas sobre mim, contando anedotas; analisando, lamentando, culpando, perdoando. Quem dera eu tivesse tido um menino e uma menina. Ou dois meninos. Não teriam feito isso. Meninos não saberiam tanta coisa sobre você.

Eu fazia a mesma coisa na idade delas. Quando estava com a idade que Judith está hoje, conversava com minhas amigas no refeitório da faculdade ou, tarde da noite, tomando um café em nossos quartos vagabundos. Quando tinha a idade que Nichola tem hoje, estava com a própria Nichola em um moisés ou se contorcendo em meu colo, e eu novamente tomando café nas tardes chuvosas de Vancouver com minha única amiga na vizinhança, Ruth Boudreau, que lia um bocado e estava tão desconcertada com sua situação quanto eu. Conversávamos sobre nossos pais, nossas infâncias, embora por algum tempo tenhamos poupado o assunto de nossos casamentos. Como falávamos exaustivamente de nossos pais e mães, deplorávamos seus casamentos, suas ambições equivocadas ou seu medo da ambição, com que competência os lapidávamos, os definíamos além de qualquer possibilidade de mudança. Quanta presunção.

Olhei para Don, caminhando à frente. Um rapaz alto, de aparência ascética, com uma cobertura franciscana de cabelos pretos, uma precisa orla de barba. Que direito tinha ele de escutar coisas a meu respeito, de saber coisas que eu mesma provavelmente esquecera? Concluí que sua barba e seu cabelo eram uma afetação.

Certa vez, quando minhas filhas eram pequenas, meu pai me disse: "Sabe, aqueles anos em que vocês estavam crescendo — bom, é tudo meio que um borrão pra mim. Não consigo distinguir entre um ano e outro". Fiquei ofendida. Eu lembrava de cada ano isolado com dor e clareza. Era capaz de dizer quantos anos tinha quando ia olhar os vestidos de noite na vitrine da Benbow's Ladies' Wear. Toda semana durante o inverno um novo vestido, banhado pela iluminação — as lantejoulas e o tule, o rosa e o lilás, safira, narciso —, e lá estava eu, uma adoradora congelando na calçada coberta de neve enlameada. Era capaz de dizer quantos anos tinha quando falsifiquei a assinatura da minha mãe num bilhete por mau comportamento, quando peguei sarampo, quando forramos a sala com papel de parede. Mas os anos em que Judith e Nichola eram pequenas, quando eu morava com o pai delas — de fato, borrão é a palavra. Lembro de pendurar fraldas no varal, tirar fraldas do varal, dobrar fraldas; consigo recordar balcões de cozinha de duas casas e o lugar onde ficavam os cestos de roupa suja. Lembro dos programas de televisão — *O marinheiro Popeye*, *Os três patetas*,

*Funorama*. Quando *Funorama* começava, era hora de acender as luzes e fazer o jantar. Mas eu não conseguia distinguir os anos. Morávamos nos arredores de Vancouver, em um bairro residencial: o nome era Dormir, Dormer, Dormouse — alguma coisa por aí. Eu vivia com sono nessa época: a gravidez me deixava sonolenta, bem como as amamentações noturnas, e a chuva caindo na Costa Oeste. Cedros escuros pingando, loureiros brilhantes pingando; esposas bocejando, cochilando, visitando, tomando café, dobrando fraldas; maridos voltando para casa à noite, vindos da cidade, do outro lado do lago. Toda noite eu beijava meu marido chegando em seu casaco Burberry úmido e esperava que ele me acordasse; servia a carne com batatas e um dos quatro legumes autorizados por ele. Seu apetite era voraz, depois ele pegava no sono no sofá da sala. Havíamos nos tornado um casal de desenho animado, mais meia--idade com vinte e poucos anos do que seríamos na meia-idade.

Esses anos confusos são os anos que nossos filhos vão recordar pelo resto da vida. Cantos de quintais que nunca visitei permanecerão em suas cabeças.

"Nichola não queria me ver?", perguntei eu para Judith.

"Ela não quer ver ninguém, quase sempre", respondeu. Judith apertou o passo e tocou no braço de Don. Eu conhecia esse toque — um pedido de desculpa, uma tranquilização ansiosa. Você toca um homem desse jeito para lembrá-lo como está agradecida, que sabe que está fazendo por você algo que o entedia ou ameaça ligeiramente sua dignidade. Presenciar minha filha tocar um homem — um rapaz — desse jeito me fez sentir mais velha do que netos teriam feito. Percebi seu triste nervosismo, conseguia prever suas atenções obsequiosas. Minha criança brusca e atarracada, loira e cândida. Como eu podia achar que não seria suscetível, que seria sempre direta, pisando duro, autoconfiante? Assim como sempre digo que Nichola é dissimulada e solitária, fria, sedutora. Muita gente deve saber coisas capazes de contradizer o que digo.

Pela manhã, Don e Judith partiram para o México. Decidi que queria ver alguém que não tivesse relação comigo, e que não esperasse nada em particular vindo de mim. Liguei para um antigo namorado, mas a secretária eletrônica atendeu: "Aqui é Tom Shepherd falando. Estou fora da cidade no mês de setembro. Por favor, deixe seu recado, nome e telefone".

A voz de Tom soou tão agradável e familiar que abri a boca para perguntar o significado daquela tolice. Então desliguei. Fiquei com a sensação de que me deixara na mão deliberadamente, como se houvéssemos planejado nos encontrar em um lugar público e depois ele não tivesse aparecido. Ele fizera isso certa vez, lembrei.

Servi uma taça de vermute para mim, embora não fosse nem meio-dia, e liguei para o meu pai.

"Puxa, mas que surpresa", ele disse. "Mais quinze minutos e você não teria me encontrado aqui."

"Está indo pra cidade?"

"Pra Toronto."

Ele explicou que estava a caminho do hospital. Seu médico em Dalgleish queria que os médicos em Toronto dessem uma olhada nele, e tinham lhe dado uma carta para ele apresentar no pronto-socorro.

"Pronto-socorro?", falei.

"Não é nenhuma emergência. Parece que ele acha que é o melhor jeito de cuidar disso. Ele sabe o nome do sujeito por lá. Se fosse para marcar uma consulta, podia demorar semanas."

"Seu médico sabe que você vai dirigindo pra Toronto?", perguntei.

"Bom, ele não falou que eu não podia."

O resultado disso foi que aluguei um carro, fui para Dalgleish, voltei com meu pai para Toronto e o levei para o pronto-socorro às sete da noite.

Antes de Judith ir, perguntei: "Tem certeza que a Nichola sabe que eu vou ficar aqui?".

"Bom, eu falei pra ela", disse.

Às vezes o telefone tocava, mas era sempre um amigo de Judith.

"Bom, pelo jeito eu vou fazer", disse meu pai. Esse era o quarto dia. Ele mudara completamente de opinião da noite para o dia. "Pelo jeito é bem provável que eu faça."

Eu não sabia o que ele esperava que eu dissesse. Pensei que talvez contasse comigo para protestar, para fazer uma tentativa de dissuadi-lo.

"Quando vai ser?", perguntei.

"Depois de amanhã."

Disse que ia ao banheiro. Fui até o balcão da enfermagem e encontrei uma mulher ali que achei ser a chefe das enfermeiras. Em todo caso, tinha cabelos grisalhos, era afável e séria.

"Meu pai vai fazer uma cirurgia depois de amanhã?", perguntei.

"Ah, vai."

"Só queria conversar com alguém sobre isso. Achei que já estava decidido que era melhor não fazer. Por causa da idade."

"Bom, a decisão cabe a ele e ao médico." Sorriu para mim com condescendência. "É difícil tomar essas decisões."

"Como estão os exames dele?"

"Olha, ainda não vi todos."

Eu tinha certeza de que tinha visto. Após um momento, ela disse: "A gente precisa ser realista. Mas os médicos daqui são muito bons".

Quando voltei ao quarto, meu pai disse, numa voz surpresa: "*Shore-less seas*".

"Como?", falei. Fiquei imaginando se descobrira quanto, ou quão pouco, tempo ainda podia esperar ter. Fiquei imaginando se as pílulas tinham causado uma euforia indigna de confiança. Ou se quisera apostar. Certa vez, quando estava me contando sobre sua vida, ele disse: "O problema era que eu sempre tinha medo de me arriscar".

Eu costumava dizer às pessoas que ele nunca falava com arrependimento sobre sua vida, mas isso não era verdade. Era só que eu não escutava. Ele disse que devia ter entrado para o Exército como comerciante — teria se saído melhor, financeiramente. Disse que devia ter seguido por conta própria, como carpinteiro, após a guerra. Ter ido embora de Dalgleish. Certa vez, comentou: "Que desperdício de vida, hein?". Mas estava fazendo pouco de si mesmo, ao dizer isso, porque era uma coisa muito dramática de se dizer. Quando citava algum poema, também, sempre havia uma nota de zombaria em sua voz, para justificar seu exibicionismo e seu prazer.

"*Shoreless seas*", repetiu. "'*Behind him lay the gray Azores,/ Behind the Gates of Hercules;/ Before him not the ghost of shores,/ Before him only shoreless seas.*'* Era isso que passava por minha cabeça ontem à noite. Mas você acha que eu conseguia lembrar que tipo de mares? Não conseguia. Mares solitários? Mares vazios? Eu estava na pista certa, mas não conseguia lembrar. Só que agora, quando você entrou no quarto e eu não estava nem pensando nisso, a palavra surgiu na minha frente. É sempre assim, não é? Não tem nada de surpreendente. Eu faço uma pergunta para minha cabeça. A resposta está lá, mas não consigo entender todas as conexões que minha cabeça está fazendo pra conseguir achar a resposta. Como um computador. Nada é inacessível. Sabe, na minha situação o negócio é, se tem alguma coisa que você não consegue explicar na hora, é uma grande tentação fazer — bom, criar um mistério. É uma grande tentação acreditar em — Você sabe."

* "Mares sem litoral/ Às suas costas, os cinzentos Açores,/ Às suas costas, as Colunas de Hércules;/ Perante ele, não o fantasma de litorais,/ Perante ele, somente mares sem litoral": Joaquin Miller, "Columbus". (N. T.)

"Na alma?", perguntei, falando suavemente, sentindo uma onda alarmante de amor e reconhecimento.

"Ah, acho que você poderia chamar disso. Sabe, quando cheguei neste quarto, tinha uma pilha de jornais do lado da cama. Alguém tinha deixado aqui — esses tabloides que eu nunca dei a menor bola. Comecei a ler. Leio o que me cair na mão. Tinha uma série de matérias neles sobre experiências de pessoas que tinham morrido, clinicamente falando — parada cardíaca, a maioria —, e sido trazidas de volta à vida. Era o que elas lembravam do tempo em que estiveram mortas. Suas experiências."

"Lembranças boas ou ruins?", perguntei.

"Ah, boas. Ah, sim. Flutuavam até o teto, olhavam para si mesmas, viam os médicos trabalhando nelas, em seus corpos. Depois continuavam flutuando e reconheciam algumas pessoas que sabiam que tinham morrido antes delas. Não era tanto que viam, mas meio que sentiam a presença. Às vezes tinha um zumbido e às vezes uma espécie de — como chama aquela luz que aparece, ou cor, em volta da pessoa?"

"Aura?"

"Isso. Mas sem a pessoa. Não dava tempo pra muito mais coisa; então elas percebiam que estavam de volta no corpo e sentindo toda a dor mortal e essas coisas — de volta à vida."

"Parecia — convincente?"

"Ah, não sei. Só depende de você querer ou não acreditar nesse tipo de coisa. E se você quer acreditar, se leva a sério, imagino que também leva a sério tudo mais que é publicado nesses jornais."

"O que mais tem?"

"Só lixo — cura do câncer, cura da calvície, essa lenga-lenga sobre a nova geração e a gente vagabunda que vive às custas da previdência. As bobagens de sempre sobre estrelas de cinema."

"Ah, sei. Entendo."

"Na minha situação, você precisa ficar de olho aberto", ele disse, "ou começa a passar a perna em você mesmo." Então disse: "Tem alguns detalhes práticos que você precisa cuidar logo", e me falou sobre seu testamento, a casa, o jazigo. Tudo era simples.

"Quer que eu ligue pra Peggy?", perguntei. Peggy é minha irmã. Ela é casada com um astrônomo e mora em Victoria.

Ele pensou a respeito. "Acho que a gente devia falar com eles", disse, finalmente. "Mas avisa pra não ficarem assustados."

"Tudo bem."

"Não, espera um minuto. Parece que o Sam ia ter uma conferência no fim desta semana e Peggy estava planejando ir junto. Não quero que fiquem preocupados, pensando em mudar de planos."

"Onde é a conferência?"

"Amsterdã", disse ele, orgulhoso. Tinha muito orgulho de Sam e acompanhava seus livros e artigos. Pegava um e dizia: "Quer dar uma olhada? Não consigo entender uma palavra!", numa voz admirada que não obstante conseguia transmitir uma ponta de ridículo.

"Professor Sam", dizia. "E os três pequenos Sams." Era assim que chamava os netos, que de fato pareciam o pai no intelecto e numa assertividade quase encantadora — um exibicionismo inocente e enérgico. Frequentavam uma escola particular que favorecia a disciplina à moda antiga e começaram a estudar cálculo na quinta série. "E os cachorros", talvez enumerasse em seguida, "que fizeram escola de obediência. E Peggy..."

Mas se eu dizia: "Será que ela também fez escola de obediência?", ele não prosseguia mais com esse jogo. Quando estava com Sam e Peggy, imagino, devia falar de mim da mesma maneira — aludindo a meus caprichos assim como se referia à formalidade deles, fazendo leves piadas às minhas custas, sem disfarçar muito bem sua perplexidade (ou fingindo não disfarçar sua perplexidade) de que as pessoas pudessem pagar pelas coisas que eu escrevera. Tinha de fazer isso sempre para não parecer que se gabava, mas fechava a porta quando o gracejo ficava bruto demais. E é claro que descobri mais tarde, na casa, coisas minhas que ele havia guardado — revistas, recortes de jornal, coisas com as quais eu nunca me importara.

Agora seus pensamentos passavam da família de Peggy para a minha. "Judith mandou notícia?", disse.

"Ainda não."

"Bom, é muito cedo. Eles iam dormir na van?"

"Isso."

"Acho que deve ser seguro, se pararem nos lugares certos."

Eu sabia que ele teria de dizer mais alguma coisa e sabia que viria na forma de piada.

"Imagino que vão pôr uma tábua no meio, como os pioneiros?"*

Sorri, mas não respondi.

"Acho que você não faz objeção?"

"Não", falei.

"Bom, sempre acreditei nisso também. Não se meter na vida dos filhos. Eu tentava nunca dizer nada. Não falei nada quando você largou o Richard."

"Como assim, 'não falei nada'? Criticar?"

"Não era da minha conta."

"Não."

"Mas isso não quer dizer que eu estivesse satisfeito."

Fiquei surpresa — não só pelo que disse, mas por ele achar que tivesse o direito, mesmo agora, de dizer. Tive de olhar pela janela, para o trânsito lá embaixo, de modo a me controlar.

"Só queria que você soubesse", acrescentou.

Muito tempo antes, ele disse para mim, do seu modo sereno: "É gozado. O Richard, quando conheci ele, me lembrou uma coi-

* Refere-se a um ritual de cortejo dos tempos coloniais chamado *bundling*, em que os jovens noivos passavam a noite numa mesma cama enrolados em cobertores, de modo a conversar sem maiores intimidades. (N. T.)

sa que meu pai costumava dizer. Ele dizia que se o sujeito tinha metade da inteligência que acreditava ter, era duas vezes mais inteligente do que realmente era".

Virei para lembrá-lo disso, mas me peguei olhando para a linha que seu coração estava traçando. Não que parecesse haver alguma coisa errada, alguma diferença nos bipes e pontos. Mas estava lá.

Ele viu para onde eu estava olhando. "Uma vantagem injusta", disse.

"É", falei. "Precisam me ligar nessa coisa também."

Ele riu, trocamos um beijo formal; saí. Pelo menos não tinha me perguntado sobre Nichola, pensei.

Na tarde do dia seguinte, não fui ao hospital, porque meu pai estava fazendo mais alguns exames, preparando-se para a operação. Em vez disso, fui visitá-lo à noite. Peguei-me vagando pelas lojas de roupas da Bloor Street, experimentando peças. Uma preocupação com moda e com minha aparência descera sobre mim como uma furiosa dor de cabeça. Eu olhava para as mulheres na rua, para as roupas nas lojas, tentando descobrir como uma transformação podia ser feita, o que eu teria de comprar. Sabia o que significava essa obsessão, mas tinha dificuldade em me livrar dela. Pessoas já haviam me contado que, aguardando uma notícia de vida ou morte, pararam na frente da geladeira aberta, comendo tudo que viam — batatas cozidas frias, molho de pimenta, tigelas de chantili. Ou tinham sido incapazes de parar de fazer palavras cruzadas. A atenção foca em alguma coisa — alguma distração —, agarra-se a isso, torna-se fanaticamente séria. Escolhi roupas nos cabides, experimentei-as no provador apertado e abafado, diante dos espelhos cruéis. Eu suava; uma ou duas vezes achei que fosse desmaiar. De volta à rua, achei que devia manter distância da Bloor Street, e decidi entrar no museu.

Lembrei de outra ocasião, em Vancouver. Na época Nichola estava no jardim da infância e Judith era bebê. Nichola fora ao médico por causa de um resfriado, ou talvez fosse uma consulta de rotina, e o exame de sangue revelou alguma coisa sobre seus leucócitos — que havia quantidade grande demais deles ou que estavam aumentados. O médico pediu novos exames, e levei Nichola ao hospital para colhê-los. Ninguém falou em leucemia, mas claro que eu sabia o que estavam investigando. Quando voltei com Nichola para casa, pedi à baby-sitter que olhava Judith para ficar à tarde e saí para fazer compras. Comprei o vestido mais ousado que já tive na vida, de seda preta, colante, com passamanarias na frente. Lembrei dessa ensolarada tarde primaveril, dos sapatos de salto agulha na loja de departamentos, da lingerie estampada com pintas de leopardo.

Lembrei também de ter voltado para casa depois do St. Paul's Hospital pela Lions Gate Bridge, no ônibus lotado, e segurar Nichola no joelho. De repente ela lembrou de sua palavra de bebê para *bridge* e sussurrou para mim: "*Whee — over the whee*".* Não evitei tocar minha filha — Nichola já era esbelta e graciosa mesmo nessa época, com costas elegantes e lindos cabelos escuros —, mas percebi que a tocava de um jeito diferente, embora tenha achado que fosse impossível de perceber. Havia um cuidado — não um retraimento, exatamente, mas um cuidado — em não sentir demais alguma coisa. Percebi como as formas do amor podiam ser mantidas com uma pessoa condenada, mas com o amor na verdade medido e disciplinado, porque você precisa sobreviver. Isso podia ser feito tão discretamente que o objeto desse carinho não suspeitaria, não mais do que suspeitaria da própria sentença de morte em si. Nichola não sabia, não saberia. Brinquedos e bei-

* "Por cima da ponte." (N. T.)

jos e gracejos continuariam chovendo sobre ela; ela nunca saberia, embora eu me preocupasse que pudesse sentir o vento entre as rachaduras dos feriados inventados, dos dias normais inventados. Mas estava tudo bem. Nichola não teve leucemia. Cresceu — continuava viva, e possivelmente feliz. Incomunicável.

Não consegui pensar em nada no museu que realmente quisesse ver, então segui até o planetário. Nunca fora ao planetário. A sessão começaria em dez minutos. Cheguei, comprei o ingresso, entrei na fila. Havia uma classe inteira de alunos pequenos, talvez duas classes, com professores e mães voluntárias pastoreando o rebanho. Olhei em torno à procura de algum outro adulto desgarrado. Só um — um homem de rosto vermelho e olhos inchados, que parecia estar ali só para evitar entrar em algum bar.

Dentro, sentamos em assentos reclináveis maravilhosamente confortáveis, de modo que você ficava numa espécie de rede, a atenção voltada para a abóbada do teto, que logo ficou azul-escura, com uma tênue borda de luz pelo entorno. Uma música esplêndida, imponente tocou. Os adultos presentes pediam silêncio às crianças, tentando fazê-las parar com a crepitação de seus sacos de batatas fritas. Então uma voz masculina, uma voz eloquente e profissional, começou a falar lentamente, saída das paredes. A voz evocava para mim o modo como anunciantes de rádio costumavam apresentar uma peça de música clássica ou descrever o avanço da Família Real para a abadia de Westminster em uma de suas ocasiões solenes. Havia um tênue efeito de câmara de eco.

O teto escuro começou a se encher de estrelas. Elas apareceram não todas de uma vez, mas uma após a outra, do modo como estrelas de fato surgem à noite, embora mais rapidamente. A Via Láctea ficou visível, movendo-se cada vez mais próxima; estrelas enxameavam em um brilho crescente e progressivo, para desaparecer além das fronteiras do céu-tela ou atrás da minha cabeça. Enquanto a inundação de luz continuava, a voz apresentava os fatos espantosos. A alguns anos-luz de distância, anunciou, o Sol assume o aspecto de uma estrela brilhante e os planetas não são visíveis. A algumas dezenas de anos-luz de distância, o sol tampouco é visível a olho nu. E essa distância — algumas dezenas de anos-luz — é apenas cerca da milésima parte da distância do sol para o centro de nossa galáxia, uma galáxia, que contém em si cerca de duzentos bilhões de sóis. E que é, por sua vez, uma dentre milhões, talvez bilhões de galáxias. Repetições inumeráveis, variações inumeráveis. Tudo isso passou rolando por minha cabeça, também, como bolas de luz.

Agora o realismo era deixado de lado, dando lugar a um artifício familiar. Um modelo do sistema solar girava em seu estilo elegante. Um inseto brilhante decolava da Terra rumo a Júpiter. Ajusto austeramente minha mente, que se esquiva e encolhe, para que registre os fatos. A massa de Júpiter, duas vezes e meia a de todos os demais planetas juntos. A Grande Mancha Vermelha. As treze Luas. Além de Júpiter, um relance para a órbita excêntrica de Plutão, os anéis gelados de Saturno. De volta à Terra e movendo-se para o quente e deslumbrante Vênus. Pressão atmosférica, noventa vezes a nossa. Mercúrio sem luas girando três vezes enquanto circunda o Sol duas; um arranjo esquisito, menos satisfatório do que o que costumavam nos dizer — que girava uma vez a cada volta no Sol. Nada de trevas perpétuas, afinal de contas. Por que nos deram uma informação tão confiante, só para anunciar depois que estava completamente errada? Finalmente, a imagem já familiar das revistas: o solo vermelho de Marte, o céu róseo fulgurante.

Quando a sessão terminou, fiquei sentada em meu lugar enquanto as crianças passavam por mim, sem fazer comentário algum sobre o que tinham acabado de ver ou ouvir. Importunavam os adultos, pedindo coisas para comer e novas diversões. Um esforço fora empreendido para captar sua atenção, para desviá-la das latas de refrigerante e dos sacos de batata frita e fixá-la nos variados fatos e incógnitas e terríveis imensidades, e pelo jeito fracassara. Isso também era uma coisa boa, pensei. Crianças têm uma imunidade natural, a maioria delas, e não devemos mexer com isso. Quanto aos adultos que deplorariam tal coisa, os que promoviam esse espetáculo, não eram eles próprios imunes, na medida em que podiam pôr os efeitos de câmara de eco, a música, a solenidade de igreja, simulando a reverência que supostamente deveriam sentir? Reverência — o que se esperava que isso fosse? Um acesso de calafrios ao olhar pela janela? Uma vez que você soubesse o que era, não ficaria flertando com isso.

Dois homens chegaram com vassouras para varrer o lixo deixado pelo público. Informaram-me que a sessão seguinte começaria em quarenta minutos. Nesse meio-tempo, eu tinha de sair.

"Fui ao planetário", disse para o meu pai. "Achei emocionante — era sobre o sistema solar." Pensei na palavra tola que usara: *emocionante*. "É como um templo meio fajuto", acrescentei.

Ele já estava falando. "Lembro quando descobriram Plutão. Bem onde acharam que era para ele estar. Mercúrio, Vênus, Terra, Marte", recitou. "Júpiter, Saturno, Netu — não, Urano, Netuno, Plutão. É isso mesmo?"

"É", falei. Ainda bem que não tinha escutado o que eu disse sobre templo fajuto. Fui sincera, mas soou superficial e superior. "Agora fala as Luas de Júpiter."

"Bom, as novas não conheço. Tem várias novas, não tem?"

"Duas. Mas não são novas."

"Novas pra nós", disse meu pai. "Você ficou bem desaforada agora que vão me passar na faca."

"'Passar na faca.' Que expressão."

Ele não ficou no leito nessa noite, sua última noite. Tinha sido removido dos equipamentos e sentava em uma cadeira perto da janela. Estava com as pernas nuas, usando um avental hospitalar, mas não parecia constrangido nem deslocado. Parecia pensativo e bem-humorado, um hóspede afável.

"Você não disse o nome nem das velhas", falei.

"Deixa eu pensar. Galileu batizou. Io."

"É um começo."

"As Luas de Júpiter foram os primeiros corpos celestes descobertos com o telescópio." Disse isso com ar solene, como se estivesse lendo a frase num livro antigo. "E também não foi Galileu que deu o nome delas; foi um alemão. Io, Europa, Ganimedes, Calisto. Pronto."

"Certo."

"Io e Europa eram namoradas de Júpiter, não é? Ganimedes era um menino. Um pastor? Não sei quem foi Calisto."

"Acho que outra namorada", eu disse. "A esposa de Júpiter transformou ela numa ursa e a pregou no céu. Ursa Maior e Ursa Menor. A Ursa Menor era a bebê dela."

O alto-falante disse que o horário das visitas estava encerrado.

"A gente se vê quando você sair da anestesia", falei.

"Isso."

Quando eu estava na porta, ele me chamou: "Ganimedes não era pastor coisa nenhuma. Era o copeiro de Júpiter".

Quando saí do planetário naquela tarde, eu atravessara o museu para ir ao jardim chinês. Vi os camelos de pedra outra vez, os guerreiros, a tumba. Sentei em um banco com vista para a Bloor Street. Através dos arbustos de sempre-viva e da grade alta de ferro, observei as pessoas indo e vindo ao sol de fim de tarde. A sessão do planetário conseguira o que eu queria, afinal — me acalmar, me exaurir. Vi uma garota que me lembrou Nichola. Vestia impermeável e carregava uma sacola de compras. Era mais baixa do que Nichola — nem um pouco parecida, na verdade —, mas achei que eu podia talvez ver Nichola. Ela estaria caminhando por uma rua não longe dali — sobrecarregada, preocupada, sozinha. Fazia parte do mundo adulto agora, uma consumidora voltando para casa.

Se de fato a visse, talvez apenas ficasse sentada, olhando, decidi. Me senti como uma daquelas pessoas que haviam flutuado até o teto, apreciado uma breve morte. Um alívio, enquanto dura. Meu pai fizera sua escolha e Nichola a dela. Algum dia, provavelmente logo, me mandaria notícias, mas dava no mesmo.

Queria levantar e ir até a tumba, olhar os relevos entalhados, imagens na pedra, que a circundam inteira. Sempre penso em ver isso e nunca vou. Dessa vez também não fui. Estava esfriando, então entrei para tomar um café e comer algo antes de voltar ao hospital.

ESTE LIVRO, COMPOSTO NAS FONTES FAIRFIELD E LINOTYPE UNIVERS,
FOI IMPRESSO EM PAPEL AVENA 70 G/M², NA EDIGRÁFICA,
RIO DE JANEIRO, BRASIL, MARÇO DE 2018